CONQUIS TAR **LA LUNA**

Marisa Ayesta

Cualquier forma de reproducción, distribución, comunicación pública o transformación de esta obra solo puede ser realizada con la autorización de sus titulares, salvo excepción prevista por la ley.
Diríjase a CEDRO si necesita reproducir algún fragmento de esta obra.
www.conlicencia.com - Tels.: 91 702 19 70 / 93 272 04 47

Editado por Harlequin Ibérica.
Una división de HarperCollins Ibérica, S.A.
Núñez de Balboa, 56
28001 Madrid

© 2015 María Luisa Ayesta Fernández-Pacheco
© 2019 para esta edición. Harlequin Ibérica, una división de HarperCollins Ibérica, S.A.
Conquistar la luna, n.º 186 - 1.5.19

Todos los derechos están reservados incluidos los de reproducción, total o parcial. Esta edición ha sido publicada con autorización de Harlequin Books S.A.
Esta es una obra de ficción. Nombres, caracteres, lugares, y situaciones son producto de la imaginación del autor o son utilizados ficticiamente, y cualquier parecido con personas, vivas o muertas, establecimientos de negocios (comerciales), hechos o situaciones son pura coincidencia.
® Harlequin, HQN y logotipo Harlequin son marcas registradas por Harlequin Enterprises Limited.
® y ™ son marcas registradas por Harlequin Enterprises Limited y sus filiales, utilizadas con licencia. Las marcas que lleven ® están registradas en la Oficina Española de Patentes y Marcas y en otros países.
Imágenes de cubierta utilizadas con permiso de Dreamstime.com.

I.S.B.N.: 978-84-1307-792-5
Depósito legal: M-8072-2019

Para Chente,
mi compañero de vida,
mi familia y mi hogar.

Capítulo 1

La despedida de soltera

Sin duda alguna, todo comenzó la noche de la despedida de soltera de Elvira, la jefa de Luna. No es insólito que este tipo de fiestas, más o menos desenfrenadas, den pie a que cambie la vida de algunas personas... para siempre. Los momentos previos a una boda predisponen, no solo a los novios, sino también a sus familiares y amigos, a reflexionar y replantearse ciertos temas, así como a hacer revisión y evaluación de la vida. Si además una noche de cierta locura desemboca en algún disparate, las consecuencias también animan a dichos cambios.

En este caso, como en otros muchos, el alcohol no fue uno más, sino el primordial, de los actores principales. Si Luna no hubiera bebido, un sinnúmero de acontecimientos no habrían ocurrido tal y como se desarrollaron. Y lo raro es que ella bebiera, pues la joven, por principio, no solía beber jamás. Nada. Es más, odiaba las bebidas alcohólicas tanto como la falta de sobriedad, así que el hecho de emborracharse se debió más a un impulso producto de los nervios por no encontrarse en su ambiente, a no querer llamar la atención y a la facilidad con que se suben los licores a quienes no están acostumbrados a beber, que a una verdadera intención de hacerlo.

Luna Álvarez todavía no llevaba un año trabajando como creativa en la agencia de publicidad que Elvira Gómez dirigía cuando esta la invitó a celebrar con ella y sus amigas su última noche antes de la boda.

—No te asustes, no vamos a hacer nada extravagante: una cena de mujeres en algún restaurante divertido y luego tomaremos unas copas. Irán también otras compañeras —le informó, facilitándole los nombres de colegas de otros departamentos, pero a las que tampoco conocía mucho.

Tan abrumada como agradecida por la invitación, Luna aceptó balbuceante el plan y automáticamente pasó a preocuparse por lo primero que ocupa la cabeza de una mujer cuando tiene un evento imprevisto: la indumentaria. No teniendo muy claro qué tipo de atuendo llevar para la ocasión, optó por lo que le pareció que no le haría destacar y se puso su mejor traje chaqueta pantalón, con solapas de satén, en un color rojo cereza apagado, que moldeaba discretamente su pequeña y esbelta figura. Se puso unos zapatos de piel planos de Farrutx en color beige que le habían costado una pasta incluso en rebajas y, como su presupuesto nunca le había permitido un buen bolso, se llevó un *clutch* de punto de cruz que nadie que lo viera podría pensar que era del chino de la esquina de Bravo Murillo.

Se miró al espejo de su cuarto de baño una vez lista, temerosa de no ir adecuada ni para una fiesta ni para el trabajo, pero no sabiendo en realidad qué ponerse. Nunca tenía muy clara la etiqueta de los diferentes actos y como su vida social nunca había sido muy activa, siempre que tenía que asistir a algo se encontraba con las mismas inseguridades. Se dio cuenta de lo nerviosa que estaba cuando al trazarse la línea del ojo vio que la mano le temblaba ligeramente.

Luna sabía que Elvira pertenecía al mundo del dinero y a un nivel social muy por encima de sus posibilidades y aquello le intimidaba. No podía entender por qué su jefa la había invitado, no solo a ella sino también a otras mujeres de la empresa, a un encuentro que debería ser exclusivamente familiar y de amigas, y le daba miedo no estar a la altura, quedar en evidencia y hacer el ridículo. A sus veintiséis años, a Luna no se le daban exactamente bien las relaciones, apenas tenía amistades y se sentía inculta, inexperta e inapropiada en el sofisticado mundillo que, intuía, rodeaba a su jefa. Ella se movía cómoda en su rutina del trabajo a casa y pasaba los fines de semana pintando, dando paseos, visitando museos y exposiciones concretas o viendo películas clásicas de cine norteamericano. El plan de esta noche, no solo no le apetecía sino que, como a toda persona poco acostumbrada a alternar, le producía ansiedad, máxime cuando además se iba a relacionar con gente tan ajena a su mundo.

El prometido de Elvira se había licenciado en ICADE—3 una década atrás, había vivido en el extranjero, había realizado un par de carísimos másteres para ejecutivos y era uno de los seis vicepresidentes del tercer banco europeo. Aunque Elvira todavía vivía en casa de sus padres, un precioso chalet en una parcela de un millar de metros cuadrados en la Moraleja, en cuanto se casaran, ella y Juan pasarían a ocupar un enorme piso antiguo que habían remodelado y que estaba ubicado en pleno barrio Salamanca, en el mismo edificio en el que nada menos que la infanta Elena había vivido desde su boda con Marichalar, lo que les permitiría estar cerca de sus respectivos trabajos.

Los padres de la pareja eran empresarios de mayor o menor éxito, dedicados al mundo de la inversión y de la bolsa, antiguos conocidos y socios del mismo selecto club de Puerta de Hierro donde jugaban al golf y organizaban viajes a lugares paradisíacos con pandillas de amigos con los que mantenían afinidades y riquezas. Las madres, por su parte, provenían de las llamadas anteriormente «familias bien» de la posguerra española, con un equilibrado porcentaje de herencia y patrimonio a sus espaldas y, en concreto, la madre de Juan ostentaba el título de marquesa. Llevaban diamantes en el dedo como el resto del mundo lleva tatuajes o pulseras de cuerdas, poseían sedanes de marcas de lujo que eran conducidos por sus chóferes y colaboraban en asociaciones para las que creaban mercadillos solidarios, cenas de gala o talleres de manualidades y en los que conseguían que los maridos donasen enormes cantidades de dinero.

El noventa por ciento de las cuentas que facturaba la agencia de Elvira provenía de una intrincada red de contactos profesionales, sociales y familiares de la propia dueña, y Luna se había fijado en que las amistades que habían ido a visitar a su jefa al despacho vestían ropa de los mejores diseñadores o con trajes a medida, así que la joven contratada no quería detenerse a pensar en lo lejos que aquello quedaba de su humilde guardarropa, creado a base de esfuerzo y de una ardua selección entre las tiendas de saldos, y, en los mejores casos, las segundas rebajas de Purificación García o Roberto Verino.

Antes de abandonar su pequeño apartamento alquilado en una callejuela de la céntrica glorieta de Cuatro Caminos, Luna se echó un último vistazo al espejo, levantó los hombros e intentó simular un aplomo del que carecía. Había pasado por cosas peores, se recordó y además, nadie más que ella sabía cómo se sentía, lo cual era muy animante, ya que nadie tenía por qué conocer el tremendo esfuerzo que aquella cena le suponía. Todo se limitaba a afrontar con éxito las siguientes cinco horas. Una vez pasaran, ella estaría de vuelta en su hogar y en su cómoda rutina diaria.

Llegó al restaurante en la calle de Príncipe de Vergara veinte minutos después, cuando ya un numeroso grupo de mujeres estaba sentado en una alargada mesa para unos treinta comensales, con Elvira en la presidencia. En cuanto la jefa vio a su diseñadora gráfica, y con la soltura de quien se sabe el centro de atención, introdujo a Luna presentándola una por una a sus amigas, añadiendo a cada nombre algún detalle descriptivo que pudiera parecerle de interés: esta trabajaba en una empresa de la competencia, aquella tenía un hermano famoso pintor, la rubia teñida del Rolex de oro era la hermana de Juan —su prometido—, la morena de los zapatos Manolos era una prima, la alta de apariencia más joven era su hermana y, sin duda, guardaban algún parecido... En definitiva: más o menos guapas, más o menos delgadas, todas iban impecablemente vestidas y llevaban bolsos y complementos a la última y de las mejores tiendas, hablaban entre sí de conocidos de los que Luna no sabía nada y se reían efusivamente pero de un modo elegante mientras tomaban sus primeros vinos.

Luna se sintió agradecida cuando aparecieron dos compañeras del trabajo con las que pensó juntarse. Sin embargo, Elvira no se lo permitió, obligándola a sentarse a su lado.

Nunca antes nadie la había hecho sentirse así. Luna no era tan ingenua como para no darse cuenta de que, precisamente, ese gesto de favoritismo era indicativo de lo frágil de su posición, pero aun así se sintió agradecida y una oleada de calor le llegó al corazón al mismo tiempo que el rubor tiñó sus mejillas. Procuró comportarse lo más dignamente posible y ser una buena conversadora, así como adoptar una actitud acorde con el aire festivo y las bromas que toda novia debe soportar en este tipo de eventos. Y aunque empezó de manera un tanto impostada, a medida que sus intervenciones eran acogidas calurosamente, dejó de preocuparse y acabó por actuar con naturalidad.

No consiguió eludir el vino, con el que se brindó en varias ocasiones y, sin darse cuenta, se fue poniendo cada vez más a tono, hasta el punto que dejó de llevar la cuenta del número de veces que los camareros le rellenaron la copa. A más bebía, menos le importaba hacerlo y además, el vino vigoroso, contribuía a su demanda. Pero lo mejor fue que, con la colaboración de la bebida, las cariñosas atenciones de su jefa y las desinhibidas conversaciones de las comensales, su temor fue desapareciendo hasta el punto de acabar sintiéndose completamente a gusto. Y lo más importante: empezó a pasarlo bien.

Como colofón a la cena, el dueño del local, que conocía desde hacía tiempo a la futura novia y sus íntimas, las invitó a unos chupitos de licor de melocotón que contribuyeron a acalorar a Luna. Cuando terminaron de cenar, la joven tenía sus ojos color whisky brillantes, la tez sonrosada y se había recogido el pelo, peinado cuidadosamente durante una hora entera en casa, en un moño improvisado con un bolígrafo que llevaba en el bolso y que hizo las veces de horquilla. Además, también se había quitado la chaqueta, abandonada descuidadamente en el respaldo de la silla, soportando cada vez menos el calor que se iba generando en el interior de su cuerpo.

Elvira la cogió de los hombros y la obligó a ir en su coche hasta el local donde pensaban tomarse unas copas y bailar. Era este un establecimiento situado en la calle Juan Bravo que comenzaba a mostrar algo de movimiento cuando llegaron y que no alcanzaría su momento álgido hasta las dos de la mañana. Con una discreta entrada y una puerta doble de madera encastrada en un soportal de mármol, el pub estaba solemnemente vigilado por un gorila de modales tan corteses que más recordaba a los mayordomos victorianos que a los modernos guardias de seguridad. Al sujetar los cortinajes de terciopelo, impolutos y con tal frescor que parecían perfumados, el hombre de mediana edad saludó con correcta familiaridad a la treintena de jóvenes achispadas que irrumpieron entre risas, dando indicios suficientes a Luna para que esta supusiera acertadamente que era el lugar de encuentro habitual de muchas de ellas.

Decorado con discreción pero con calidad, el pub había sido ligeramente oscurecido en las zonas de mesas reservadas y los altavoces dirigían la música a gran volumen hacia una pequeña pista de baile central de suelo de madera, que destacaba por su mayor iluminación en contraste con el resto del lugar, enmoquetado en negro. El local estaba limpio y bien oxigenado, y la pequeña representación de parroquianos que ya ocupaban sus puestos habituales hablaba de posición, clase y dinero. Enseguida, algunas de las amigas de Elvira se pusieron a bailar con una copa en la mano, mientras que otro grupo se sentó en un rincón.

A Luna le tocó pagar la siguiente ronda de copas y el corazón le dio un vuelco cuando vio el precio. Resignada y apesadumbrada, pero lo suficientemente bebida como para decidir quitarle importancia y relegar el asunto al día siguiente, abonó la cantidad dividida entre la lástima, por el varapalo que estaba sufriendo su economía a causa de la dichosa despedida, y la gratitud, porque con la cantidad de mujeres que se encontraban allí no le volvería a tocar pagar en toda la noche. O eso esperaba.

La borrachera que Luna se cogió era lo suficientemente gorda como para impulsarla a bailar, algo que no solía hacer delante de nadie y sí mientras barría y arreglaba su piso en solitario, con Mecano y Alaska y Dinarama de fondo. Habían formado un irregular círculo entre todas y la joven había perdido por completo sus inhibiciones. Con la camiseta blanca sin mangas y la chaqueta completamente perdida en algún lugar del reservado junto a su bolso, Luna movía las caderas, alzaba los brazos y cantaba sin escucharse mientras saciaba su sed con un Martini y reía a carcajadas ante cualquier comentario que le hicieran sus acompañantes.

Así fue como la vio Bosco Joveller nada más entrar.

Sin desviar la vista de la joven que había llamado tan poderosamente su atención, Bosco se dirigió hacia la barra mientras se quitaba de encima su chaqueta azul marino.

—Lo de siempre —pidió cuando el camarero se acercó a preguntarle, pero sin apartar la mirada de la mujer que con tanta sensualidad se movía por la pista al ritmo de Shakira.

Distraído como estaba, apenas vio venir a Elvira, la prometida de su amigo, que se colgó de su cuello, derramando con el movimiento la mitad del contenido de la copa que llevaba en la mano, y le besó sonoramente cada mejilla.

—¿Qué haces aquí, Bosco? ¡No me digas que has quedado con Juan!

Bosco asintió, aceptando que, inevitablemente, debía apartar la vista de la desconocida y reprimiendo las ganas de limpiarse de las mejillas el carmín que le había dejado con sus sonoros besos la novia de su compañero de carrera. Un solo vistazo le bastó para darse cuenta de que Elvira estaba algo más que achispada y no pudo evitar sonreír. Aquella mujer siempre le había caído bien y las pocas veces que se había cogido una buena curda había resultado divertidísima.

—Pero ¿qué os pasa? ¡No puede venir! —le gritó Elvira, fingiendo estar enfadada y arrastrando las palabras—. El novio no puede, no debe, aparecer en la despedida de soltera de su novia y, aunque este local sea tuyo, haré lo que sea necesario para que os vayáis.

—¿Estás celebrando tu despedida de soltera? —preguntó Bosco, simulando no saberlo. De hecho, estaba allí porque Juan le había pedido ex profeso que fuera. El celoso prometido no había podido resistirse, sabiendo que su futura mujer podía estar haciendo algún disparate alejada de él, y le había citado allí para echar un ojo a Elvira y sus amigas.

—Seguro que Juan sí lo sabe —dijo la joven, intuyendo la verdad en la bruma mental de su estado—. Como aparezca, lo voy a matar. —Aunque, por alguna razón, el enfado que sabía debía sentir no terminaba de germinar en su interior.

En ese mismo momento, el recién mencionado llegaba hasta donde ellos se encontraban. Alto y grande como un oso, Juan, sonriendo, se acercó a su novia por detrás, y con gran ternura le rodeó la cintura con sus brazos.

—¿Qué haces aquí, preciosa? —le dijo en el oído—. Creí que esta noche estarías en un local guarro de esos de *striptease* masculino. —Sabía de sobra que su inminente esposa odiaba ese tipo de lugares, también los femeninos, porque consideraba, entre otras cosas, que cosificaban a las personas.

—Muy gracioso, Juan —Elvira se giró hacia él y

su aliento caliente y con olor a alcohol envolvió el rostro de su prometido.

—¡Qué pestazo! —exageró él, abanicándose con la mano—. ¡Por Dios, Elvira! ¿Cuántas copas llevas?

La pregunta distrajo a la joven de la bronca que pensaba echarle por aparecer:

—*Pueshhh*..., la verdad, no lo *shé*. Pero supongo que, siendo mi despedida de soltera, la última juerga que voy a tener con mis amigas antes de casarme y empezar a darte hijos que no me dejarán poner un pie en la calle por la noche, no pretenderás que lleve la cuenta, ¿no?

Juan no podía evitarlo: esa mujer le volvía loco. Apretándola contra él, cogió su boca con la suya y la saludó tal y como había deseado hacer desde que la vislumbró al llegar. Bosco, a su lado, aprovechó para volver a localizar a su bailarina. De pie junto a otras dos jóvenes, que le sonaba eran amigas de Elvira, lo estaba mirando a él mientras escuchaba lo que le decían, y cuando sus ojos se cruzaron, ella los desvió rápidamente.

—¿Quién es? —preguntó Bosco, siempre directo, a Elvira, señalando con una discreta y arrogante elevación de las cejas.

—¿A que es una monada? —le contestó la novia de su amigo cuando le siguió la mirada. Sostenida todavía por Juan, que también echó un vistazo a Luna, miró orgullosa a su asalariada—. Es mi nueva creativa, también diseñadora gráfica, y estoy como loca con ella. Simplemente es genial. Tiene muchísimo talento y trabaja como una mula. Tiene veintiséis años, Bosco, un poco joven para ti, ¿no crees?

—¿De dónde la has sacado? —siguió él, encogiéndose de hombros, pero sin quitarle la vista de encima a Luna.

—Estuvo trabajando de fotógrafa para la revista de Lorena, pero a Luna lo que de verdad le gusta es pintar y el diseño gráfico, y aunque estaban muy contentos con ella, me la pasaron cuando se enteraron de que a mí me hacía falta alguien más.

—¿Y qué hace en tu despedida de soltera? ¿Ya os habéis hecho amigas? —le preguntó Juan con un susurro junto a su cuello que a Elvira le produjo escalofríos.

—No somos amigas —y, en tono pensativo, añadió—: No creo que tenga alguna, en realidad —y un deje de seriedad se reveló en su tono al decir—: es una solitaria. Según me comentó Lorena, su madre falleció unos meses atrás, después de una larga enfermedad, y era toda la familia que tenía. Nunca antes había conocido yo a alguien así... tan absolutamente solo. No sé. Ni padres, ni hermanos, ni novio, ni amistades... ¡ni un tío lejano! No me puedo imaginar algo así.

Elvira era incapaz de ponerse en su lugar ni siquiera por un segundo. Ella gozaba de decenas de tíos tanto por parte de madre como por la paterna, tenía cuatro hermanos y la casa donde había vivido con sus padres había sido siempre una especie de hotel abierto al público donde dormían indistintamente los amigos y primos, se celebraban multitud de fiestas y barbacoas y encontrar un momento de soledad era imposible.

—Y tú la has acogido bajo tu ala, ¡cómo no! —Juan pasó su enorme mano por la cara de su novia como si de esa forma consiguiera arrancarle sus tristes pensamientos.

Ofendida, Elvira hizo una mueca. Su cabello negro onduló atrás y adelante con el movimiento de su cabeza.

—Eso no es cierto. Trabaja para mí, lo hace bien, cobra su salario, soy educada con ella y la he invitado a mi boda como he invitado al resto de la plantilla. Eso es todo —ante la mirada penetrante de Juan, reconoció—: Por el momento.

—¿Y cómo es que se llama Luna? —preguntó Bosco.

—De eso ya nos tendremos que enterar por ella. Yo le pregunté un día. No parece estar muy orgullosa de su nombre. Sé que la incomodé. Contestó evasivamente que su madre había sido algo hippy en su juventud, y que ella tenía que cargar con ello toda su vida.

En ese momento, tres chicas acudieron a saludarlos y a ironizar sobre lo celoso y posesivo que había demostrado ser Juan al venir a vigilar a su novia, interrumpiendo de ese modo la conversación.

Al otro lado del local, Luna se informaba también sobre Bosco.

—Está buenísimo —comentó alguien a su lado.

La joven no podía estar más de acuerdo con la valoración. La había hecho la rubia teñida mientras se humedecía los labios con la lengua después de haberse retocado el perfilador. Y es que no son tantas las veces en que una se encontraba con un hombre tan perfecto fuera de los actores o los modelos. Con los codos apoyados detrás de sí en la barra haciendo que resaltaran sus hombros, su alta estatura y la cara de un Paul Newman reencarnado, Luna reconoció que aquel hombre era algo impresionante.

—Según tengo entendido, ahora vuelve a estar libre —dijo otra con tonadilla esperanzadora.

Luna miró de nuevo al objeto de la admiración femenina. Era alto, destacando por encima de los otros hombres que estaban por allí, e iba vestido al estilo clásico, con una camisa impecable y unos pantalones de pinzas. El pelo, todavía mojado (Luna no sabía si por la gomina o por una reciente ducha) y corto, era castaño claro, rigurosamente peinado a un lado. Tenía una apostura despreocupada mientras sonreía a lo que le contaban las amigas de Elvira. A pesar de su actitud relajada, todo en él exudaba arrogancia e intensidad. Lo vio mirarla y Luna apartó los ojos avergonzada, como si la hubieran pillado haciendo algo malo.

—¿Cómo sabes que no está con nadie? —preguntó otra.

—¿Lo ves con alguien ahora? —le preguntaron a su vez—. Pues entonces es que está libre. Así es Bosco. Si no le ves con alguien colgado de su brazo, es que tienes luz verde. Pero es que además me consta porque la última de la lista fue la actriz esa de la serie de los domingos... Y el fin de semana pasado ella estaba en Punta Cana con un compañero de reparto. En general no le suelen durar más de un par de meses. Enseguida se cansa. No ha aparecido todavía la que le mantenga el interés.

«La última de la lista», pensó Luna. Claro, un conquistador nato. No sabía por qué se sentía tan decepcionada, al fin y al cabo, ni siquiera le conocía, y aunque llegara a conocerlo, estaba tan fuera de su alcance como todo el resto del mundillo de Elvira. Así que Luna, tratando de obviar a la atractiva figura de la barra, siguió bailando un rato y, cuando vio que su jefa cruzaba el local pasando por su lado para volver del baño, la detuvo.

—¿Qué tal te lo estás pasando, Luna? —le preguntó mientras la abrazaba, en pleno momento de exaltación de la amistad—. Estoy taaaaan contenta de que hayas venido.

—Y yo, pero me voy a ir ya, si no te importa —suspiró, y admitió—: he bebido demasiado y la verdad es que no estoy acostumbrada. —No le gustaba ser la primera en marcharse, pero se acercaban las tres de la mañana y ahí nadie parecía querer irse a la cama.

—No te puedes ir. Justo ahora nos vamos a otro sitio más tranquilo. Te va a encantar. —Elvira la había cogido de las manos como si su empleada se fuera a escapar—. ¡No me hagas esto! —le insistió de manera determinante—. Esta noche es solo una en toda mi vida —le rogó melosa.

Luna miró su reloj, indecisa, mientras Elvira juntaba sus manos en posición orante y reclinaba ligeramente las rodillas.

—Está bien —cedió ante la insistencia de su jefa, sabiendo que la batalla estaba perdida, a no ser que se pusiera grosera, y aceptando de antemano que aquella noche no iba a dormir.

—Vente conmigo, te voy a presentar a Juan.

Le presentó también a Bosco, pero con este Luna no pudo hablar, porque había cuatro mujeres con él. Una de ellas, como si se hubiera convertido en enredadera, fuertemente ceñida a su brazo. Cuando salieron a la calle, y a pesar de que no hacía frío, Luna trató de ponerse la chaqueta y se encontró con que él, solícito, la ayudó. Le quitó el bolso de las manos y le deslizó la prenda por los brazos. Acto seguido, la cogió del codo y la dirigió a un Jaguar E-type Zero azul claro plateado situado en la misma puerta del local bajo la apreciativa mirada de un afanado aparcacoches.

—Ven, te llevaré.

—No hace falta, he venido con Elvira —contestó Luna, al darse cuenta de que todas las demás desaparecían en pos de sus vehículos.

—Elvira se va con Juan.

—¡Ah! —dijo Luna.

—Vamos —insistió él, dándose cuenta de que era demasiado educada para negarse.

Como no le quedaba más remedio, y sintiéndose más asustada que halagada por haber llamado su atención, ya que no estaba acostumbrada, Luna se subió en el asiento del copiloto mientras él, galante, le abría la puerta.

—Así que, ¿estás trabajando con Elvira? —inició Bosco la conversación.

Luna asintió. Después de haber estado soportando la música tan alta, los oídos le pitaban en el silencio del coche y sintió sus piernas doloridas al ser la primera vez que se sentaba en un par de horas. Sin poder evitarlo, cerró los ojos y echó la cabeza hacia atrás.

Bosco la miró, vuelto hacia ella su imponente rostro tras el volante de cuero.

—¿Mucho alcohol?

—El suficiente —contestó Luna, incorporándose. Devolviéndole la mirada, añadió—: Además, no estoy acostumbrada a beber y eso no ayuda.

—¿Prefieres que te lleve a otro sitio? —le preguntó Bosco.

Era una pregunta normal, correcta, pero tuvo que concentrarse para contestar.

—¡No! Vayamos con los demás.

Al llegar al nuevo local, más iluminado que el anterior, las amigas de Elvira se mezclaron con algunos conocidos, y aunque ellos dos se sentaron en una mesa con otras personas, que tan pronto le fueron presentadas, Luna olvidó, Bosco consiguió retenerla solo para él.

—Bebe esto —le dio la copa que traía el camarero—. Te sentará bien.

Luna dio un sorbo e hizo una mueca.

—Está asqueroso.

—No es infalible, pero te ayudará a despertarte mejor mañana, siempre y cuando no hayas mezclado muchos tipos diferentes de bebida.

—Tú dirás —enumeró Luna—: cerveza, vino tinto, vino blanco, chupitos, tequila, martini, whisky y, sinceramente, no me acuerdo si algo más.

Bosco la miraba sonriendo, distraído por la boca de ella, que se movía de una manera que a él le parecía de lo más insinuante. El labio superior de la joven era muy fino, pero se curvaba seductoramente a la mitad sobre el labio inferior, más carnoso, dando a la fisonomía de la joven un aspecto sexy.

Fueron las dos horas de conversación más agradables que él recordaba haber pasado jamás con una mujer. Aunque algo reacia al principio y más bien hosca, poco a poco la prevención de Luna fue desapareciendo hasta entablar un diálogo fluido. Bosco se encontró sorprendiéndose a sí mismo interesado por lo que pensaba aquella pequeña seductora sobre política, problemas sociales, actualidad, pero mucho más por los temas que no trataron, ya que eran todavía un par de desconocidos: su familia, su forma de vida, sus preferencias... Y mientras la escuchaba permanecía embelesado con el movimiento de esos labios que parecían haberle hecho un encantamiento.

Hacia las cinco de la mañana, la lengua de Luna comenzó a trabarse y su dueña a reír por todo, pero incluso así a Bosco le pareció fascinante. Estaba completamente hechizado y, por primera vez en su vida, Bosco no sabía qué paso dar a continuación. Había ligado miles de veces, tanto con conocidas como con desconocidas, y siempre las cosas se habían desarrollado solas, sin que él tuviera que poner nada de su parte, sin pensar, instintivamente. Ahora se encontraba ante aquella muchacha, diez años más joven que él, bajita y poca cosa, que además estaba bastante bebida, y se rompía la cabeza pensando en nuevos temas que tratar y el modo de conseguir tenerla esa noche en su casa, en su cama, debajo de él. Sin embargo, por primera vez, no estaba seguro de que ese fuese también el deseo de su acompañante.

Indeciso, Bosco bajó la vista a su vaso de tubo y lo cogió entre sus dedos, dejando en la mesa una estela líquida al deslizarlo y, al alzar los ojos, se encontró con que fue Luna quien lo besó a él.

Fue un beso rápido y suave, directo a los labios, como el aleteo de una mariposa. Luna pareció aun más sorprendida que él por lo que había hecho. Con una exclamación, la joven se llevó una mano a los labios y miró horrorizada a su alrededor. Luna no se había dado cuenta de cuándo se habían marchado todos, pero fue entonces cuando advirtió que en el local ya no quedaba ni una sola cara conocida, lo que alivió en algo la vergüenza por lo que acababa de hacer. Miró de nuevo a Bosco.

—Lo siento. —El rubor cubrió su rostro mientras se mordía nerviosa el labio inferior.

—Pues yo no. —Levantándole el mentón con su mano derecha, le dio un beso él a ella.

Capítulo 2

Resaca

Alguien había clavado un sinfín de clavos en la cabeza de Luna y disfrutaba con el masoquismo de golpearlas una y otra vez con un martillo para que se incrustasen más adentro. La dolorida dueña de la cabeza trató de abrir los ojos, pero sintió como si estuvieran llenos de arena, hasta que se dio cuenta de que era la luz lo que le molestaba. Con un gemido, cambió de postura hasta ponerse boca abajo, rodando sobre las suaves sábanas de la cama y escondiéndose bajo la almohada.

—Veo que te has despertado.

La voz de hombre, extrañamente familiar y a la vez completamente desconocida, hizo desaparecer por arte de magia la conciencia de dolor y malestar de su cuerpo. Luna levantó la cabeza de golpe, lo que le provocó una punzada en la nuca a la que consiguió no hacer caso. Su cara de susto debía ser evidente porque Bosco —comprobó al mirar que no era otro sino él quien se alzaba al pie de su cama, correctamente vestido y con pinta de no haber roto un plato en su vida.— Le sonrió con picardía mientras corría las cortinas para suavizar la iluminación.

—¿Dónde estoy? —la voz de Luna parecía salida de ultratumba.

—¿No te acuerdas?

Luna estrujó su cerebro embotado y solo consiguió que volvieran los dolores de cabeza. «¡Joder! ¿En qué día estoy? ¿Cómo he llegado hasta aquí? ¡Oh, Dios mío! ¿He tenido un accidente? ¿Una enfermedad?», se preguntó cada vez más horrorizada.

Entonces se dio cuenta de que le faltaba ropa.

Incorporándose de un salto se vio las piernas desnudas asomando por entre un revoltijo de sábanas. Encogiéndolas en un movimiento instintivo de pudor se tapó lo mejor que pudo, subiéndose la sábana hasta la barbilla.

—¿Dónde están mis pantalones?

Con un gesto indiferente, Bosco señaló con la cabeza una silla a los pies de la cama, donde él mismo los había dejado por la mañana, tras recogerlos del suelo.

«Esto no me puede estar pasando a mí», se decía Luna mientras su corazón galopaba y su cabeza estallaba de dolor una y otra vez.

La joven miró a su alrededor y tomó conciencia de lo que la rodeaba. Se encontraba en un dormitorio tan grande como todo su apartamento. A su izquierda, debajo del inmenso ventanal por el que no se filtraba ningún ruido exterior y cuyos visillos blancos habían atenuado la entrada del radiante sol, había una zona de estar, con dos butacas y un sofá tapizados en crudo, que rodeaban una mesa de centro rectangular en la que un enorme cesto de flores frescas ponía la nota de color. Al fondo de la pared, de la que colgaba lo que Luna supuso, erróneamente, que no podía ser más que una imitación de un Cézanne –¿cómo iba a ser auténtico?–, una puerta semiabierta laqueada en blanco y con molduras permitía vislumbrar el espejo y el mármol beige de un cuarto de baño.

—¿Estamos en la suite de un hotel? —preguntó perpleja tratando de recordar si se había registrado la noche anterior en alguno.

Bosco volvió a sonreír y, tratando de observar la habitación con la objetividad de un extraño, negó:

—Estamos en mi casa —como se dio cuenta de que Luna necesitaba ayuda, añadió—: vinimos ayer por la noche. Tú lo hiciste por voluntad propia —le recordó intencionadamente.

Luna percibió rápidos flashes de imágenes que se sucedieron desde el fondo de su memoria: la cena, el vino, los chupitos y Bosco, guapo e imponente, mirándola, hablándole... Y de repente recordó, avergonzada, una tórrida escena de besos en el coche de él... ¡Y ella, desde luego, no había sido una mera espectadora!

«¡Ay, Dios mío! ¿Fui yo realmente la que tomó

la iniciativa de subirse a su regazo y comerle, literalmente, los labios?» se preguntaba, sabiendo y temiendo la respuesta. ¿Dónde había quedado su tan cacareado control? Por un instante de vértigo, volvió a sentir las manos de Bosco por su cuerpo, sujetándola por el trasero, mientras cargaba con ella a horcajadas por un elegante portal y luego el ascensor. Entretanto, Luna –más le valía aceptar que no había sido un sueño–, ajena a todo, recorría su hermoso rostro con sus labios.

No conseguía acordarse de nada más, pero tampoco hacía falta ser un sabio para deducir qué había pasado.

La enormidad del acto que había cometido la abofeteó con toda claridad. ¡Se había acostado con aquel hombre tras una borrachera, después de haberse comportado con él como una experta ligona! ¡Había entregado su virginidad a un desconocido para el que sería simplemente una más en la lista! ¡Y ni siquiera se acordaba!

Bosco estudiaba el rostro de su invitada, observando divertido sus cambios de expresión. Casi podía ver el cerebro de Luna trabajando y esforzándose por recordar, pasando de la vergüenza a la más pura consternación. Se sentó en la cama, en el lugar donde antes habían descansado las bellas piernas de su ocupante y, alargando la mano hasta la mesilla de noche, cogió un vaso de agua y un par de ibuprofenos.

—Bébete esto, Luna, te sentará bien.

Como una buena chica, Luna se tomó las pastillas y, con una mano temblorosa, volvió a dejar el vaso en la mesilla. La oleada de náuseas fue inmediata, pero no lo suficientemente fuerte como para que Luna olvidara su pudor, así que, arrastrando la sábana con ella se levantó hacia el cuarto de baño, donde no tuvo tiempo de cerrar la puerta, por lo que, para su mayor embarazo, los ruidos de su vomitona llegaron con claridad hasta la cama donde todavía aguardaba Bosco. Cuando terminó, y con toda la dignidad que pudo, cerró la puerta y, con las piernas temblándole, se sentó en el suelo de mármol, escondió la cara sudorosa entre las piernas y lloró. Lloró lágrimas ardientes por su estupidez. Lamentó haber acudido a la despedida de soltera de Elvira. Se arrepintió de la primera copa de vino que tomó y odió al hombre al otro lado de la puerta que actuaba con tanta naturalidad y parsimonia cuando para ella, prácticamente, había llegado el fin del mundo. ¿Cómo había podido ser tan tonta? ¿Por qué diablos, sabiendo como sabía lo destructivo que era el alcohol, había bebido aquella maldita noche? ¿Acaso había revelado el alcohol su verdadero carácter promiscuo, como el de su madre, escondido férreamente tras su lucha intensiva por no parecerse a ella?

Pero Luna no era dada a la contemplación y mucho menos a la autocompasión. Tardó unos minutos en comprender que la mejor manera de salir de esa situación era aceptarla cuanto antes. Podía asumir lo que había hecho. Lo lamentaba, pero tendría que aprender a vivir con ello. Lógicamente, deseaba no volver a ver a Bosco nunca más. Nada conseguiría disuadirla de que él también tenía su parte de culpa, a pesar de que ella había tomado la iniciativa y su comportamiento había sido de lo más indecoroso.

¡Joder! ¿Ya no había código de conducta caballeresca?

Las normas más elementales le prohibían a un hombre aprovecharse de una mujer bebida, ¿no?

Lentamente se puso en pie, comprobando que ni su cabeza ni su estómago sufrían las consecuencias. Se lavó la cara y las manos. Cogió un peine de concha y se lo pasó por el pelo totalmente aleonado hasta que le dio su apariencia habitual. Se arregló como pudo las arrugas de su camiseta sin mangas. Comprobó, aliviada, que al menos conservaba puesta la ropa interior.

¿Debería sentir algo entre las piernas? ¿Dolor? ¿Alguna sensación física de la invasión que había padecido?

De un manotazo mental decidió no pensar más en el asunto, al menos por el momento. Paso a paso. En aquel instante lo primero era hacer frente al hombre de la habitación y abandonar lo más rápidamente posible la casa. Levantando la barbilla, salió al dormitorio con el firme propósito de marcharse enseguida y no volver a ver a Bosco en la vida.

Por su parte, Bosco se reía de sí mismo. A sus treinta y cinco años era un próspero hombre de negocios, había construido un imperio de la nada y había logrado triunfar económica y socialmente. Humanamente, creía encontrarse por encima de la opinión de los demás. Actuaba de acuerdo a su propio código ético y nunca echaba la vista atrás. Su relación con las mujeres se remontaba a casi dos décadas atrás y nunca le había supuesto ningún esfuerzo. No recordaba una sola mujer a la que hubiera dedicado más de dos pensamientos seguidos. Sus prioridades habían sido otras. Sin embargo, allí estaba él, perplejo y sin saber muy bien qué actitud tomar, ante una chiquilla ruborizada que vomitaba y lloraba en su cuarto de baño, y que le interesaba y le intrigaba más de lo que se quería reconocer a sí mismo.

Se daba cuenta de que Luna pensaba que habían tenido sexo y, de momento, no encontró razón alguna para desvelarle la verdad. Pero también notó que él quería que hubiera sido realidad y que esperaba que Luna quisiera volver a verlo. Sin embargo, nada más escrutar su rostro al salir del cuarto de baño, supo que ella no iba a querer y que volver a tenerla como la noche anterior, suave y dispuesta, iba a requerir un gran trabajo. Y, Dios, ¡cuánto le gustaban los retos a él! Se relamió los labios ante la perspectiva del nuevo desafío, ante el deleite que le provocaba ese nuevo objetivo. Pocas veces, por no decir ninguna, se encontraba con una mujer difícil, lo cual él lamentaba profusamente, pues había pocos placeres superiores al de la sensación de victoria y se negaba por completo a abandonar la satisfacción de conquistar a Luna y ganarla.

Con la cara pálida pero alzada, tratando de mostrar dignidad, Luna salió a recoger sus pantalones, sus zapatos y su chaqueta en completo silencio y volvió a encerrarse en el cuarto de baño. Al rato salió arreglada y, aunque algo arrugada, no había ningún indicio de la joven resacosa de hacía tan solo unos minutos.

Bosco había vivido numerosas veces «el día después». Según el tipo de mujer, habían sido estos desde tranquilos y educados hasta apasionados o recriminatorios, pero estaba claro que el de Luna no entraba en ninguna clasificación anterior. Y como sintió algo de pena por la hermosa joven enmudecida, decidió ponerle las cosas fáciles.

—¿Te encuentras mejor?

—Sí, gracias. —Al alzar la vista hacia él volvió a ruborizarse.

Bosco pensaba que era muy agradable mirarla, ya que actualmente las mujeres se sonrojaban bien poco para su gusto. Con un elegante movimiento se levantó de la cama y, cogiendo a Luna suavemente de los brazos, la enfrentó:

—Luna —dijo, acariciándole los antebrazos y no permitiéndole que bajara la vista—, en cuanto a anoche...

Todavía más ruborizada, tanto que Bosco pensó, divertido, que acabaría por arder, Luna posó sus dedos delgados sobre los labios de él.

—No, por favor, prefiero no hablar de ello. Yo... no estoy muy acostumbrada a este tipo de situaciones. —Se miró los pies—. En realidad, nada.

Bosco pensó que se refería al hecho de haber tenido una noche de pasión con un desconocido, no al sexo en sí.

—Y preferiría que lo olvidáramos. Lamento mucho lo que pasó.

Bosco se sintió dolido.

—No hay nada que lamentar, Luna.

—No, de verdad. Solo... me gustaría irme. Si me indicas por dónde salir, me quiero ir a casa.

—Te irías mejor, y yo me quedaría más tranquilo, si lo habláramos mientras desayunas.

—No tengo ganas de desayunar nada —la sola idea de tomar algo le producía nuevas náuseas. Sin poner atención por dónde pasaban, acompañó a Bosco y llegaron a un vestíbulo con suelo de parqué y a las puertas de acero de un ascensor.

—Por cierto, ¿dónde estamos? —se giró hacia él.

Él tardó un segundo en entender que se refería a la ubicación de su casa.

—En la Castellana, a la altura de los Nuevos Ministerios.

Luna barajó mentalmente la posibilidad de ir andando hasta su apartamento, porque, después de todo, tampoco recordaba si le quedaba dinero en la cartera.

—Déjame que te lleve a casa.

—No, de verdad, gracias.

—Te pediré un taxi, entonces. —Y marcó un par de números desde un aparato de teléfono que había en la pared.

—¿Tomás? Un taxi. Sí, gracias.

La acompañó hasta el portal bajando con ella en el elevador y donde ya esperaba el automóvil. El conserje uniformado con una chaqueta y pantalón de corte militar con botonadura dorada y guante blanco les abrió cortésmente las puertas.

Luna se despidió de Bosco en la acera lo más educadamente posible, pero sin saber muy bien si él esperaba de ella un beso en los labios y sin importarle realmente, pues lo que le hubiera gustado era que se desplomara muerto en el suelo y se llevara a la tumba el secreto de esa noche que ella quería olvidar como fuera.

Cuando llegó a su dirección, la joven extrajo los últimos billetes que le quedaban en su monedero y se encontró sorprendida con que el taxista se negó a cobrarle la carrera asegurándole que el recorrido había sido pagado en el origen.

Bosco, por su parte, la había visto marchar y se había quedado con mal sabor de boca. Tenía que reconocerse a sí mismo que no había llevado el asunto todo lo bien que se podía esperar de él. Podía haberle dicho la verdad y quitar de ese bonito rostro la expresión que tenía de triste culpa y remordimiento. Pero ella había estado tan digna y tan distante en su desastroso aspecto resacoso que le había colocado a él en una extraña posición en la que no se había visto nunca antes. Estaba acostumbrado a ser escuchado y atendido con avidez, a tener rostros deseosos de pasar más tiempo en su compañía, no a mujeres huidizas que lo miraban como si fuera un delincuente. Y, a pesar de todo, solo esta mujer le había interesado y Bosco no podía permitir que su relación con ella terminara allí. No podía imponerse a ella, eso lo sabía, pero sí luchar para ganársela. Y eso es lo que iba a hacer.

Allí mismo, solo ante su grandioso y elegante edificio, viendo desaparecer el taxi al doblar la esquina de Raimundo Fernández Villaverde, decidió por primera vez en su vida que quería ligar a una mujer. No lo había hecho antes, pero algunas ideas cobraron forma en su cabeza. Como buen empresario, enseguida un plan se trazó en su cerebro. Tenía mucho que hacer y el objetivo no era, como había sido con otras, llevarla a la cama, no, la meta era mucho más difícil: ganarse su confianza, demostrarle quién era él y el verdadero valor que tenía, que muy pocas personas, solo los elegidos por él, sabían que tenía.

El lunes cuando Luna llegó al trabajo, con su mejor cara y mentalmente decidida a relegar lo pasado como si nunca hubiera existido, se encontró con que un enorme ramo de rosas rojas ocupaba su mesa de trabajo. Al menos tenía cincuenta flores. Luna no había visto un ramo tan enorme y precioso en toda su vida. Al principio pensó que alguien lo había dejado allí por error, pero luego escuchó las risitas de algunas compañeras y el corazón le dio un vuelco al comprender que eran para ella.

Nunca nadie le había mandado flores. Una sonrisa de placer se le puso en la cara. Brevemente pensó que todas las mujeres del mundo deberían recibir al menos una vez en la vida un ramo.

—¡Luna! ¡Qué calladito te lo tenías! —Las risitas de alrededor le trajeron de golpe a la realidad.

Teresa, que estuvo en la despedida de soltera de Elvira, añadió en un tono no exento de envidia:

—Esto no tendrá nada que ver con tu apartado con Bosco Joveller la otra noche, ¿verdad? ¡Lo manipulaste todo el rato! —y su tono destilaba cierta envidia—. ¡Hija mía! No sé de qué hablarías tanto tiempo, pero el pobre tenía una cara de aburrido... —añadió con malicia.

Luna se acercó con paso tembloroso hacia las hermosas flores. El sobre colgaba de una tira de papel celo sobre el plástico. En el interior había una tarjeta de visita con el nombre de Bosco Joveller en letras de imprenta, sus números de teléfono y su dirección. En el reverso, una sola frase, en letra enérgica de trazo seguro: *Quiero volver a verte.*

Sin firma.

Sintió que la cara le ardía. ¿Qué pasaba con ese hombre? El día anterior se habían despedido por la mañana como dos extraños, educada pero definitivamente, ¿o es que acaso mandaría flores a todas las mujeres con las que pasaba la noche? Seguramente, sí, decidió, matando de un pisotón mental el regocijo que había experimentado en el primer momento. En eso se diferenciaban los hombres corrientes de los conquistadores natos, en ese tipo de detalles que cualquier otra mujer consideraría románticos. Pero no ella. Acostarse con un desconocido, por muchas flores que enviase al día siguiente, no tenía nada de romántico. Y ella, por su parte, seguía con ganas de hacer desaparecer lo sucedido o esconderse en un agujero bajo tierra.

Le costó centrarse en el trabajo. Repentinamente se encontraba mirando sin ver la pantalla del ordenador, recordando la risa de él, la aprobación que había reconocido en algunos de sus gestos, sus manos al tocarla, grandes, elegantes, masculinas, su mirada azul, que parecía entenderla y llegarle a lo más hondo, su olor, a perfume caro de hombre, sus comentarios, inteligentes y acertados... ¿Qué demonios le pasaba? Nunca se había sentido así por ningún hombre y la sensación era a la vez atemorizante y estimulante. La hacía sentir inquieta y esperanzada. ¿Qué iba a hacer? ¡Ella no era así! ¡No se reconocía en estos sentimientos que la embargaban!

Hacia mediodía recibió una llamada de Elvira para que fuera a verla a su despacho.

Como siempre, su jefa estaba imponente. Vestía una falda negra *evasé* hasta las rodillas, de Prada, y sus largas piernas iban envueltas en unas altísimas botas de ante de fino tacón de unos diez centímetros. Lucía una camisa negra y ajustada de seda natural y, como complemento, un collar de cuentas de color hueso daba vueltas alrededor de su esbelto cuello.

—Buenos días, Luna —saludó alegremente—. ¿Me acompañas con el café?

—No, gracias.

Luna no soportaba el café. Desayunaba leche azucarada y, si necesitaba algo para despertarse, tomaba coca-cola, toda la que hiciese falta, a lo largo del día. Con el tiempo se había acostumbrado a tomarla light o cero y así no tomaba tanta azúcar.

Durante unos minutos, las dos mujeres hablaron de una campaña que estaban preparando para una juguetera alicantina y cuyos bocetos Luna estaba a punto de terminar.

—En realidad quería que vinieras para hablar contigo de otra cosa.

Por primera vez desde que Luna la conocía, su jefa parecía nerviosa.

La empleada barajó por un momento la posibilidad de que la fuera a despedir y sintió que el corazón se le aceleraba, así que no pudo decir nada. Permaneció callada, aguardando en silencio y con los ojos muy abiertos.

—Todavía no te he dado las gracias por todo lo que preparasteis el sábado. Creo que salió perfecto y lo pasamos muy bien, ¿no?

Luna no había hecho mucho, pero como las demás había colaborado pagando la parte correspondiente al regalo común y había coreado con el grupo la canción que, con la música de una canción de Juanes, le había hecho una de sus futuras cuñadas cambiándole la letra y personalizándola con anécdotas de la vida de Elvira y Juan.

—En realidad, tu hermana y Sonia fueron las que lo prepararon todo. No puedo apuntarme el tanto.

Pero es verdad, lo pasamos muy bien —contestó, a pesar de que se estaba acalorando y de que temía que Elvira le hablase de su estrafalario comportamiento o quisiese indagar sobre su conducta hacia Bosco.

—No quiero que pienses que me entrometo, Luna. Desde que has venido a trabajar aquí has sido para mí algo más que una empleada. —¿Cómo explicarle, se preguntó Elvira, la necesidad que había sentido de acercarse a ella, de conocerla más, de brindarle su apoyo, de protegerla?—. Me da la sensación, corrígeme si me equivoco, de que no eres una persona muy dada a las relaciones superficiales.

—Dejémoslo —admitió Luna con una sonrisa irónica— en que no soy dada a las relaciones, sin más.

—Ya me parecía. Verás, no he podido dejar de enterarme de que Bosco y tú parecéis estar interesados el uno en el otro, he visto las flores y he oído hablar de vosotros —aclaró—. Bosco es uno de los mejores amigos de Juan. Ellos dos tienen algunos negocios juntos, suelen irse a navegar de vez en cuando —escogió las palabras con cuidado, pero finalmente decidió ser directa—: Sin embargo, me disgustaría mucho que te hiciera daño. A ver si me entiendes, no porque él sea cruel, pero… ¿Cómo decirlo? Creo que eres demasiado ingenua para él.

El silencio, breve, se hizo en el despacho. Luna fue la primera en cortarlo.

—Te agradezco que te preocupes, Elvira, pero puedo asegurarte que no hay nada entre Bosco y yo. Y... también sé que no soy tan boba como piensas

—le hizo gracia que aquella «niña pija» criada entre algodones pensara que ella era ingenua—. Conozco el tipo de hombre que es Bosco y también sé que no es para mí. No tengo interés de iniciar nada con él.

—Me preocupa que ahora él se haya encaprichado de ti. Está acostumbrado a tomar de la vida lo que se le antoja. Insisto, no sé ni de una sola mujer con la que haya estado que no tuviera muy claro cuáles eran las condiciones, pero no sé si tú... No sé si él se ha hecho una idea equivocada contigo, después de todo, el sábado bebimos mucho y tú estabas bastante diferente a como solemos verte habitualmente. — Elvira parecía cada vez más incómoda.

Luna volvió a sonrojarse.

—Prefiero dejar el sábado en el pasado, Elvira. Quizá sí, aquella mujer achispada se mezclaría con alguien como Bosco, pero la Luna de todos los días lo tiene fácil para no coincidir siquiera con hombres como él, porque no suele despertar su interés.

Y tampoco frecuenta sus ambientes, pensó terminando con la conversación y volviendo al trabajo con una sonrisa tranquilizadora hacia su jefa.

«Efectivamente, pensó Elvira viéndola salir, no hay mujer que se acerque a Bosco Joveller así como así, pero lo que tampoco hay es sitio seguro donde una mujer pueda escapar de él».

En un lujoso despacho de la calle Serrano de Madrid, el notario Ignacio Siblejas, de casi sesenta años de edad, trataba amablemente de tranquilizar al hijo de su testador con quien tanto había colaborado en vida y tan buena relación había mantenido.

—Si por fin su padre localizó a la nieta tanto tiempo perdida, es lógico que dividiera todos sus bienes, a partes iguales, entre usted y ella. Tenga en cuenta, don Roberto, que si su hermano de usted no hubiera fallecido, él hubiera heredado esa mitad y, por lo tanto, la recién descubierta nieta lo heredaría todo posteriormente por línea directa de sucesión y sangre. No pretendería dejar a su hermano sin herencia, ¿verdad? Pues los herederos de su hermano son los legítimos herederos de su padre. —Aquello era tan elemental que no entendía cómo tenía que explicarlo.

—¡No puedo aceptarlo! —casi gritó el hombre, entrado en la cincuentena, vestido de luto riguroso—. ¡Por amor de Dios! ¡Si no la había visto en su vida! Usted mismo acaba de explicarme que mi hermano Álvaro consiguió dar con su paradero tan solo unos días antes de morir. ¿Cómo es posible que mi padre se enterara de todo? Y ¿cómo podemos saber que es ella realmente? ¡Hace veintipico años que no sabemos nada de ella y ahora que hay una herencia de por medio resulta que aparece de la nada? ¡Venga ya, hombre!

Armándose de paciencia ante la evidente histeria de su interlocutor, el notario prosiguió con sus explicaciones:

—Es evidente que don Álvaro se lo dijo a su padre

antes de fallecer. Y no solo eso: pidió expresamente que don Ramón se pusiera en contacto con Leticia y ejerciera de abuelo en la medida de lo posible. Su hermano Álvaro estaba apenadísimo de no poder disfrutar de su recién encontrada hija y su abuelo, que ha apoyado siempre la búsqueda, sufrió mucho por la injusticia de que su hijo muriera justo al haberla encontrado sin poder hablarla ni abrazarla.

—¿Y mi padre la vio? ¿Llegó a tener trato con ella? ¿O tampoco? —preguntó el recién huérfano con ansiedad, tratando de eliminar la punzada de celos que sintió por verse excluido de ese secreto familiar.

—Lo ignoro, y si lo hubo, desconozco exactamente los términos del encuentro. Creo que Leticia vive ahora bajo otro nombre y que ignoraba todo sobre la familia de su padre. Según tengo entendido, cuando el detective contratado la encontró, la madre de la muchacha estaba enferma. —Siblejas cogió un folio del informe que tenía en su mesa y mientras lo leía añadió—: Aquí dice que su cuñada, Sara Álvarez, estaba ingresada en proceso terminal en el Hospital de la Paz. —Siblejas se quitó las gafas y continuó—: Pues bien, le decía que hallaron a la esposa de su hermano moribunda ingresada, por lo que su padre de usted no consideró apropiado irrumpir en aquel momento en sus vidas. No sé si su padre tuvo tiempo de intentar otro acercamiento, pero sí que lo tuvo para dejar todos los asuntos legales cerrados, así como los económicos. Lo hizo todo conmigo, precisamente, dos días antes de morir. Dadas las circunstancias íntimas de los hechos, no creí oportuno fisgar. Recogí todas sus peticiones y como no lo encontré con el ánimo de conversar, no me atreví ni a felicitarle ni a indagar.

—¡No me lo puedo creer! —Roberto se dejó caer pesadamente en el asiento de cuero a la vez que se mesó con desespero los cabellos—. Yo contaba con heredar ese capital.

El notario carraspeó mientras miraba disimuladamente su reloj de pulsera.

—Lo que su sobrina va a heredar es, ni más ni menos, lo mismo que su padre le dio a usted ya en vida: la mitad de la compañía Ovides, la mitad de sus bienes personales y la mitad de los bienes y las acciones de su hermano Álvaro y de las otras propiedades patrimoniales.

—Exactamente, ¡joder! —Roberto se levantó y paseó por la sala—. ¡Cómo me ha podido pasar esto! —espetó al fin y, como si se le ocurriera de repente, preguntó—: ¿Y sabemos cómo se hace llamar ahora mi sobrina?

—Tengo todos los datos en un archivo para poder ponerme en contacto con ella. Lo habitual en estos casos es contratar los servicios de una agencia especializada para localizarla, pero sabiendo que su padre ya la había encontrado, se lo pediremos a la misma agencia de detectives.

—Pero ¿sabe dónde está ahora? —preguntó ansioso el huérfano.

—En realidad, no. Para realizar el testamento, su padre solo nos facilitó su nombre y edad legal, así como los datos de registro de nacimiento —como el notario padecía de mala memoria, ya que no había recurrido a ella una vez aprobada su oposición, allá en su juventud, alcanzó de nuevo el documento sobre su escritorio y leyó—: Según nos han informado, la madre de la niña consiguió cambiarle el nombre al huir y por eso ha resultado tan complicado encontrarlas.

—¿Podría darme el nombre del despacho de detectives?

—No veo por qué no. Le pediré a mi secretaria que se lo facilite —le dijo el notario, alegre de conseguir por fin un modo de despedir a Roberto de su despacho.

Si había algo que temiera un notario, era precisamente enfrentarse con el descontento de los herederos. No hay nada que pueda cambiar el testamento de un fallecido, y muchas veces es este el único acto de enfrentamiento que se atreven a tener algunas personas. Utilizan su última voluntad para expresar su desaprobación hacia alguno de sus familiares, mostrando *post mortem* lo que no se arriesgaron a manifestar en vida. Y solo quedaba ante los desilusionados desheredados el odio al mensajero que, cómo no, desearía estar en cualquier otra parte.

Con un hondo suspiro al cerrar la puerta tras el hijo de uno de sus clientes más queridos, el notario se lamentó por la pobre muchacha a la que estaba a punto de cambiarle la vida, ya que, aunque se iba a convertir en millonaria de la noche a la mañana, provocaba tristeza saber que debería enfrentarse a aquel espécimen de egoísta, malcriado y consentido tío y, sin embargo, no iba a poder conocer a dos de los hombres más estupendos e íntegros con los que había tenido el placer de trabajar.

Desde luego, si de su hija se tratara, él podía decir con orgullo que su Ana preferiría mil veces antes conocer a su padre perdido y a su abuelo que heredar tanto dinero. Solo esperaba que la joven Leticia tuviera suficiente cabeza para no dejarse avasallar por el ambicioso tío.

Capítulo 3

La boda

Luna lo tenía claro, no quería volver a saber nada de Bosco, así que ni siquiera se molestó en llamarlo para darle las gracias por las flores, pero se sorprendió a sí misma viendo pasar los días y extrañándose de que él no la buscara. Era una sensación extraña, una especie de «quiero y no quiero». Sus sentimientos hacia el único hombre con el que había estado oscilaban desde el odio y el desprecio hasta la ansiedad por saber de él y averiguar si ella ocupaba al menos solo uno de sus pensamientos. Obligándose a sentirse indiferente, se encogió de hombros. Sabía que debía olvidarlo todo como un mal sueño. Pero su siempre activa mente no paraba de barajar las consecuencias que una noche de sexo con Bosco Joveller podría tener en su vida.

¿Había él usado protección? ¿Y si se había quedado embarazada? ¿Cómo podía preguntárselo a él a estas alturas? ¿Y si le había contagiado alguna enfermedad adquirida por su aparente vida libertina? ¿Debería ella hacerse una analítica para despejar sus dudas? ¿Adelantar la revisión anual con el ginecólogo? Y la pregunta que siempre volvía, a pesar de toda la resistencia que ella ponía en alejarla: ¿se acordaba él alguna vez de esa chica borracha con la que durmió?

Luna siempre había aceptado que no era una mujer de las que dejan huella, y bien sabía que él estaba acostumbrado a mujeres que quitaban el aliento. Desde lo sucedido, se había informado lo suficiente para enterarse de que Bosco Joveller estaba muy, muy lejos de su alcance.

El empresario era considerado uno de los hombres más ricos, sino el más rico del país, muy por encima de Amancio Ortega, Juan Roig o Isak Andic, y no pocas veces su imagen llenaba tanto las páginas de revistas de sociedad –acompañado de mujeres del mundo del espectáculo, de la moda e incluso la nobleza– como las de los diarios económicos, señalando sus últimas fusiones, adquisiciones y aciertos, como si del rey Midas se tratara. En definitiva, Bosco Joveller pertenecía a un mundo cosmopolita, de lujo y abundancia, de viajes y mujeres famosas, un ambiente despreocupado y mimado y a millas de distancia del de Luna Álvarez, con su escaso metro sesenta de estatura, su pelo pajizo y su cuerpo menudo, hija de una hippy porreta y un desconocido, y todavía más lejos de su libreta de ahorros, su sueldo precario y su necesidad de contabilizar hasta los céntimos. Que ella hubiese terminado en su cama un sábado por la noche era tan absurdo como que la cría de un gorrión terminase durmiendo en el nido de un pavo real.

Así que, cuando dos semanas después Luna se arreglaba para la boda de Elvira, había asumido que Bosco había encontrado algo mejor que hacer que perseguirla, y ella, a base de fuerza de voluntad, había relegado al fondo de su mente el hecho de haber perdido su virginidad, sin darse cuenta, por culpa de una borrachera.

Siguiendo su estilo conservador, Luna se puso un vestido largo de seda salvaje sin mangas, de escote cuadrado, que había adquirido por un precio ganga en la sección de oportunidades de El Corte Inglés. Era simplemente espectacular, o al menos eso le parecía a ella. Lo había usado en otra ocasión y así como cuando lo compró, se había sentido como una princesa de las de cuento. La tela suave y lujosa, el vuelo ligero de la falda larga, el color celeste con brillos de plata le hacían pensar en ella como la Cenicienta en la noche que conoció al príncipe. ¿Cómo un vestido podía llenar a una mujer de tantas expectativas? Para ir más adecuada en la iglesia, cubrió sus brazos con una pashmina de hilo a juego en distintos tonos de azules claros.

La joven se había recogido el pelo rubio en un moño alto y se había soltado algunos mechones pequeños para suavizar el rostro. Por último, se montó en unas sandalias de tacón con tiras plateadas, con la esperanza de no parecer tan bajita. Se pintó con base de maquillaje que raras veces usaba y pintó sus labios en un fuerte rosa a juego con las uñas de sus manos.

Aunque se sintió absurda trasladándose en autobús vestida de esa manera, se negó a pagar un taxi hasta los Jerónimos y confió en que, desde la iglesia, alguna compañera de trabajo le acercara a la finca de las afueras donde se celebraría la cena o lo haría en los autobuses que los organizadores de la boda habían dispuesto para llevarles.

Enseguida vio a Bosco entre la colorida y elegante multitud que esperaba a la puerta del templo gótico renacentista, quizá porque, por mucho que lo negara, lo estaba buscando en su inconsciente, quizá porque tenía una altura que superaba a la mayoría de los reunidos. Como un ramillete de flores, mujeres enfundadas en colores vivos de todos los tonos del arco iris le rodeaban destacando al lado de su sobrio chaqué. Ni se le ocurrió acercarse a saludarlo. Bastante tenía tratando de calmar a su desbocado corazón. Pasó el rato hasta que empezó la ceremonia hablando de asuntos laborales con los compañeros del trabajo. «Su sitio», se repetía para sus adentros y, una vez en el interior, ocupó discreta uno de los bancos de atrás. Desde allí, además, pudo ver todo el desfile de ricos y famosos que fueron llenando la parroquia: políticos, actores, pintores, deportistas, escritores, empresarios. Todos entraban en intermitente goteo a presenciar el enlace como en otro tiempo habían hecho sus antecesores, en ese mismo santuario, para contemplar la jura de los príncipes de Asturias, alguna que otra boda real y hasta la proclamación de reyes. Bosco ocupaba un lugar privilegiado en el altar de San Jerónimo, junto a otros once hombres, vestidos como él de testigos. Bajo el objetivo criterio de Luna, él era el que mejor planta tenía de todos.

Involuntariamente regresaron a la mente de la joven las imágenes de los besos que se dieron en el ascensor. ¿Por qué no podía acordarse de nada más? ¿Cómo había resultado ser Bosco en la cama? Ruborizándose, se arrepintió en el acto de haber tenido aquellos pensamientos en la casa de Dios. La tristeza la sobrecogió como le pasaba cuando recordaba aquel día. ¿Bastaba un hombre guapo y un poco de alcohol para convertirse en lo que había odiado toda su vida?

Trató de centrar sus pensamientos en el momento actual. No fue difícil. Deseó haber caído en la cuenta de ponerse algún tocado como los muchos que llevaban las invitadas, a cual más sofisticado y elegante, y se tranquilizó al comprobar que no era la única que no llevaba nada. Si le volvían a invitar a una boda no se le volvería a escapar.

Su corazón romántico se emocionó cuando Elvira y Juan pronunciaron sus votos. Pocos compromisos eran tan fuertes como el que exigía la Iglesia Católica a sus fieles para el matrimonio. Para toda la vida, en lo bueno y en lo malo, en la salud y en la enfermedad... Sin cabida a rupturas ni arrepentimientos.

Una nueva familia. Dos seres que voluntariamente se unen para siempre. No pudo evitar preguntarse si alguna vez ella encontraría al hombre adecuado con el que compartir la vida y celebrar una ceremonia como aquella.

Hasta el momento nunca había sentido esa necesidad, quizá porque había estado ocupada en sobrevivir, cuidar de su madre, encontrar trabajo... Le había costado mucho llegar donde estaba. Para ella era muy importante y se sentía muy orgullosa de hacer lo que le gustaba y estar tan situada en su puesto. Elvira era una jefa estupenda, cordial de trato y exigente a la vez, con la que estaba aprendiendo muchísimo y que le planteaba constantemente nuevos retos, le obligaba a estar formada y a no acomodarse. Levantarte por las mañanas con la ilusión de hacer algo con lo que disfrutas, con un equipo humano con el que congenias... no tiene precio. Y, por el momento, no le había dado ocasión a pensar en otras cosas.

Después de lanzar arroz a los recién casados y esperar pacientemente a que el fotógrafo de la agencia –que se había comprometido a llevarla a la cena junto a otros dos compañeros– se fumara un par de cigarrillos, se dirigían juntos hacia el coche cuando Luna sintió que alguien la cogía suavemente, pero con firmeza, del brazo.

—Yo llevaré a Luna a la finca —pronunció una conocida voz que hizo que a Luna le recorriera un no deseado escalofrío de placer por todo el cuerpo.

Su voz había sido tan terminante que ninguno de los compañeros que andaban con ella puso objeción y, sin más dilación, el trío se alejó de ellos, dejándola a solas con Bosco.

—¡Eh! Un momento...

Antes de que pudiera discutirle, Bosco se adelantó a sus palabras, saludándola, recorriéndole el cuerpo con una intensa mirada apreciativa.

—Hola, Luna. Estás preciosa hoy.

«Tonta Luna», se dijo a sí misma, «que te encanta que te mire así y te ruborizas de que te encuentre guapa».

Bosco se había pasado los diez últimos días en Nueva York, en unas reuniones con otros socios propietarios de medios de comunicación, tratando unas inversiones de capital en dos periódicos digitales y dos cadenas de televisión norteamericanos, y no había podido dejar de pensar en Luna. En realidad, no había podido dejar de pensar en las dos Lunas que había conocido. Por un lado, la desinhibida, que se reía a carcajadas con los ojos velados por el alcohol y hablaba sin parar con su voz gutural y sexy, la mujer consciente de sus encantos que disfrutó de su conversación y que se lanzó a sus brazos y a sus besos con una pasión desenfrenada; por el otro, la cautelosa, constantemente ruborizada y seguramente horrorizada y arrepentida por su conducta del día anterior, la mujer aparentemente empequeñecida pero decidida, que con firmeza huía de él. Y Bosco todavía no sabía cuál de las dos lo volvía más loco.

Había logrado convencer a Elvira para que cambiara el protocolo de las mesas y los sentara juntos aquella noche. Para ello, tuvo que prometer a la novia y prácticamente jurar con su sangre que iría con cuidado. Quedaba claro que la Luna responsable despertaba en su jefa un afán protector. «Solo quiero conocerla», le había asegurado Bosco a Elvira. Y así era. Pero, por primera vez con una mujer, no estaba seguro de si iba a quedar satisfecho solo con eso.

Tras secuestrar a Luna a la salida del templo, Bosco la condujo hacia su coche, un Mercedes SLK 250 de dos plazas. A propósito se había llevado ese automóvil, para evitar que nadie más viajara con ellos. Lo único que le faltaba era una algarabía mientras hacía de chófer para un alborotado grupo. Bosco se había fijado en Luna ya cuando esta se acercaba andando desde el paseo del Prado hacia la iglesia. Le gustó el color de su vestido, así como su andar cadencioso y elegante, con cierto aire inquieto e inseguro que la joven sofocaba con la barbilla alta y el aplomo propios de una institutriz del siglo XIX. Bosco dedujo que eso se debía a la Luna conservadora. El sábado de hacía dos semanas había conocido a una mujer. Estaba seguro que este sábado iba a conocer a otra y solo la expectativa le estaba generando muchísimo placer.

—No puedes hacer esto —le dijo Luna con voz contenida.

—¿El qué?

—Decidir por mí con quién voy a un sitio. —Le había dolido en su orgullo que él la tomara como un manojo de perejil, sin preguntarle y sin ninguna consideración hacia ella.

—Está bien —concedió Bosco, pues estaba de excelente humor—, entonces te lo preguntaré. ¿Me haces el grandísimo honor de dejar que te lleve en mi humilde coche? —le preguntó inclinándose ante ella y señalando hacia el impecable e impoluto automóvil.

Luna arqueó una ceja. Pensaba decirle que no, pero luego decidió que era mejor hablarle en el coche, a resguardo de las indiscretas miradas de los que todavía se demoraban a la salida del templo.

Cuando él le abrió la puerta del asiento del pasajero, Luna se tensó ante la muestra de modales, pero luego se ordenó no dejarse impresionar, al recordar que Bosco era así en esencia, el perfecto caballero, y no debía vislumbrar en sus actos nada específicamente destinado a ella. Mientras el propietario del coche rodeaba el automóvil hacia su asiento, Luna trazó mentalmente el infalible plan de aclararle la situación durante el trayecto y, en cuanto llegaran a la finca, no volver a dirigirle la palabra nunca más. Con este propósito en la cabeza, empezó a hablar en cuanto él se sentó al volante:

—Bosco —se humedeció los labios para tranquilizarse—, la mujer que tú conociste el sábado pasado...

—¿Qué mujer? —la interrumpió Bosco sonriente, sabiendo que la desconcertaría, y provocándola aún más al echarse sobre ella y amarrarle él mismo el cinturón.

—¿Có-cómo que qué mujer? —Luna sintió su aliento cálido en sus labios y por un momento pensó que él la iba a besar, y se dio cuenta, avergonzada, de que no iba a hacer nada para impedírselo.

Pero Bosco se puso de nuevo al volante sin abandonar su sonrisa pícara. Parecía muy satisfecho consigo mismo, lo que molestó a Luna y la devolvió a la realidad de su plan.

—¿Que a qué mujer conocí?

Luna se lo quedó mirando sin recordar de qué estaban hablando. Contestó ruborizada en cuanto cayó en la cuenta:

—A mí. Pero no era yo.

—Ajá. —Desde el punto de vista de Bosco, aquello era perfecto. La propia Luna se daba cuenta de la dualidad que existía en ella.

—En serio. Había bebido demasiado. Yo... no tengo la costumbre de beber. Fui una estúpida, ya lo sé, pero Elvira insistió en brindar y yo no pensé que fuéramos a estar con hombres.

Bosco la miró arqueando las cejas:

—¿Hubieras puesto más cuidado de saber que yo iba a estar allí?

—Naturalmente.

—¿Por qué?

—¿Por qué? Pues, precisamente, para evitar que

pasara lo que pasó. Si hubiéramos salido de verdad solo mujeres, tal y como teníamos pensado, no hubiera pasado nada. —Su voz había adquirido un leve tono cercano a la histeria producido por el pesar y el arrepentimiento. ¡Era tan obvio para ella!

—¿Y qué es lo que pasó? —le preguntó Bosco, mirándola dulcemente, de una manera que Luna encontró irresistible.

—Tú ya sabes lo que pasó —contestó, ruborizándose.

—Dímelo —insistió Bosco.

En tan solo una décima de segundo, Luna pasó de encontrarlo maravilloso a enfadarse con él por ponerla en la tesitura de tener que expresar en palabras el principal motivo de su vergüenza, y fue por esta razón que decidió herirlo.

—Pues mira, no lo recuerdo. Sé que te besé y deduzco, por cómo aparecí al día siguiente en tu casa, que te aprovechaste de mí.

—Así que no lo recuerdas, ¿eh? —el tono de Bosco seguía siendo ligeramente irónico y no enfadado, como Luna había esperado—. Te diré, para tu información, que no pasó nada.

El silencio se hizo denso en el coche. El alivio de Luna luchaba contra la incredulidad.

—¿Nada? —trató de confirmar con voz ahogada.

—Aunque no lo creas, soy un caballero. Jamás me aprovecharía de una mujer bebida. A pesar de que eres irresistible para mí y que me supuso un gran esfuerzo, me limité a acostarte y dejarte descansar.

De la garganta de Luna salió un sonido extraño, estrangulado.

—¿No te acostaste conmigo? —Luna sintió que el mundo era un lugar sensacional para vivir. La sonrisa en su cara le dio un toque mágico a su ya natural belleza.

—Te aseguro, encanto, que, si me hubiera acostado contigo, al día siguiente te acordarías. —Bosco bromeó, seguro de sí mismo.

—¿Sigo siendo virgen? —se le escapó emocionada a Luna, antes de darse cuenta de la intimidad que desvelaba.

Entonces fue Bosco quien la miró con un gesto indescifrable y un tanto especulativo mientras asentía con la cabeza.

Y todo pasó a la vez: Luna se dio cuenta de lo que había dicho y, avergonzada, desvió la vista de aquellos ojos que la miraban asombrados y la posó en el salpicadero. Hizo esfuerzos por entender lo que sus ojos veían para distraerse de su desliz y, cuando su cabeza registró la velocidad a la que viajaban, se olvidó de lo que acababa de decir y chilló:

—¡Para! ¡Para ahora mismo!

—Luna, por Dios, ¿qué te pasa? —preguntó Bosco sin obedecer.

—¿Has visto la velocidad a la que vas? ¡Nos vamos a matar!

Bosco se encogió de hombros y, como vio que estaba asustada de verdad, decidió mentirle.

—Está roto.

—¿El qué?

—El velocímetro —siguió él, como si fuera la cosa más natural del mundo.

El suspiro de alivio de Luna lo hizo sonreír, pero tuvo que aguantar las ganas de carcajearse cuando la oyó decir:

—Ya me parecía que no podía ser.

—¿Podemos volver a nuestra conversación ahora que ya estás más calmada?

—¡Ah, sí! Pues bien —dijo Luna, que necesitó de unos segundos para relegar a lo más recóndito de su memoria su declaración de virginidad y recordar que iba a decirle que no debían verse más—. Ya hemos dejado claro que yo no soy como crees que soy, así que en realidad no has mandado flores a la mujer que creías, ni has subido a tu coche a la mujer que creías. Por lo tanto, yo, la real, me bajo del automóvil en cuanto lleguemos y cada uno por su lado. ¿Vale?

—Vale —Bosco asintió, conforme, mientras miraba al frente.

Ante la facilidad con la que había aceptado su propuesta, Luna decidió, molesta, que en cuanto Bosco se había dado cuenta de que ella era virgen había comprendido la realidad. No sabía por qué se sentía ofendida, pues al fin y al cabo era lo que quería que él entendiera, pero le dolía ver que aceptaba tan fácilmente su negativa a prolongar el trato entre los dos. Decidió que le molestaba porque era muy poco halagador para ella. En algún recóndito lugar de su solitario corazoncito había albergado la tenue esperanza de significar algo para él y haberle dejado, en verdad, algo de huella.

Apartó sus pensamientos de un manotazo. Ella era más práctica que todo eso. Conocer a Bosco, dormir en su casa, las horas que pasaron aquella noche conversando, eran experiencias que difícilmente olvidaría. Y cada vez que oyera o leyera de él en las revistas y en las redes sociales, se acordaría con emoción y cariño.

Bosco la miraba de reojo, complacido. Desde luego, aquella muchacha lógica y precavida despertaba un interés en él mucho mayor que la desinhibida que durmió en su casa. Y lo más curioso era que, aunque no había dejado de desearla, deseaba aún más conocerla a ella, sus pensamientos, sus ideas, sus sentimientos y sus proyectos. Seguro de que Luna era demasiado correcta como para no sentarse donde le indicaran, se despidió de ella con un ligero movimiento de cabeza, disimulando una sonrisa cuando la vio ruborizarse al marcharse hacia la otra punta de la recepción. Sí, pensó con arrogancia, no había nada como el desafío de una mujer que se cree inaccesible para incentivar las ansias de conquista en un hombre.

Había contratado a un matón. Pensaba que eso solo ocurría en las películas americanas. Pero ahora sabía que era una realidad cercana. Había resultado fácil y excitante y le había hecho sentirse un hombre de verdad. Nada, nada de lo que había hecho o experimentado anteriormente se podía comparar con aquella sensación. Cierto que su sicario no era precisamente un experto asesino a sueldo, pues no hubiera tenido valor para contratar a uno. Ni en sus momentos de máxima euforia había perdido de vista que si algo salía mal acabaría entre rejas. Sabía que podía localizar a un matón a través de internet, pero hoy en día todo dejaba huellas y la informática no era su fuerte. No. Todo había resultado mucho mejor de lo esperado dando la cara, aunque esta hubiera estado ligeramente en penumbra y semiescondida bajo un sombrero.

Le había costado acercarse a aquel bar de mala muerte en el barrio de Malasaña donde, eso sí que lo había investigado en internet, uno podía encargar con la misma facilidad que pedía una caña, un secuestro, un asesinato o un susto violento. En el blog con el que había contactado le dieron algunos consejos para no caer en la trampa de algún poli trabajando encubierto. Y todo había ido sobre ruedas y a un precio que ni soñado.

Ya había tirado los dados. No era posible dar marcha atrás. Se sentía como un dios, decidiendo sobre la vida y la muerte. La euforia y la adrenalina recorrían su cuerpo con un hormigueo incesante que no le abandonaba. ¡Era tan emocionante lo que había hecho! Casi, casi, las emociones que sentía superaban los beneficios que iba a obtener con el asesinato. Casi. Ya no iba a haber más sorpresas. Lo suyo sería suyo y de nadie más gracias a que él había sabido hacerse dueño indiscutible de su destino... y del de alguien más.

Acababa de decidir que su sobrina Leticia no iba a vivir. ¡Qué gran poder!

Estaba muy pagado de sí mismo, además, por haber mantenido su mente para los negocios hasta en circunstancias así. Con astucia, se había negado a pagar todo de golpe y porrazo, le había dado a aquel yonqui avaricioso un adelanto y le había prometido el resto cuando terminase el trabajo. ¡Qué manera más efectiva de garantizarse que se hacía lo que habían acordado!

Había tenido que pasar, eso sí, por explicarle los engorrosos detalles. El yonqui esperaría hasta que Leticia se durmiera, entonces entraría en la casa. Ya habían examinado la puerta y el asesino la había abierto con pasmosa facilidad. La había forzado simplemente con un destornillador apretando en el lugar adecuado. A pesar de tener pinta de necesitar un chute, su contratado necesitó solo dos intentos para dominar la cerradura. ¡Impresionante! Le hubiera pedido allí mismo que le enseñara cómo lo había hecho si no fuera porque había querido largarse de allí cuanto antes.

Habían entrado en el piso. Bueno, él realmente no había querido dejar sus huellas en el lugar del crimen y había mirado desde el umbral. El sitio daba asco. ¿Cómo podía ser Leticia una Fernández de Oviedo y vivir en esa buhardilla con muebles de pino? Aquello no era digno ni de su personal de servicio.

¡Ay, padre! ¡Qué forma tan absurda de dilapidar tu fortuna! En el fondo, Roberto pensaba complacido que estaba haciendo un favor a su viejo y a la economía familiar. Una chica así, acostumbrada a vivir con hippies y sin haber pisado una alfombra persa en su vida, no era digna de recibir la herencia. ¡En qué se la hubiera gastado? ¿En muebles de Ikea y un adosado en Montecarmelo? ¡Venga ya! ¡Qué espanto!

Echó un último vistazo al reloj. Esperaba ansioso la llamada que le confirmase que ya todo se había hecho. Confiaba en aquel yonqui para hacer el trabajo. Al fin y al cabo, no exigía una gran dificultad cortarle el cuello a una mujer dormida. Se podía permitir ir hasta arriba de coca, aunque había jurado que no tomaría nada hasta terminar. Y lo mejor de todo era que, si algo salía mal, no había nada que lo pudiera relacionar con él. Ni siquiera su asesino podría decir una sola palabra acerca de su persona. No tenía ni idea de quién era ni de dónde provenía. Se había tomado las molestias de presentarse con otro nombre y hacer el pago en efectivo. Y ¿cuántos hombres respondían a su descripción? ¿Alto, moreno y con pinta de rico? ¿Qué más podría decir de él? Incluso el teléfono al que debía llamar al terminar, era un terminal de prepago que destruiría en cuanto pasara la noche.

Por otro lado, nadie los había visto salir y entrar del edificio, de eso estaba seguro, pues no habían coincidido con ningún vecino en toda la finca.

Roberto sonrió satisfecho.

De su cartera sacó la foto que había conseguido de su sobrina. Debería destruirla, solo por precaución. La miró, despidiéndose de ella. La verdad es que era guapa. Muy lejos del tipo de los Fernández de Oviedo, que tradicionalmente eran mujeres hermosas, altas, fuertes, bien dotadas, de las que causan sensación. Su sobrina tenía la apariencia de un duendecillo con atractivo. Poseía una mirada que lo abarcaba todo, de almendrados ojos grandes. Iba un poco encogida, como si no quisiera llamar la atención, pero lo cierto es que, a su manera, tampoco pasaba desapercibida. Reconoció con cierto orgullo familiar que la hija de su hermano tenía clase. Además, siguió pensando Roberto, para haberse criado con una hippy, vestía muy bien. En sitios baratos – recordó las etiquetas de Zara y Cortefiel que había divisado sobre la pulcra mesilla de la entrada de su apartamento–, pero con cierto estilo.

Sin embargo era poquita cosa y no cabía en su mundo. Esa era la verdad.

Mientras esperaba, cada vez más inquieto, que se acabase con la vida de una persona por orden suyo, trataba de encontrar su conciencia. Sin éxito. No sentía ni un ápice de remordimiento. No creía estar haciendo nada especialmente malo. Por el contrario, iba a recibir muchos beneficios. Este último pensamiento, el de la herencia que recuperaría, lo hizo olvidarse completamente de tratar de sentirse mal por lo que había hecho. El dinero era muy importante para él. En realidad, el dinero era lo único para él. En cuanto recuperase la herencia podría seguir adelante con su vida. Nada cambiaría a peor tras la muerte de su padre. Tendría todo el bienestar material para el que había nacido.

Fidel entró en la parada de metro de Gran Vía y no se molestó en pagarse un billete con las monedas que había conseguido en el ratillo que estuvo tocando la guitarra en la Puerta del Sol. No. Simplemente saltó por encima del torno e hizo caso omiso de los gritos del taquillero. Sabía que el taquillero no saldría de allí y hasta que llegase un guardia jurado... ¡Le encantaba Madrid! Y ciertamente que había echado de menos la ciudad. Llevaba un par de años de vagabundeo en compañía de Diana. Barcelona, Londres, París, Los Ángeles, incluso Holllywood y un par de viajes relámpago a Las Vegas. Lo habían pasado bien, pero ahora estaba de regreso, con los bolsillos más vacíos que cuando se fue, tal y como su compañera de viaje le había hecho notar, y solo de nuevo. Y Fidel no sabía estar solo.

A veces pensaba que tenía que haber hecho como Luna, centrarse, estudiar una carrera y buscarse un empleo respetable, pero en el fondo sabía que eso no era para él. Demasiados años viviendo en la anarquía. Claro que su hermana se había criado igual que él, durante mucho más tiempo, y ahí estaba, tan completamente imbuida en la estabilidad y las normas que no parecía haber hecho otra cosa en toda su vida.

También la había echado de menos a ella. Después de todo, ambos eran lo único que tenían en el mundo. Hasta que había aparecido Diana, para Fidel, Luna y su madre eran toda la familia con la que había podido contar. Sobre todo Luna. Sara, con sus adicciones, era otro cantar.

Sabía que Sara había muerto. Había mantenido el contacto lo suficiente como para saberlo y como para imaginar lo duro que había sido para su hermana. Pero, ¿para qué engañarse?, desde el lejano estado de California, donde estaba en aquel momento con Diana haciendo el amor en la playa y vendiendo camisetas pintadas, realmente la cosa no parecía tan mala. Y como tampoco tenían dinero para retornar, era mejor no hacerse mala sangre y seguir con el día a día.

Ahora por fin regresaba. Volvía a su hogar. Volvía a su Luna.

De pie, en el metro, rodeado de extraños y sin necesidad de agarrarse para mantener el equilibrio mientras el tren se deslizaba por los túneles subterráneos de la ciudad, Fidel sonrió al pensar en ella. No le había avisado de que llegaría hoy, no teniendo muy claro, con el presupuesto que tenían de vuelta, cuánto tiempo les costaría lograr aterrizar en el Adolfo Suárez de Barajas.

Así era más cómodo. No le esperaba y, por lo tanto, no se preocupaba.

Ignoraba si su hermana estaría en casa, pero, con lo precavida y poco social que era, tenía más probabilidades de encontrarla en su apartamento siendo sábado que entre semana, que trabajaba.

Fidel siempre había sentido una ligera curiosidad por conocer quién era el hombre que había engendrado a Luna y descubrir si era tan metódico, ordenado y responsable como ella. Si así fuera, se aclararía por qué su hermana era tan opuesta a Sara en todo. O quizás la genética no fuera la causante del carácter de Luna, quizás tan solo se debía a un efecto rebote de todo lo que había vivido. En el momento en que su hermana había tenido edad de vivir como le daba la gana, había procurado con disciplinada minuciosidad hacer lo contrario que había visto en su madre. Y no cabía duda de que lo había logrado.

Deseoso de estrechar a Luna entre sus brazos y de verla preocuparse por él y coserlo a preguntas sobre todo lo que había hecho, Fidel se apeó en la parada de Cuatro Caminos y, como ya le había sucedido otras veces, equivocó la salida y tuvo que andar más de la cuenta hasta llegar al edificio donde su hermana había alquilado su pequeño apartamento.

No le importó que no estuviera. Esperó en la calle hasta que una mujer mayor salió del portal. Luego entró y, sin ningún remordimiento, forzó la cerradura con una especie de ganzúa que llevaba en su petate.

Echó un primer vistazo y sonrió.

—Luna, Luna, Luna, nunca cambiarás —dijo entre dientes.

Desde la última vez que había vivido con ella, su hermana se había construido un hogar, algo perceptible a pesar de los muebles baratos. Se imaginaba perfectamente a Luna leyendo apaciblemente en el sillón orejero, bajo la lámpara de pantalla beige, o pintando sus numerosos cuadros ante la ventana que daba a la calle.

Encogiéndose de hombros en un gesto típico de él, se dirigió a la nevera. Su organizada Luna no lo decepcionó. Tenía una fiambrera con un guiso de carne, pasta con la salsa de champiñones que le salía de muerte y, ¡oh sí!, las sobras de un pastel de queso. Después de servirse a gusto y de repantigarse en el sofá a ver un partido de fútbol carente de interés, se acostó sin remordimientos en la única cama que había en la casa. Cuando Luna llegara, ya verían lo que hacían. Con un poco de suerte, su hermana lo vería tan dormido que no lo despertaría y se iría ella a dormir al sofá.

Capítulo 4

La cena

Luna aceptó ruborizada que iba a cenar con Bosco. El corazón le saltó rápido en el pecho, excitado ante la promesa de otro encuentro con él. ¿Había sabido Bosco que estaban sentados en la misma mesa cuando se despidió de ella tan tranquilo en la entrada?, se preguntó la joven mientras fingía leer su nombre en el panel con la distribución de las casi cincuenta mesas, pues sus ojos no distinguían nada en aquellos momentos.

Luna se había escapado de la recepción, cansada de estar de pie sobre los tacones, de hablar de naderías, de tratar de evitar que sus ojos se escaparan buscando a Bosco y de ver pasar a un sinfín de camareros agobiados, cargando un infinito número de bandejas con copas de champán, canapés variados, exquisitas tartaletas, diminutas quiches y originales bocados creados por uno de los mejores restauradores del país. Y ahora, inclinada sobre el atril donde estaba expuesto un mapa del salón, la joven no podía serenarse.

Otros invitados habían seguido su ejemplo y no estaba sola. El aperitivo, para tanta gente, se estaba alargando debido a la tremenda cantidad de fotos que estaba haciendo el fotógrafo de los novios con los diferentes grupos de amigos y familiares. Luna siguió echando un vistazo a lo que le rodeaba con la esperanza de distraerse y apartar así a Bosco de su mente.

El comedor, compuesto de tres salas contiguas de enormes dimensiones, estaba completamente ocupado de mesas redondas, excepto por los pasillos laterales y centrales, todas ellas vestidas con impolutos manteles de hilo blanco bordados. La vajilla de porcelana, las copas de cristal de bacará, la cubertería de plata grabada en oro con las primeras letras de los apellidos de los novios, los hermosos centros de flores, las velas olorosas en sus candelabros de hierro forjado, las enormes lámparas del alto techo... Todo era tan hermoso que Luna se sintió transportada a un cuento de princesas donde, antes o después, debería aparecer el príncipe azul para invitarla a bailar.

¿Qué tenían las bodas que ponían a las mujeres tan sentimentales?

Saliendo de su ensoñación, Luna se obligó a no dejarse embaucar por el ambiente. Precisamente esa noche debía demostrarse a sí misma que tenía tanto control como alardeaba. No podía dejar sus murallas indefensas. Justo ante Bosco debía ser más cuidadosa, porque no podía permitirse abrir ni un poco su corazón o sufriría muchísimo. No. La vida le había enseñado a Luna a protegerse y no dejarse cautivar por sueños imposibles. Sí, todo estaba precioso y Elvira y Juan serían muy felices, y todo lo que Luna Álvarez tenía que hacer esa noche era cenar con el hombre más atractivo y encantador del mundo y mostrar toda la indiferencia que pudiera, para no volverlo a ver y dejar de imaginarse a sí misma como la novia y a Bosco encandilado a sus pies.

Punto.

Cuando un tiempo después se acercó a sentarse a su mesa, Bosco ya estaba allí, hablando con los otros comensales. En cuanto la vio se puso de pie y le movió la silla a su lado para ayudarla a sentarse. Tapando con sus dedos su copa, Luna negó al camarero cuando este le fue a servir vino.

—Puede retirarme las copas si le viene mejor, no voy a beber.

—¿No quieres correr riesgos esta noche? —le preguntó Bosco, mirándola con una chispa de humor en sus vivaces ojos, cuando el camarero obedeció.

—Nunca suelo hacerlo. La noche de la despedida de Elvira fue una excepción.

—Me alegro de que Elvira nos haya sentado juntos, ¿tú no?

Como ella alzó la mirada interrogadora, siguió imperturbable:

—Así puedo conocerte mejor, sin los efectos del alcohol.

Luna se anticipó a él.

—Descubrirás rápidamente que no soy una mujer interesante —bajando la voz, añadió—: Y que no pertenezco a tu mundo.

Bosco alzó las cejas sorprendido.

—¿Y cuál es ese mundo?

Con un amplio gesto, Luna abarcó la sala.

—¿Te sientes desplazada? —preguntó, frunciendo el entrecejo.

Por un instante, Luna pensó que tenía un gesto amenazador.

—No. Sé por qué estoy aquí, igual que lo sabía el sábado, pero eso no me hace olvidar de dónde vengo y que mi paso entre vosotros es puntual. Después de hoy, ya no volveremos a vernos más.

«Eso es lo que tú te crees», pensó Bosco.

—¿Por qué? ¿No quieres? ¿Te sientes incómoda?

—No, pero simplemente no habrá oportunidad.

—No la habrá si no la buscamos. Puedo ser muy tenaz.

Luna no lo dudaba.

—Estamos hablando de relaciones libremente consentidas, ¿no? —preguntó ella, tratando de ser mordaz.

—Por supuesto. Puedo ser muy persuasivo.

—Y, ¿para qué?

—Me interesas. Es obvio, ¿no?

—No soy a lo que estás acostumbrado.

«Eso ya lo sé», pensó él.

—A lo mejor por eso me atraes —insistió.

—No estoy dispuesta a ser tu ligue del momento.

Bosco se hubiera reído si no fuera porque se daba cuenta de que para ella aquello era importante.

—No tienes por qué serlo. —Y como de verdad quería tranquilizarla, posó su mano sobre la de ella y sus dedos largos, grandes, la cubrieron por entero—. No lo compliques. Seguro que antes te han tirado los tejos. Soy un hombre paciente. Te llamaré, quedaremos, nos conoceremos y, poco a poco, a tu ritmo, podemos ir viendo si a los dos nos gusta adónde lleva.

—¿No te das cuenta de que no puede ser?

Hasta ese momento, el resto de los comensales había fingido ignorarlos, pero justo en ese instante hubo un silencio generalizado. Luna miró a sus compañeros de mesa e irguió los hombros en un intento de demostrar una seguridad que no sentía.

Bosco ni se inmutó.

—Vamos a conversar con los demás.

—No, vamos a seguir con lo nuestro.

—Muy bien. No estoy interesada. Fin de la conversación.

—El otro día sí parecías interesada. —Se rio a carcajadas cuando vio cómo Luna se ruborizaba.

A raíz de sus risas, el rubor se incrementó.

A Luna le gustaba ser justa consigo misma, y se sentía totalmente responsable de su comportamiento. ¿Que había estado bebida? Sí. Pero aquello no era excusa. Ella había hecho mal en beber. Nadie la había obligado. Y aun con los efectos del alcohol no podía negar que se había lanzado como una vulgar mujerzuela hacia Bosco.

—¿No podemos olvidarnos del otro día? —Estaba tan compungida que no identificó la mirada de ternura que mostraban los ojos de Bosco.

—No, yo creo que nunca podré.

Ante el sonido de su voz y por la intensidad de su mirada, Luna sintió que un calor le atravesaba el cuerpo.

—¡Eres un conquistador! —lo acusó, exclamándolo en voz alta también para recordárselo a sí misma.

Bosco arqueó una ceja.

—Vas a tener que hacerme una lista con los defectos que te molestan de mí para irlos solucionando.

Luna lo miró dubitativa:

—Son insolubles: eres rico, eres guapo y eres un mujeriego. En cuatro palabras: no eres para mí.

Bosco rio:

—Cualquier otra mujer los consideraría virtudes, no defectos.

—Ahí lo tienes. Sal con cualquier otra mujer.

Por primera vez en todo el rato, Bosco miró al resto de comensales y, solo por eso, Luna supo que iba a decirle algo importante. Cuando por fin los ojos de él se pararon directos en ella, Luna sintió un escalofrío.

—No quiero a ninguna otra. Te quiero a ti. Estoy más interesado en ti de lo que lo he estado nunca en nadie ni en nada. No veo nada malo en que nos conozcamos mejor y en poner todos los recursos a mi alcance para conseguir que me prestes atención.

A pesar de que estaba excesivamente halagada, como se consideraba indigna, Luna insistió:

—Antes o después te darás cuenta de que no soy nada especial. —Y como le dolía en su amor propio que pasara más tarde que pronto, cuando ella quizá bajara la guardia, decidió darle los datos más elementales de su vida, pero también los más duros—: Soy hija de una madre soltera, nunca he sabido quién era mi padre —hablaba en voz baja y monótona, evitando que nadie más pudiera escucharla, pero completamente centrada en Bosco—. Mi madre era una hippy que me arrastró por todos los pueblos y ciudades de España entre ventas callejeras de cuadros y canciones de guitarra o sus trabajos esporádicos de camarera en bares y restaurantes. Era alcohólica, fumaba porros y seguramente terminó metiéndose algo más en el cuerpo. Murió en un hospital de la Seguridad Social, con cinco pacientes más en la habitación, de cirrosis. Esa soy yo.

—Esa es la vida de tu madre —la corrigió Bosco apenado—. ¿Por qué me iba a importar? —Aunque sí le importó, pero no, como suponía Luna, porque eso le hiciera minusvalorarla o despreciarla, sino porque saberlo le hizo sentir compasión por la niña que Luna había sido y por la niña que, en algún sentido, seguía siendo.

—Porque también es mi vida. Ha sido mi vida.

—Pero ya no. Tú misma acabas de hablar en pasado.

—Pero he salido de ahí. Eso me ha hecho lo que soy.

—Pues me gusta lo que veo. —Como se daba cuenta de que ella estaba tensa, le sonrió animadamente.

—¿Por qué no quieres verlo? ¿Por qué te niegas a entender? —le preguntó Luna.

—Entiendo lo que quieres decir, pero no me importa. ¿Crees que necesitas pedigrí para salir conmigo?

—No es eso. Puede que tú no lo pidas, pero antes o después acabará importando.

—Lo que me estás diciendo es, básicamente, que no quieres que te haga sufrir. No quieres darle una oportunidad a lo nuestro por temor a que antes o después yo te deje: bien porque soy un mujeriego y acabaré deseando a otra mujer, bien porque soy rico y frívolo y terminaré asqueado de estar con una mujer de un mundo diferente. ¿Te he entendido bien?

—Seguramente —asintió poco convencida.

—O sea, que no es solo por mí. Te niegas a empezar una relación con nadie por temor a que te hagan sufrir, ¿no?

Luna pensó en su pasado. Realmente había huido de la gente, literalmente. Ni amistades íntimas, ni relaciones con hombres. Hasta ese mismo momento no se había dado cuenta de que se había convertido en alguien demasiado prudente... y también demasiado solitaria.

—Reconoce que tú tienes más papeletas para hacer sufrir a una mujer.

—¡Ah! —dijo él, aunque no le creyó—. O sea que eres selectiva y hay gente a la que sí le permites acercarse a ti.

Luna pensó en Fidel y asintió, segura de no mentir.

—Bien. Y supongo que esa selección has de hacerla antes de conocer bien a las personas, no vaya a ser que por el camino les cojas cariño.

Viendo adónde quería llegar, ella se le adelantó:

—Tan solo soy prudente...

—Y me parece bien —la interrumpió él—, pero puedes acabar siendo injusta. Te puedes equivocar. Habla con cualquiera de mis amigos. Soy leal hasta la muerte.

—A mí no me estás pidiendo amistad.

—Podríamos empezar por ahí.

—¿Por ser amigos?

Como ella lo miraba incrédula, él decidió bromear.

—Ya que no me vas a dejar llevarte a la cama... ¿Te atreves a probar o tienes miedo? —Y le tendió la mano para sellar el trato.

Ella sabía que era una estupidez, que la confianza no llegaba con un apretón de manos, pero como estaba intrigada, Bosco le gustaba y le gustaba gustarle a él, accedió.

—Como primer paso, te llevaré a casa hoy de vuelta. No tienes por qué preocuparte, pues no voy a beber ni una copa.

Dando por terminada la cuestión, se dedicó a su solomillo y a dar conversación a la mujer que tenía sentada al otro lado.

Le despertó el ruido de alguien en la casa y enseguida recordó dónde estaba. Luna regresaba. No había bajado las persianas del dormitorio, así que la luz de las farolas de la calle iluminaba levemente la estancia. Los números rojos de la radio despertador le informaron que pasaba un cuarto de hora de las dos de la mañana. Era raro en Luna llegar tan tarde. Intuyó que su hermana no tendría corazón para echarlo de la cama, así que consideró un momento la posibilidad de hacerse el dormido y dejar que fuera ella la que se quedara en el sofá. A fin de cuentas, ella era más pequeña que él y no le costaría tanto encontrar una buena postura.

No había cerrado la puerta del dormitorio, así que, con los ojos entreabiertos, perfiló a la figura en el umbral. Tardó una décima de segundo en darse cuenta de que aquel hombre delgado, de respiración sonora, no era Luna, y tardó un poco más en fijarse en el cuchillo que llevaba en la mano izquierda. No tuvo tiempo de cuestionarse qué hacía allí ese hombre, pues antes siquiera de poner un pie en el suelo se le había echado encima como un gato.

Fidel esquivó por los pelos una cuchillada directa al pecho, pero al sentir el dolor en un brazo comprendió que no había sido tan rápido como esperaba.

Le sorprendió la delgadez de las extremidades del hombre. Si no fuera porque lo había visto con sus propios ojos, pensaría que era un adolescente. Sus brazos eran como palillos y enseguida quedó demostrado que, a pesar de haber cogido a Fidel por sorpresa y de ir armado, tenía más entusiasmo que fuerza.

Completamente despierto, absolutamente aterrorizado y a punto de sufrir un ataque cardíaco, Fidel consiguió echarse sobre aquella sombra de hombre y, tras un leve forcejeo, hacerse con el cuchillo. En cuanto lo consiguió, se lió a puñetazos desesperados contra el rostro del agresor, que todavía tenía aliento para hacer fuerza para soltarse.

Una ráfaga de cordura le dijo a Fidel que había ganado y consiguió romper con la danza de golpes que había iniciado instintivamente. A horcajadas sobre ese minúsculo hombre lo examinó, todavía en la semipenumbra de la luz proveniente del exterior.

Resoplando, se dio cuenta de que tenía bajo sí a un desecho de persona. Inclinándose a un lado, encendió la luz de la lámpara de noche. Un amarillo tenue inundó la habitación.

«Un yonqui», pensó Fidel, «en pleno subidón». Los pinchazos en los brazos le confirmaron lo que ya sabía; la delgadez y los ligeros temblores también, así como las pupilas levemente dilatadas. Por todo ello, confió excesivamente en que su agresor estaba vencido y la batalla había concluido. En cuanto se relajó, el drogadicto empujó con todas sus fuerzas, le dio un cabezazo en la barbilla, lo tumbó en el suelo y, dando bandazos por toda la casa, se fue por donde había venido como alma que lleva el diablo.

La policía tardó menos de quince minutos en llegar, pero a Fidel se le hicieron eternos.

No podía dormir. ¿Quién podría en su lugar? En pijama, con una bata de pana y unas zapatillas de piel, Roberto se paseaba inquieto sobre la alfombra Aubusson que cubría el parqué de su dormitorio. El reloj Morez de pared tocó los cuartos con las primeras notas del *Himno de la Alegría* de Beethoven. Por centésima vez, Roberto lamentó no haber sido él quien le escribiera el número de teléfono al yonqui. Pero claro, no quería dejar huellas ni siquiera en un papel. Entonces, ¿cómo podría saber ahora si ese estúpido cogió bien el número? ¿Por qué no le llamaba? ¿A qué estaba esperando? ¿Habría llamado a un número equivocado y pasaría toda la noche sin que él se enterara de qué había ocurrido?

No podía evitar la inquietud y el ansia de saber que lo consumían.

Soltando un juramento, se vistió con unos pantalones de pinzas y una camisa gris –quiso ser respetuoso con el luto por su padre aun en esa situación– y se dirigió con su flamante sedán a la vivienda de su sobrina.

El corazón empezó a martillearle fuertemente cuando vio que la calle donde vivía Leticia estaba cortada por un coche de policía local colocado en diagonal y con las luces azules brillando de forma intermitente y una ambulancia.

Sintió un gozo intenso. ¡Ya estaba hecho! ¡Y había sido él! ¡Él! Saboreó su poder y se sintió más vivo que nunca. La herencia pasó a segundo lugar. Aquel sentimiento era más embriagador que el mejor champán. Se sentía más poderoso que con una cuenta bancaria de seis cifras. ¡Oh sí! Aquello sí que era un subidón, y no el producido por las drogas, la fama, el alcohol o el dinero. Aquello era algo que no había experimentado nunca antes, mucho más sublime e infinitamente más satisfactorio.

El claxon del coche de atrás lo devolvió a la realidad. La impaciencia del conductor que lo seguía le hizo aflorar una intensa rabia. ¿Quién era aquel inútil que se atrevía a molestarlo en un momento así? ¿Adónde tendría que ir ese conductor a aquella hora que no le permitía a él saborear a gusto su triunfo?

Arrancó justo antes de que un agente a pie se acercara a su ventana a preguntarle qué hacía ahí parado. Echó un vistazo al espejo retrovisor. Se quedó sin aliento. Por unos segundos, el corazón dejó de latirle. Solo unos estupendos reflejos en el último momento evitaron que colisionara contra uno de los automóviles estacionados junto al arcén. Sin lugar a dudas, era su sobrina la que se estaba bajando apresuradamente del Mercedes biplaza hacia el que se inclinaba un agente de la ley para hablar con el conductor.

Si bien lo dejó estupefacto el hecho de que Leticia estuviera sana y salva, apenas dio tiempo a que le embargara la rabia cuando el asombro le sobrecogió al reconocer el rostro del conductor del flamante automóvil que, en aquellos momentos, estacionaba con una rápida y elegante maniobra.

«Vaya, vaya», pensó Roberto. Y por la forma en que el joven salió corriendo detrás de Leticia, podía poner la mano en el fuego que ese hombre estaba más que simplemente interesado. ¿Cómo había llegado Leticia a conocerlo? Lo ignoraba. Él mismo pertenecía a ambientes sociales muy parecidos y, aun habiendo realizado negocios con algunas de sus empresas, nunca había tenido el honor de conocer a Bosco Joveller en persona. ¿Qué hacía su sobrina con él? ¿Qué había pasado? ¿Por qué estaba allí la policía si su sobrina acababa de llegar? ¿Dónde se había metido aquel maldito yonqui?

Desalentado, cabreado y enfurecido, sabiendo que cuando se calmara apreciaría la información sobre su sobrina y Bosco Joveller, se marchó de vuelta a casa deseando tener el cuello del maldito yonqui entre sus manos para poder estrangularlo personalmente, sin intermediarios. La idea le resultó tan divertida, se imaginó tan perfectamente el rostro enrojecido y moribundo de su asesino a sueldo, que se echó a reír a carcajadas.

Capítulo 5

LA POLICÍA

Siguiendo las indicaciones de una Luna más relajada y aparentemente más resignada a aceptar su impuesta amistad, Bosco se encontró con que un coche de la policía le impedía acceder a la calle de la joven.

—¿Qué ha sucedido? —preguntó desde su asiento a través de la ventanilla bajada.

—Todavía no tenemos toda la información —contestó el agente uniformado. Al inclinarse para contestar al conductor, sus ojos desprendieron un destello de reconocimiento, pues el de Bosco era uno de los rostros más famosos en España. El tono aburrido de su voz se tornó en respeto—: Al parecer ha habido un intento de robo en un bloque de apartamentos.

—¿No podemos pasar? Yo vivo ahí —preguntó Luna.

—¿En qué piso, señorita?

Cuando Luna se lo dijo, el agente la hizo dirigirse hacia su superior, que en aquel momento salía por el portal acompañado de Fidel. En cuanto vio a su hermano, Luna salió del coche chillando como una posesa.

—¡Fidel! ¡Fidel! ¿Qué ha pasado? —rodeándolo con sus brazos, protectora, a pesar de que su hermano fácilmente la doblaba en tamaño, increpó al policía vestido de paisano igual que haría una estirada profesora con un alumno rebelde—: Él no es ningún ladrón, ¡es mi hermano! No pueden detenerlo. Tiene todo el derecho del mundo a estar aquí.

Bosco había tardado menos de dos segundos en unirse a ella, por lo que no perdió detalle de la discusión.

—En eso estamos de acuerdo, señorita —le confirmó el policía.

—No me están deteniendo, Luna. Han entrado en tu apartamento.

Entonces Luna observó a Fidel a la luz de las farolas.

—¡Estás herido! ¡Y tus manos! —añadió horrorizada mientras se las cogía.

—Por eso acompaño a su hermano a la ambulancia que hemos pedido, para que le hagan las curas —le explicó el inspector con la calma adquirida tras años de enfrentarse a todo tipo de personas—. Entiendo que es usted la inquilina del piso. ¿Luna Álvarez?

—Sí, señor.

—Nos gustaría que, cuando pueda, suba a echar un vistazo para ver si falta algo en su casa, aunque estamos casi convencidos de que el intruso no llegó a llevarse nada antes de pelearse con su hermano.

—Pe-pero ¿qué es lo que ha pasado? ¿Fidel?

En pocas palabras, tanto Fidel como el policía pusieron a Luna al corriente de lo sucedido mientras los sanitarios curaban a su hermano y Bosco escuchaba en silencio. Un agente le dio al inspector un inmenso álbum de fotos que mostraron a Fidel y este, después de pasar las páginas sin parar de hablar, como si estuviera leyendo el periódico en una cafetería con los amiguetes, señaló los rostros revelados por dos de las imágenes.

—¿Tienen una identificación positiva? —Bosco habló por primera vez con el policía.

—Parece que sí —afirmó el inspector al comprobar que ambas fotografías pertenecían al mismo hombre en distintos momentos.

—¿Quién es? —su tono, exigente, no daba lugar a vacilaciones.

—Félix Rojas. Un yonqui. Está fichado por tráfico de drogas. Es un camello de tres al cuarto.

—¿Es habitual en él entrar a robar en domicilios?

Bosco tenía tal aire de autoridad al hacer las preguntas que al inspector ni siquiera se le pasó por la cabeza no contestarle.

—La verdad es que no, pero no sé. Tal vez sabía que ahí vivía una mujer sola. Por lo que el joven nos ha dicho —señaló a Fidel con la cabeza—, es la primera vez que duerme aquí... Quizá incluso pensara que, si ella no estaba, no habría nadie, y que podría encontrar algo que llevarse... Por ese motivo necesito que la señorita suba y compruebe si echa algo de menos. Todavía no sé qué pensar, pero no será difícil averiguarlo. Ya está cursada la orden de detención. Rojas será fácil de coger. No aguantará mucho tiempo escondido. Los de «narcos» sabrán dónde encontrarlo y siempre está lo suficientemente colgado como para no ser precavido. Antes de cuarenta y ocho horas podremos interrogarle. Mientras tanto —se dirigió a Luna—, ¿por qué no sube a echar un vistazo?

Bosco acompañó a Luna al piso.

—Puedes marcharte si quieres —le dijo ella, apurada por él, pues se dio cuenta por primera vez de lo avanzado de la hora.

Él decidió no enfadarse, después de todo, no los llevaría a ningún sitio y no era el mejor momento.

—Si fueras cualquiera de mis amigos, me quedaría y, como esta noche hemos hecho el pacto de empezar a serlo... me quedo.

—No quería ofenderte —le dijo a la vez que salían del ascensor—. Simplemente no quiero que te sientas obligado a estar aquí por un exceso de galantería.

Aquello hizo reír a Bosco.

—No hay nada, nada en este mundo, que me haga hacer algo que no quiero, y mucho menos una malentendida educación.

Luna le creyó y llegaron ante el umbral de su hogar.

La puerta había sido forzada y se veían algunos arañazos cerca del pomo y de la cerradura, pero Luna ignoraba sinceramente si los había hecho Fidel o el intruso.

En el interior, todo parecía en relativo orden (sin contar las sobras de la cena de Fidel sin recoger), excepto el dormitorio, donde los signos de lucha eran evidentes por la lámpara de noche caída y las sábanas de la cama, que habían sufrido un par de desgarrones. En la bajera se distinguían algunas manchas oscuras de sangre. Luna sintió que se le revolvía el estómago solo con pensar lo cerca que había estado su hermano de morir o resultar mucho más herido de lo que había sido. Detuvo el impulso de desvestir la cama y echarlo todo a lavar o a la basura pensando que tendría que darle permiso la policía para hacerlo.

Bosco andaba detrás de Luna, mirándolo todo.

El apartamento hablaba de su habitante en cada metro cuadrado: el suave color amarillo vainilla de las paredes del salón, el sofá barato con la tela encima graciosamente lazada a los lados, las lámparas de pie con la tenue iluminación, el sillón tapizado en un hogareño estampado de cuadros, las revistas, los libros, los tiestos de flores secas de distintos colores recogidos en un cesto de mimbre, la alfombra de algodón que daba una nota de color y ocultaba el feo suelo de gres, las cortinas, de un sencillo beige, recogidas con pasamanería bordada... todo ello gritaba «hogar» a pesar de su pequeñez y de sus muebles de saldo. Y Bosco sintió al verlo que se enamoraba de Luna. No podía explicar por qué, el hecho de que la joven se preocupase por crear un nido, a pesar de su soledad, le tocaba el corazón. Le hizo sentir ganas de darle, de protegerla y se negó a pensar, porque se le ponían los pelos de punta, en lo que hubiera pasado si, en vez de Fidel, hubiera sido Luna la que dormía en la cama una hora atrás.

Miró hacia la mujer.

Inclinada sobre un cuaderno, la dueña del piso pasaba las hojas buscando algo.

—¿Qué haces? —Se acercó a ella y le puso una mano protectora sobre los hombros.

—Busco el teléfono del seguro. Sé que tengo apuntado en algún lado el número de atención al cliente para las veinticuatro horas del día.

—Permíteme que me ocupe yo de todo —le dijo él al tiempo que colgaba el aparato—. Veniros Fidel y tú a dormir esta noche a mi casa. Mañana por la tarde todo esto estará arreglado. Confía en mí —dijo cuando Luna se giró para mirarlo y, como vio que ella dudaba, añadió—: ¿No quedamos en que íbamos a ser amigos?

Luna asintió. Después de todo, pasaban las cuatro de la mañana y se encontraba tan cansada que en ese momento no le importaba si alguien entraba y robaba todas sus cosas.

A Fidel, sin embargo, la adrenalina del momento del ataque no terminaba de abandonarlo. Habían estado a punto de matarlo. Y eso no solo no pasaba todos los días, sino que no le había pasado nunca. Si no fuera porque el yonqui había hecho demasiado ruido y él se había despertado... No quería imaginarlo.

Sentado con Luna encima, en el dos plazas de Bosco, Fidel no podía parar de parlotear sin cesar sobre lo sucedido, rememorando una y otra vez cada fase de la lucha, el interrogatorio policial, los comentarios del médico y los auxiliares al atenderle la herida... Le gustaban las exclamaciones de comprensión, sorpresa y horror que soltaba Luna cuando entraba en detalles. El único que parecía mantener la calma tras los acontecimientos era Bosco, que decidió hacerse cargo de la conversación, tanto para distraer a los dos jóvenes de lo pasado, como para conducirla a obtener información que le interesaba.

—No os parecéis en nada, tenéis distintos apellidos, ¿por qué decís que sois hermanos?

—Porque lo somos —la afirmación de Fidel fue categórica.

Aunque Luna era igual de terminante respecto a la relación con el único hermano que había tenido, no vio ninguna necesidad de no aclarar las cosas. A fin de cuentas, se dijo, Bosco iba a ser su amigo:

—Mi madre y el padre de Fidel vivieron juntos y estuvieron incluso a punto de casarse. Cuando el padre de Fidel murió, él se quedó a vivir con nosotras.

—¿Y dónde vives ahora? —quiso saber Bosco.

—En realidad, acabo de llegar. He estado en Estados Unidos, en Los Ángeles —las palabras no le cabían en la boca cuando miró al conductor del coche para comprobar si estaba debidamente impresionado. Hasta que se había marchado dos años atrás, nunca había puesto un pie en el extranjero y encima lo había pagado todo con su esfuerzo.

—¿Trabajando? —intentó Bosco averiguar qué se le habría perdido a aquel chico desgarbado en Estados Unidos.

—Algo así. —Una punzada de vergüenza le selló la boca. ¿Cómo podría impresionar a aquel hombre rico la venta en mercadillos, la música callejera pasando después la gorra y las noches durmiendo en la playa por no tener donde caerse muerto?

Bosco prefirió no insistir de momento y, ante el silencio, fue Luna la que preguntó ansiosa:

—¿Dónde está Diana?

—Lo hemos dejado. —Fidel hizo un gesto de indiferencia con los hombros, como si la ruptura hubiera sido de mutuo acuerdo, algo normal, y no tuviera el corazón todavía dolorido y, mucho más importante, el amor propio destrozado.

—Lo siento.

—No pasa nada.

—¿Qué planes tienes ahora? —quiso saber, sin estar segura de poder confiar en que él no volviera a marcharse.

—Todavía no lo sé. Mi principal objetivo era pasar unos días contigo. Te veo más guapa —le dijo, fijándose en el elegante vestido—. A juzgar por tu acompañante, creo que tu escalada social va progresando.

—¡Fidel! —le recriminó Luna angustiada y echó asustadizas miradas en dirección a Bosco que, muy caballeroso, fingió concentrarse en la conducción.

—¿Qué pasa? —la pinchó Fidel—. ¿Bosco no sabe aún que eres una rata de alcantarilla dispuesta a hacerte respetable?

—¡Ya soy respetable! —dijo Luna muy seria.

Entonces Bosco la miró. La joven había elevado la barbilla y, por su tono, Bosco dedujo que había orgullo, pero también reto.

—Aunque la mona se vista de seda... —dijo Fidel solo por picarla.

—No trato de engañar a nadie. No me visto de seda. —Aunque miró su vestido compungida—. Solo trato de ser como el resto de la gente.

—¡Eh! Era una broma —le dijo su hermano, sonriéndole y tocándole la nuca con los dedos para calmarla—. Nunca he entendido tu deseo de ser aceptada por el mundo, pero si eso es lo que quieres, estás completamente en tu derecho. Yo prefiero seguir viviendo sin normas, sin facturas, sin ataduras...

—Y aprovecharte de mi piso y mis facturas cuando te venga bien, ¿eh? —aunque Luna bromeaba, lo pensaba seriamente.

Pero Fidel no se caracterizaba por quedarse sin palabras:

—Si llego a saber que alguien me iba a intentar apuñalar, me hubiese quedado en un banco del parque del Retiro. Hubiera estado mucho más seguro.

El comentario les recordó a los tres los recientes acontecimientos, pero como en ese momento Bosco maniobraba para introducirse en un garaje de puerta blindada que se abrió con el mando a distancia, los hermanos se distrajeron observando.

El edificio era una torre de cemento y vidrio de diez alturas, ubicado en el paseo de la Castellana haciendo esquina con Raimundo Fernández Villaverde. El portal, que Luna recordó de la primera vez, con sus cristales oscurecidos y sus focos en el techo, silueteaba la elegante figura de un portero uniformado, que saludó a Bosco ceremonioso cuando el coche pasó a su lado.

El garaje se iluminó con las luces blancas de neón descubriendo distintos coches y motos, últimos modelos de las mejores marcas, impecablemente conservados, limpios y de brillantes colores. Como los expuestos en los concesionarios. Luna supuso que los vecinos de la comunidad de propietarios de Bosco serían tan ricos y selectos como él, ignorando que su anfitrión poseía el edificio al completo y era el único ocupante y dueño de todo lo que veían.

¿Qué demonios pintaba ella allí?, se preguntó la joven antes de bajarse del Mercedes. Echó un vistazo a Fidel, con sus vaqueros holgados, caídos hasta las caderas, las raídas zapatillas de deporte y la sudadera con una palmera y una playa pintadas y una leyenda en letras negras que rezaba *I love the beach*. ¿Qué pintaban ellos dos allí?

El piso de Bosco, al que llegaron en un ascensor

de suelo alfombrado y paredes y techo de granito negro y blanco, se reveló en todo su esplendor.

A pesar de que Luna ya había estado allí, las circunstancias de la mañana en que se había levantado tan avergonzada habían impedido que se fijara absolutamente en nada. Ahora, la magnificencia de todo lo que la rodeaba la dejó anonada. La enorme lámpara de araña del vestíbulo, los brillantes suelos de parqué, las alfombras persas de sobrios dibujos, los jarrones chinos, los cuadros de pintores tan célebres como Kandinsky, Marc y –¡oh cielos, no podía ser!– Sorolla y Manet hicieron que pensara por un momento que estaba soñando.

Entre risas, Fidel puso un dedo bajo la barbilla de su hermana y le cerró la boca, que se le había quedado abierta sin darse cuenta.

—Si te descuidas vas a salivar, Lunita. ¿Necesitas un babero?

Automáticamente, Luna se ruborizó y echó un rápido vistazo a Bosco para comprobar si se había dado cuenta. Se asombró al cerciorarse de que él la miraba aparentemente complacido.

Su anfitrión los guió hasta sus respectivos dormitorios. Luna repitió cuarto con el que ya había usado en su primera noche allí y Fidel dormiría en el de la puerta de enfrente, al otro lado del pasillo. Era más pequeño que el de ella, pero decorado igualmente con impecable gusto en tonos verde seco. El mobiliario, compuesto de una enorme cama con cabecero y reposapiés y dos mesillas de noche a juego, así como un armario con espejo rectangular en una de sus puertas, con el mismo estilo de patas y molduras, era de madera de caoba maciza y, al preguntar Luna, Bosco declaró que había pertenecido a su fallecida abuela y él lo había conservado principalmente por el cariño que guardaba a la difunta. En esta habitación, un hermoso paisaje aragonés presidía una de las paredes. Aunque no lo reconoció a primera vista, al leer en la firma que había sido pintado por Virgilio Albiac, Luna recordó de sus años en la escuela de Bellas Artes al ya desaparecido artista. Se sintió impresionada por la cantidad de estilos y autores diferentes de los cuadros de la casa. Y todos ellos encajaban adecuadamente en los espacios en los que se les había destinado, lo cual le dijo a la joven que el dueño del piso no los había comprado porque sí, sino que demostraba su admiración por el arte, su respeto por los artistas y su acierto. Eso suponiendo, claro está, que el responsable no hubiera sido un decorador cualquiera. Pero cuando le preguntó, Bosco aseguró que nadie más que su madre lo había asesorado a la hora de amueblar el enorme piso.

Mientras Luna trataba de aceptar que había pasado una noche de resaca durmiendo con un Cézanne auténtico y que todo apuntaba a que volvería a hacerlo, Fidel se quejó de que no podría conciliar el sueño después de lo sucedido hacía tan solo una hora. Bosco, comprendiéndolo, se ofreció a hacerle compañía:

—¿Te gusta el cine, Fidel? —y al asentir él, le dijo—: Tengo una buena colección de DVDs —y dirigiéndose con él a lo que llamó el cuarto de estar, se despidió de Luna guiñándole un ojo—: Tú descansa, princesa, no tienes muy buena cara.

Más sorprendida que molesta, Luna se marchó al dormitorio y tardó menos de cinco minutos en prepararse para la cama. Mientras se ponía el camisón, iba pensando en lo fascinante que era que alguien como Bosco se hubiera fijado en ella. De mutuo acuerdo los dos habían decidido quedar como amigos, pero Luna se sentía deliciosamente halagada como mujer. ¿Cómo era posible que un hombre como él, que lo tenía todo, que reunía todo en su persona, se hubiera dignado a mirarla dos veces? ¿Y cómo podía ser que Luna Álvarez hubiera terminado otra vez durmiendo en su casa?

Como no quería dejarse llevar por sueños que sabía que nunca se cumplirían, decidió dedicarse a tratar de dormir. Al día siguiente debía regresar a su mundo práctico y sencillo, reparar la puerta de entrada de su apartamento, limpiar y poner en orden su casa y arreglárselas para compaginar su vida profesional en un despacho de publicidad de alto nivel con el inesperado regreso de su hermano y su sorprendente amistad con uno de los hombres más adinerados y deseados de España.

Y, a pesar de todas estas emociones, cuando cayó en brazos de Morfeo lo hizo profundamente.

Capítulo 6

SU HISTORIA

Aunque había desarrollado un repentino, inesperado y más arraigado amor por Luna de lo que nunca hubiera creído que se daría en él, no ya por cualquier mujer, sino por una a la que acababa prácticamente de conocer, Bosco no conseguía sentir el más mínimo respeto por su hermano. Era Fidel el tipo de persona que despertaba en él todos sus recelos, por no decir antipatías: el típico «vaguete» simpático que se deja caer a la espera de que sus necesidades sean satisfechas sin ningún tipo de esfuerzo por su parte y sin valorar, por supuesto, lo que los demás hacen por él.

A la mirada sagaz de Bosco no se le había escapado, una vez en el apartamento de Luna, que el «cariñoso» hermanito se había puesto a dormir en la cama de su hermana –y conociendo a esta como la conocía, intuía que no hubiera sido capaz de mandarlo al sofá, como sospechaba que también lo sabía Fidel– después de haber disfrutado, a juzgar por los platos y fiambreras sucios, de una opípara cena, sin molestarse en recoger.

Comprendía los lazos familiares y las responsabilidades y ataduras que estos exigían, pero sopesando lo poco que sabía sobre el pasado de Luna y habiendo quedado claro que sus dos huéspedes no eran realmente hermanos, le picaba la curiosidad. Y puesto que se había comprometido en acompañar a Fidel en su fase post–trauma, no vio nada malo en dejarle hablar todo lo que quisiera, suponiendo acertadamente que, siendo tan egocéntrico, estaría más que satisfecho de hablar de sí mismo.

Bosco no sintió ni un ápice de remordimiento cuando además lo acicateó con un poco de whisky. A fin de cuentas, el alcohol también ayudaría al muchacho a dormir como un bendito cuando decidiera acostarse, y eso le permitiría a Bosco dirigir la conversación hacia el tema que a él más le interesaba: la mujer que dormía a escasos metros de ellos y que había compartido gran parte de su vida con aquel joven dispuesto a permanecer despierto las próximas horas. Ya que tenía que soportarlo, se dijo Bosco, siguiendo la mentalidad emprendedora que lo había hecho rico, al menos sacaría algún beneficio de tener que acompañarlo.

Luna acababa de cumplir trece años cuando Fidel y José Luis, su padre, entraron en su vida. Apenas una adolescente, Luna poseía la gravedad de las personas que no han conocido las risas o, al menos, no las han vivido muy de cerca. Su madre, soltera, huyó de una familia adinerada en el Madrid de los años ochenta con un cantante de un grupo de música pop de mala muerte, con grandes aspiraciones y poco talento, que actuaban de feria en feria por pequeñas ciudades y pueblos y se entregaban al abandono de las novedosas drogas tan a menudo como podían.

A pesar de que se lo pusieron difícil, pues nació prematura y de bajo peso, Luna fue un bebé saludable, pequeño y excesivamente llorón. Para su madre, la niña fue una extraña que la cargaba de deberes, deberes que no estaba dispuesta a llevar adelante, por lo que su alimentación y atención dependieron de alguna que otra alma caritativa que se apiadaba al oírla lloriquear. A medida que el bebé fue comprendiendo que llorando no conseguía nada, pasó de las lágrimas a los gorjeos y a tratar, inconscientemente, de conquistar a los extraños adultos de pelos de colores y aros en la nariz que asomaban por su sucio moisés de vez en cuando. Su madre, sin embargo, la miraba extrañada de haber salido de la casa donde la había dado a luz arrastrándola con ella. Innumerables ocasiones a lo largo de los años siguientes se preguntaría qué instinto compulsivo la obligó a partir con el bebé a cuestas en lugar de abandonarlo como todo lo demás. En sus escasos momentos de lucidez, se recordaba a sí misma que Luna era lo mejor que había hecho nunca y agradecía ese momento loco en que la había llevado con ella, pues era su recordatorio de que en el mundo había todavía belleza, inocencia y amor incondicional.

Cuando la trayectoria musical del grupo se rompió definitivamente y el último amante de Sara se quedó sin dinero para pagarle las drogas, esta se marchó al pueblo de al lado, donde aceptó un trabajo de camarera. En ese momento sí se olvidó de llevarse a Luna consigo, estaba demasiado borracha o drogada, además de preocupada por su futuro, para recordarla. Fue uno de los técnicos, que se había quedado otro día más para una nueva representación, quien se encargó de «devolverle el paquete», tal como le dijo cuando le llevó a la niña, completamente dormida, con el cansancio que solo provoca el llanto continuo y descontrolado por las horas que había pasado desatendida.

Como el sueldo no era suficiente para pagarse drogas, tras el trabajo nocturno en el bar, Sara se adormecía a base de ginebra a palo seco, tratando de esa manera de soportar el mono. Gracias a su falta de dinero fue como aprendió que el alcohol salía mucho más barato y, a pesar de la tentación, consiguió abandonar de manera más o menos continua las pastillas, si bien se daba un regalo alguna vez, cuando consideraba que se lo había ganado.

Los servicios sociales podrían haberle quitado la custodia de Luna, algo que a Sara le habría venido de perlas si se le hubiera ocurrido, pero en aquel pequeño pueblo y en esas casi chabolas, la norma no dictaba precisamente inmiscuirse en la vida de los demás, por lo que los asistentes sociales jamás se enteraron siquiera de la existencia de la niña. Una vecina de Sara, de más de sesenta años, aquejada de una afección respiratoria y confinada sin salir en su pequeña y desaseada casa, fue la que se encargó de sacar adelante al flacucho bebé, hasta que prácticamente cumplió los tres años. Al alcanzar aquella edad, Luna no hablaba todavía.

Sara se marchó entonces detrás de un nuevo amante, esta vez un jugador de cartas con más suerte que destreza, y que se apoyaba en las trampas más de lo aconsejable mientras daba tumbos por España pegando pequeños timos.

A pesar de que con la madre mantenía una sórdida relación en la que nunca había tranquilidad, el jugador liberó hacia Luna cierto sentimentalismo o instinto paternal que había permanecido siempre escondido, y decidió pagar la matrícula de la niña en una pequeña guardería. Sin embargo, en cuanto las notitas desde el centro escolar se sucedieron pidiendo una cita con los padres o tutores, mencionando la dificultad de integración de la niña o que esta presentaba serios trastornos motores y en el habla, Sara no tardó en sacarla de allí. La discusión que provocó en la pareja esta reacción desencadenó en su separación. El timador acusó a Sara de mala madre antes de desaparecer, decidiendo que ni la desastrosa mujer ni la hija que jamás sería suya merecían su atención ni las constantes broncas que vivir con aquella alcohólica malhumorada generaban.

Aquella fue la primera vez que alguien acusaba a Sara, explícitamente, de no cumplir con su deber de madre adecuadamente y, apesadumbrada tanto por haberse quedado sola de nuevo como por haber comprendido que un hombre temporal en su vida tenía más corazón que ella, decidió cambiar su actitud hacia la niña. Con el petate a cuestas, se llevó a Luna a vivir a un pequeño pueblo del extrarradio barcelonés y encontró un trabajo como cocinera en un restaurante, obteniendo así un horario que le facilitó compaginar su recién descubierta actividad como madre.

El asombro con el que Luna, a sus casi cuatro años, empezó a recibir las muestras de cariño de su madre, sus besos y abrazos, sus repentinos cuidados –de golpe y porrazo era Sara ahora quien la bañaba, daba de comer y acostaba– se transformó en una entusiasta aprobación. Luna empezó a convertirse en una niña confiada y alegre, comenzó a hablar y su mayor placer era acudir a la cama de su madre por la noche, donde siempre era recibida de buen grado.

Sin embargo, el papel maternal de Sara no podía durar mucho en soledad, pues era una mujer que no sabía estar sin un hombre. El nuevo amante, un chulito de barrio de las afueras de la ciudad condal, trabajaba en un taller y robaba coches que desmontaba y cuyas piezas usaba luego para las reparaciones, cobrándoselas a los clientes como nuevas. Las posesiones de la nueva figura paterna de Luna se centraban en un piso de protección oficial –ubicado en un edificio colmenar de diez alturas, en un polígono obrero cercano a su trabajo– y dos coches, resultado de sus robos, que eran todo su orgullo y que usaba alternativamente para mantenerlos siempre a punto, aparcaba con cuidado escrupuloso en un descampado frente a la casa y vigilaba intermitentemente desde la ventana de su salita de estar.

Sara y Luna se mudaron a vivir con él y tuvieron que aceptar las normas, definitivamente estrictas y sin ninguna consideración hacia la niña, que marcó el dueño del domicilio.

Luna tenía prohibido deambular por la casa. En cuanto entraba por la puerta de la vivienda, la niña debía permanecer encerrada en la habitación que él había designado para ella: un pequeño cuarto sin ventana ni ventilación, con un respirador diminuto que daba a un patio interior. Junto a su cama y un baúl para sus cosas, Luna debía dormir con estanterías metálicas repletas de botes de aceites y lubricantes, baterías y faros y todo tipo de piezas de automóviles, así como herramientas. La luz de la estancia provenía de una bombilla colgando del techo y jamás podía tenerla encendida después de las ocho de la noche.

El mecánico ladrón afirmaba temerariamente que a los niños había que imponerles directrices y disciplina y marcarles las pautas para poder tener una convivencia con ellos. Sara accedía a todo de buen grado, agradecida de que alguien tomara las decisiones por ella y asumiera su responsabilidad de educar, y Luna vivió la decepción de perder a la madre a la que había vislumbrado durante aquellos meses y que nunca antes había conocido. Con la serenidad o sumisión que no le quedaba más remedio que tener, aceptó que la ternura y la alegría habían vuelto a desaparecer de su vida.

A tumbos por distintas ciudades, pisos, pueblos, amantes, escuelas y trabajos, Sara y Luna seguían siendo una pareja indivisible, pero con apenas relación. La niña se acostumbró a que su mantenedora tenía un carácter voluble y dejó de esperar nada de ella. Se convirtió invariablemente en el hombro sobre el que su madre se apoyaba en ausencia del hombre de turno y tomó clara conciencia de que lo que quisiera en esta vida tendría que conseguirlo ella misma y por sus propios medios.

Observando la vida de su madre, ya desde muy pequeña, Luna se juró que viviría apartada de los hombres, el alcohol y las drogas, y que algún día se establecería fija en un sitio, crearía un hogar permanente, preferentemente en Madrid –ciudad que su madre parecía evitar y quizá precisamente por eso– y no dependería de nadie para subsistir.

Para cuando Fidel y su padre, José Luis, entraron en su vida, Luna había adquirido ya plena conciencia de la importancia de la educación, insistía en ir diariamente al colegio (a pesar de que su madre no se preocupaba por ello) y había decidido estudiar una carrera. Esta vocación profesional o interés por los estudios lo desarrolló gracias a una profesora de una pequeña escuela de Málaga donde vivieron casi un año entero. La maestra andaluza abrió la mente de Luna hacia los libros, el arte y la expresión. Fracasó en la escritura y lectura –pues ya era tarde para Luna y requirió de la ayuda de un logopeda para perfeccionar ambas disciplinas–, sin embargo, la niña encontró un gran placer en la expresión artística. Pintar la relajaba y le ayudaba a evadirse. Sus cuadros oscilaban desde paisajes de los alrededores a fantasiosas ensoñaciones sobre hadas y mundos irreales, pasando por etapas más oscurantistas –precisamente cuando Sara salía con algún hombre inadecuado– o retratos callejeros y escenas cotidianas. Esta profesora le regaló a Luna su primera caja de pinturas al óleo y acuarelas y un cuaderno de dibujo. En sus momentos de máxima felicidad, así como en los de más tristeza, la pintura supuso para Luna más que un simple medio de expresión: fue una vía de escape cuando la realidad la superaba y un medio de acrecentar el placer de las alegrías de su vida. Como casi todo el que hace algo que le gusta, alcanzó una gran maestría, por lo que sus pinturas se convirtieron, además de en su medio de comunicación con los demás, un medio de vida: los cambiaba por un plato de comida, una noche de hotel, unos zapatos... y aceptaba encargos para poder pagar algunas facturas.

Además de los trabajos por los que Sara iba pasando como la corriente de un río por su cauce, madre e hija se acostumbraron a integrarse en la multitud de mercadillos donde los cuadros de Luna, la mayor parte de las veces en lienzos caseros y sin enmarcar, se vendían como piruletas en la puerta de un colegio.

El padre de Fidel, un fotógrafo viudo, entró en contacto con Luna al examinar los dibujos que esta había expuesto al sol en la Explanada de España en Alicante, mientras su madre servía platos en un chiringuito en la playa del Postiguet. José Luis llevaba a Fidel de la mano y el crío se encaprichó de un perro de juguete horroroso que pegaba un ladrido estridente gracias a las pilas y que vendía un senegalés inmigrante ilegal situado al lado de Luna. Así que, mientras el niño miraba extasiado el peluche, José Luis tuvo tiempo de echar un serio vistazo a las pinturas. Luna había pintado esos días distintos parajes de la ciudad: el Castillo de Santa Bárbara, destacando el perfil del moro en su cuesta de montaña; el magnífico edificio de la Diputación; la Avenida de la Estación con sus palmeras; la antigua estación de Murcia y distintos momentos en la playa. José Luis expresó su interés en que le dejara usar sus dibujos para ilustrar, junto con sus fotografías, un libro que estaba preparando para la Oficina de Turismo sobre la comarca.

A sus trece años, Luna era lo suficientemente espabilada como para saber que aquello daría dinero y lo suficientemente prudente como para posponer el acuerdo a la espera de que estuviera su madre presente, pero también lo suficientemente humilde e ignorante como para no darse cuenta del halago que suponía. Sin embargo, aunque quizá el futuro de Luna como pintora hubiera encontrado allí su posibilidad de atisbar una proyección profesional, tanto el libro como la implicación de Luna en él fueron relegados en cuanto José Luis conoció a la hermosa Sara y quedó completa e irremediablemente seducido por ella.

Por primera vez en su vida, Luna vivió en una casa concebida como tal y con los suficientes recuerdos de la fallecida esposa de José Luis como para conservar todo el calor del hogar. A pesar de su profesión, un tanto liberal, José Luis era un alma tranquila, apasionado de la lectura y la contemplación y, hasta que conoció a Sara, completamente volcado en su hijo.

Por primera vez en su vida también, Luna fue a un colegio privado, empezó a hacerse amistades y, lo más importante para ella, creó lazos con otro niño: Fidel. El hermano que nunca había tenido fue el objeto de todos sus amores, alguien a quien dar cariño, que nunca la rechazaba, la reñía o le decía que no tenía tiempo. Fidel, por su parte, estaba más que complacido con su tierna hermana mayor, ya que su padre parecía haberse olvidado de él.

Cuando José Luis murió, Luna y Fidel se sobrepusieron valientemente apoyándose el uno en el otro para llorar abrazados por la noche. Sin embargo, Sara fue la que peor lo encajó. A sus treinta y seis años, después de haber rechazado la estabilidad y la seguridad del padre de su hija, de haber pasado por un sinnúmero de amantes, había encontrado un amor sereno, una vida ordenada y se había acostumbrado a ella. Prácticamente casi no bebía y se había amoldado a llevar un proceder relativamente normal. Sin José Luis, recuperó todas sus pautas de comportamiento anteriores, su rebeldía y su conducta antisocial con más ahínco que nunca.

Ante la inexistencia de algún otro familiar por parte de José Luis, Sara se vio en la obligación de adoptar legalmente a Fidel. Pero ni siquiera esa responsabilidad la hizo centrarse. Todavía en Alicante, y malviviendo con la pensión del difunto, sacó a los niños de los colegios privados y los pasó a los públicos y volvió a la bebida con auténtica desesperación. Pasó de un amante a otro ajena a todo lo que no fuera el alcohol y las manos de un hombre sobre su cuerpo. Solo cuando era consciente de las miradas de susto y preocupación de Luna y Fidel, lloraba por ellos y los abrazaba hasta que empezaba todo otra vez.

Cuando el último amante del momento trató de pegar a Fidel y Luna, al defenderlo, recibió una paliza que casi la mata, cercana ya la muchacha a la mayoría de edad, se encontró con la suficiente madurez y energía como para tomar las riendas de la familia.

Vendieron la casa de José Luis y se instalaron a las afueras de Madrid, en Tres Cantos, cerca de una Residencia de Alcohólicos donde Sara comenzó su tratamiento. Fidel continuó sus estudios y Luna se matriculó en Bellas Artes, su sueño de toda la vida, gracias a una beca. Además, consiguió un par de trabajos para sufragar los gastos del hogar. No permitió que Sara volviera a caer en malos hábitos: la espiaba con frenesí y se erigió ante ella con autoridad. Le prohibió, terminantemente, aparecer con ningún hombre en el hogar que había construido, y si Sara tuvo alguna relación, no le quedó más remedio que mantenerla en secreto.

A Luna se le partió el alma cuando Fidel, al llegar a la mayoría de edad, decidió no estudiar y, con una gran cantidad de dinero que Luna había conseguido ahorrar, desapareció con una amiga mayor que él que había conocido, al igual que solía hacer Sara antiguamente, en un bar. Aunque Fidel llamara de vez en cuando y esas llamadas tranquilizaran a Luna, aunque volvía a Tres Cantos cada vez que sentía ganas, se enfadaba con sus amistades o las cosas no le iban bien, Luna aceptó que, una vez más, había perdido a otro de los amores de su vida. Y asumió que, aunque al igual que con su madre, ella estaría allí siempre para él, Fidel no estaría para ella, como efectivamente pasaría, cuando lo necesitara.

Cuando Sara empeoró y murió en el hospital de cirrosis hepática, después de que los médicos aseguraran que no había nada ya que se pudiera hacer por ella, Luna se sintió completamente vacía y se volcó en sus aspiraciones profesionales. Para evitar gastos de transporte y como vivía sola, alquiló un estudio en el centro de Madrid. Conocedora de cómo la informática había revolucionado el mundo artístico, se perfeccionó en diseño gráfico, ganó su primer sueldo aceptable como fotógrafa, gracias a las enseñanzas que le había impartido José Luis alguna que otra vez, y así siguió hasta que la contrató la empresa de Elvira.

A sus veintiséis años, Luna pensaba que sabía perfectamente quién era, dónde estaba y adónde iba. Se consideraba afortunada si se comparaba con el resto del mundo: tenía libertad, sin necesidad de dar cuentas a nadie, había alcanzado una considerable independencia, hacía un trabajo que le gustaba y por el que cobraba lo suficiente para mantenerse. Aunque no tenía a nadie en el mundo más que a Fidel, y sus numerosos conocidos no alcanzaban el grado de amistad, bendecía su soledad y la paz de la vida que se había construido.

La soledad no era un problema a resolver, no cuando ella había logrado tener orden, rutinas, limpieza y un lugar al que llamar hogar.

Capítulo 7

EL ASESINO

Lo primero era eliminar los cabos sueltos. No solo debido al cambio de su estrategia, sino como precaución. Ahora que el pánico atenazaba con sus garras de culpabilidad y miedo al castigo, Roberto estaba cogiendo conciencia del delito cometido. Una idea cobraba forma en su mente: Félix Rojas tenía que ser hombre muerto. Él era el único capaz de relacionarlo con lo ocurrido en el piso de su sobrina. Aunque la noche del encargo había estado muy seguro de que no podría identificarle ni decir nada que pudiera señalarle, con las primeras luces del alba ya no estaba tan seguro. ¿Qué ocurriría si por casualidad le delataba? ¡No, no, no, no! No podía arriesgarse a que la policía encontrara a ese maldito yonqui incompetente y le sometiera a un interrogatorio.

La idea de que los yonquis a veces se pasan de

dosis pasó por su cabeza, pero, claro está, él no sabía dónde hacerse con la droga.

Sí, tenía que deshacerse de Félix Rojas, y, por esta vez, no delegaría. Él mismo se encargaría de hacerlo, por mucha repulsa que le diera. Una vez desaparecido el yonqui, absolutamente nada ni nadie podría culparlo.

Supuso que no sería fácil descubrir el escondrijo de su asesino a sueldo. Si el tal Félix tenía la mitad de la pizca de inteligencia que aparentaba, no saldría a la luz en una buena temporada.

Roberto se tildó a sí mismo de estúpido por haber confiado en él. Siempre había sabido que, cuando se quiere que las cosas se hagan bien, ha de hacerlas uno mismo. Confundir a la diminuta de su sobrina con ese pintas de su hermanastro... ¡Hermanastro! Roberto bufó interiormente. Desde luego, Sara no había perdido el tiempo. El primero en seducirla podía haber sido su hermano Álvaro, por aquella época cuando ella era alguien decente, pero no cabía duda de que su cuñadita se había estado abriendo de piernas por toda España después de abandonarlo. Raro era que no se hubiera cargado con más bastardos. Claro que, pensó Roberto, ese tipo de mujeres saben cómo evitar tales cosas. Sintió asco, como sentía siempre que pensaba en sexo.

Roberto había experimentado seducción por parte de algunas mujeres a lo largo de su vida, pero esta atracción siempre había sido platónica. El sexo, tal como él concebía el asunto, como un asqueroso intercambio de fluidos, no tenía cabida en su escrupulosa vida. Para un hombre para el que la pulcritud, el orden, la limpieza, concretados en dos duchas diarias con dos cambios de ropa completos y uñas precisamente cortadas, y que siempre se lavaba, incluso sus partes pudendas, después de hacer pis, la realización del acto reproductor era algo completamente repulsivo, y esa repugnancia había sido tan acentuada desde los primeros años de su vida que habían eliminado cualquier impulso sexual ya desde la adolescencia. Por ese motivo, aunque se había sentido atraído por algunas mujeres a lo largo de su vida, había sido esta una fascinación puramente contemplativa: como el espectador de una maravillosa obra de arte. Jamás había sentido lujuria, al menos no hacia ninguna mujer, ni pensamientos obscenos. Su propia reacción puramente masculina ante algunos estímulos le asqueaba y si, tras despertarse de algún sueño, había encontrado su pijama o las sábanas manchadas, los había echado a la colada procurando olvidar el incidente más rápidamente de lo que tardaba la lavadora en blanquear las señales.

De ahí que no comprendiera en absoluto el tipo de relaciones que podía mantener una mujer como su cuñada, con tanta liberalidad y promiscuidad. Solo pensar en tanto contacto le producía un asco enorme.

Abandonó sus reflexiones para centrarse en la mejor manera de encontrar a Rojas. Como no quería dejar pistas de su búsqueda, en lugar de utilizar su sedán tomó un taxi hacia el barrio de Bilbao. Allí se bajó y, envuelto en una gabardina, con el pelo revuelto, comenzó su búsqueda hasta Malasaña. No pudo creer en su suerte cuando vio a la rata en uno de sus puntos de venta de costumbre.

—¿Qué haces aquí? —le preguntó escamado, a pesar de su alegría por haberlo encontrado, pues no quería pensar en lo que hubiera pasado si la policía lo hubiera llegado a localizar antes que él.

—Intentando sacar algo de pasta antes de que me trinque la pasma. Colega, suerte que has venido. Así me pagas y me piro.

—¿Pretendes que te pague después de no haber hecho el trabajo? —la indignación de Roberto sonó sincera, a pesar de que esa discusión no le podía interesar menos en aquellos momentos en que ya tenía decidido lo que iba a hacer y que, obviamente, el dinero nunca llegaría a manos del camello.

—Tío, ¿me presenté o no me presenté allí? ¿Yo qué culpa tengo de que me dieras mal los datos? El pavo con el que me encontré allí casi me mata. Me salvé por los pelos. —Y al darse cuenta del gesto indiferente de Roberto, añadió: —No pretendas joderme, tío —a medida que hablaba Félix se calentaba más, con la irritabilidad de los yonquis—, estoy harto de que todos me jodáis. Yo hice lo que se me dijo, así que ahora págame. ¡Págame, colega, o te juro que te parto el alma!

—Está bien —dijo Roberto para tranquilizarlo. Miró a ambos lados de la calle—. Pero no aquí. Vamos a donde no nos pueda ver nadie. No quiero que puedan relacionarme contigo.

Anduvieron dos manzanas escasas hasta un callejón sin salida.

—Ahora dame la pasta y desapareceré durante unos días.

—Sí —dijo Roberto mientras sacaba su pistola del bolsillo, una pistola de duelo de las antiguas, de la colección privada de su padre, apuntándole con ella directamente a la cara—, desaparecerás, pero por algo más que unos días.

Antes de poder apretar el gatillo sintió el dolor punzante en el costado. A pesar del dolor, vio la cara de Rojas pasar del temor ante la muerte, a la sorpresa y luego al reconocimiento. Se le doblaron las piernas y se golpeó en la cabeza al caer contra el asfalto. Sintió el calor viscoso de la sangre que manaba de la herida, manchándole la camisa y resbalándole por el abdomen. Le sobrevino la oscuridad dos segundos después de lamentarse, asqueado, por haberse dado de bruces contra un charco hediondo.

Luna se despertó repentinamente. Había olvidado dónde se encontraba, pero en cuanto encendió la luz recordó que estaba en casa de Bosco y se ruborizó al percatarse de que ocupaba el mismo dormitorio que aquella horrible mañana en que creyó que se había acostado con él.

Tardó en descubrir, admirada, que las persianas

se subían electrónicamente mediante una clavija situada al alcance de la mano desde la cama. Se dejó llevar por el entusiasmo y las subió y bajó una y otra vez para comprobar el funcionamiento. Asimismo, había un panel de botones al lado del interruptor de la luz. Con infantil curiosidad tocó el primero, pero, al no suceder nada, se lanzó al segundo. Se encendió una radio, cuyo sonido escapaba por unos altavoces incrustados en la pared. El ruido rompió el silencio de la habitación y, sin saber por qué, se asustó. La apagó inmediatamente, como una niña pillada en falso.

En ese momento llamaron a su puerta. Instintivamente se cubrió con las sábanas.

—¿Desea algo? —Un hombre desconocido hizo su aparición.

—No, muchas gracias —contestó en un murmullo. Y, decidiendo acertadamente que había pulsado el botón que comunicaba con el servicio, añadió—: Lamento haberle molestado, yo no sabía...

—No se preocupe. Sucede a menudo. ¿Quiere que le traiga el desayuno, o prefiere tomarlo en la salita?

—¡En la salita! ¡En la salita! —aseguró, incómoda ante la idea de que le sirvieran en la cama.

Con una inclinación de cabeza y tan silenciosamente que Luna pensó que habían sido imaginaciones suyas, el hombre desapareció.

Se duchó lo más rápidamente que le permitió la novedad y el lujo de todo lo que la rodeaba. No tenía muy claro qué debía hacer con la cama, así que hizo lo mismo que le gustaría que un invitado hiciera en su casa: quitó las sábanas, las dobló y las dejó en una esquina del lecho, encima del maravilloso colchón.

Al salir del dormitorio se encontró con Bosco que, aparentando casualidad y simulando que no llevaba esperando desde que Santiago le había avisado, se unió con ella para dirigirse a una sala pequeña, en comparación con las dimensiones del resto de la casa, donde estaba servido un suculento desayuno digno del mejor hotel.

Luna estaba obnubilada, tanto que Bosco tuvo que cerrarle la boca abierta, con suavidad, mediante un ligero golpe de nudillos.

—Lo siento. Es que está precioso. No faltan ni las flores. ¿Siempre te sirven así el desayuno?

—Creo que Santiago ha hecho un esfuerzo sabiendo que había invitados. Yo no suelo desayunar. Me basta con un café. Como Santiago lo sabe, suele subírmelo a primera hora a mi habitación.

—No se debía haber molestado —dijo Luna, pero se sentó inmediatamente y se sirvió un vaso entero de zumo de naranja recién exprimido.

Bosco la contemplaba con placer. Le gustaba pensar que en su casa podía ofrecerle unas comodidades de las que carecía en su vida y en su piso. Por animarla con la bollería, se sirvió un cruasán en el plato y jugueteó con él. Tenía un montón de cosas que hacer, pero admirar la manera en que Luna degustaba su desayuno le impedía recordar cuáles. ¿Y no se había hecho el domingo precisamente para descansar?

Mientras Luna engullía con admirable voracidad un bollo relleno de crema, hablaba de no dar la lata, de marcharse enseguida, de que tenía que poner en orden toda su casa y de despertar a Fidel, justamente cuando el aludido hizo su aparición con una camiseta con una calavera dibujada y en la que se leía *no estoy muerto, simplemente estoy descansando.* Cuando se giró para servirse una taza de café, su espalda desveló el resto de la leyenda, a la que Bosco no terminó de encontrar la gracia, si es que la tenía: *no estoy en paro, simplemente estoy descansando.* Llevaba el pelo mojado por la ducha y una sonrisa de oreja a oreja, como si la noche anterior no hubiera sido atacado y luego emborrachado.

Bosco sintió celos por primera vez en su vida cuando le vio acariciar el cuello a su hermana para luego reposar las manos en sus hombros. Y los celos fueron lo que lo distrajo de decirle a Luna que había dado orden para que su piso fuera limpiado y ordenado y para que se colocara una puerta nueva, mucho más segura. Por otro lado, sabiendo lo que sabía de Luna, estaba convencido de que no se tomaría muy bien que él se gastase su dinero en ella. Así que, cuando se recuperó de esa extraña envidia tan rara en él, solo se encogió de hombros y decidió seguir camuflando su olvido.

Debido a este silencio, cuando Luna llegó a su casa, donde un hombre la esperaba con las nuevas llaves, como tuvo que firmarle unos papeles, la joven pensó que los del seguro habían tenido la cortesía de asear y colocar todo y se pasó toda la mañana expresando en voz alta su satisfacción por ello y felicitándose por la aseguradora y el tipo de póliza elegidas e, incluso, cuando Bosco la llamó para ver qué tal había pasado el día, se lo comentó tan entusiasmada y ufana que el millonario tuvo que hacer un esfuerzo para no echarse a reír. La sintió tan feliz y contenta consigo misma que no tuvo un ápice de remordimientos por haberla engañado. De ahora en adelante sabía que iba a hacer todo lo posible por cuidar a esa estupenda mujer, por tratar de hacerla feliz. Aunque ella no lo supiera o no lo quisiera aceptar, él ya tenía claro que no habría otra en su vida. Por fin la había encontrado y no la pensaba soltar.

Capítulo 8

El notario

—¿Dígame?

Luna estaba preparada para salir por la puerta de su apartamento directa a su trabajo cuando el teléfono la interrumpió mientras estaba poniéndose el abrigo.

Una voz de mujer preguntó por ella.

—Sí, soy yo.

—La llamo de la notaría de don Ignacio Siblejas, de Madrid. Llevamos un par de semanas buscándola por todas partes.

—¿Qué ocurre? —preguntó Luna tan extrañada que no supo qué pensar. ¿La llamaban de una notaría? ¿A ella? Luna estaba segura de no haber pisado una notaría en su vida. Su madre no había hecho testamento y no habían tenido jamás posesiones que registrar...

—Verá —la mujer al otro lado de la línea titubeó—, es un asunto difícil de explicar por teléfono y al señor notario le gustaría hablar del tema personalmente con usted. ¿Hay alguna posibilidad de que le concierte una cita y usted venga a la notaría a hablar con él?

La naturaleza amable de Luna era como un acto reflejo en ella, así que accedió inmediatamente. Quedaron en que a la hora de comer, contando con las casi dos horas de tiempo libre de las que gozaba Luna en la agencia, la joven se acercaría por allí. Aunque la curiosidad picaba a la publicista, su mentalidad práctica le impidió estar dándole vueltas en la cabeza al asunto. Ya se enteraría, se tranquilizó a sí misma con la filosofía paciente con que había aceptado todo lo que la vida le deparaba, y le haría frente en su momento, fuera lo que fuese lo que sucedía. De hecho, ni siquiera pensó en contárselo a Bosco cuando este la localizó en el trabajo en una de sus ya habituales llamadas, y solo se lo dijo de pasada para explicarle por qué no podía aceptar su invitación de almorzar juntos.

—Déjame que te acompañe.

No había un ápice de súplica en su frase. Era una orden.

Luna no estaba acostumbrada a ir acompañada a los sitios, por lo que la petición le asombró. Por otro lado, no tenía nada que ocultar y Bosco sabía más o menos las líneas generales de su vida, así que no dudó en aceptar su compañía. Por una vez sería un alivio ir con alguien conocido a un asunto burocrático.

—¿Estás seguro de que no tienes nada mejor que hacer?

Bosco ni lo dudó, desechando de un plumazo las citas de su agenda para esa hora.

—Por supuesto que no.

Aunque quedaron en que él la recogería en el portal de la agencia, Luna no se podía esperar que Bosco aparecería con un Bentley Mulsanne (un automóvil más que sumar a los dos que ya le conocía) conducido por un chófer perfectamente uniformado. La joven se subió azorada al coche mientras trataba de hacerlo como si fuese algo con lo que hubiera convivido toda su vida. Bosco, caballeroso, fingió no darse cuenta de su inquietud y, para evitarle mayor intranquilidad, pulsando un botón levantó una pantalla separadora entre los asientos delanteros y posteriores, de forma que tuvieran mayor intimidad.

—A esta hora del día es imposible aparcar en la zona a la que vamos, así que he venido con Ángel para que pueda esperarnos.

Luna se preguntó si Bosco se estaba disculpando o justificando de algún modo la excentricidad de tener un chófer y, antes de que pudiera darse cuenta de su imprudencia, se lo estaba preguntando. Bosco decidió no enfadarse, sobre todo porque era absurdo que aquella mujer le hiciera sentirse tan inseguro de algunas cosas y hasta ridículo en otras. Además, cuanto más acceso le diera Luna a sus pensamientos, antes se conocerían el uno al otro y antes descubriría las dudas e inquietudes que ella tenía con respecto a él.

—Trato de explicarte por qué he aparecido a buscarte con Ángel. Pero ya que veo que el tema te interesa —continuó sin dejar que ella lo interrumpiera—, te diré que soy un firme creyente en dar trabajo a los demás, siempre que de esta manera me esté ayudando a mí a tener una vida más fácil. En mi casa hay empleados fijos dos cocineras, un mayordomo y al menos cuatro chicas para la limpieza. Tenemos siempre cuatro encargados de seguridad, que se intercambian en turnos de ocho horas con otros ocho guardias para poder descansar, así como el puesto del portero, que se cubre también en tres turnos con tres empleados distintos. Ángel es mi chófer habitual, pero el marido de una de las mujeres de la limpieza también está disponible mientras realiza labores de mantenimiento.

—¿Ahora estás alardeando?

Bosco valoró divertido la idea de que Luna considerase que alardeaba cuando no había hablado de absolutamente nada significativo de sus riquezas o su nivel de vida.

—Estoy tratando de decirte que sí, que tengo dinero, y no, no me avergüenzo de tener empleados. Es una manera como otra cualquiera de potenciar la población activa y cooperar a la distribución de riquezas.

—Así que, en realidad, dejando que otra persona limpie lo que tú manchas...

—...y pagándole por ello —matizó él.

—Y pagándole por ello —concedió ella—, ¿estás haciendo una obra de justicia social o de caridad?

Bosco pensó en Rosana, la mujer ecuatoriana sin papeles que se ganaba su sustento limpiando en casa de su madre, que ahorraba hasta el último céntimo para enviar una buena parte de sus ingresos a sus padres, al otro lado del charco, para que cuidasen a sus cuatro hijos. Lejos de su hogar y su familia, no solo había encontrado un medio de vida y una fuente de ingresos, sino que también disfrutaba de un techo en el que cobijarse y un trato en igualdad y respeto. Bosco había tratado de convencer a su madre de que no contratase a nadie ilegal, pero su madre, todo un carácter, le había impelido a que consiguiera la regularización de su empleada para que pudiera pagarle cuanto antes la seguridad social y estuviera en regla, ya que no pensaba despedir a la joven trabajadora que no tenía dónde vivir y estaba abocada a malvivir si no fuera por estar allí con ella.

—Yo no llegaría a tanto, pero de lo que sí tengo plena seguridad es de que no estoy haciendo nada malo ni de lo que avergonzarme.

—Vale.

—¿Vale?

—Ummmmm —asintió Luna.

—¿Eso quiere decir que ya no te sientes incómoda por ir en coche con él? —preguntó Bosco señalando con un ademán a Ángel.

—Eso quiere decir que ya no me siento incómoda por ir en tu coche contigo y con él —aclaró Luna.

—¿Y eso qué quiere decir? —preguntó Bosco, empezando a comprender por dónde iba.

—Pues lo que he dicho.

—¿Que está bien que yo tenga chófer, pero que tú nunca lo tendrías?

Luna se asombró de que él pudiera entenderlo tan rápido.

—Algo parecido.

—¿Por qué?

—No sé. No es por el chófer, pero creo que nunca podría permitir que alguien me hiciera la cama, por ejemplo, me parece algo demasiado íntimo o... Que recojan mi ropa sucia del baño... No sé.

Bosco pensaba que esa declaración la describía bien. Para Luna, una cosa era tener una ayuda en casa y otra muy distinta no tener ningún tipo de consideración o respeto por las personas que trabajan para ti. Eso era algo que Bosco comprendía. De hecho, en cierto sentido, él había sido educado así. Su madre siempre había hecho mucho hincapié en que ninguno de sus hijos debía acostumbrarse a los privilegios con los que habían nacido y en ningún caso podían aprovecharse de ellos.

—Creo que a mi madre le vas a encantar —dijo como pensamiento final.

—¿Por qué dices eso? —preguntó ella, tratando

de hacer caso omiso al cosquilleo de placer que le producía el hecho de que él hiciese esa referencia de presentarle a su madre.

Y porque quería contárselo, pero también porque se había dado cuenta de lo tensa que se había puesto, Bosco le habló de su educación y de su niñez, de cómo su madre había sido una constante en su vida, un ejemplo de mujer fuerte en el que apoyarse. Sin dramatismo alguno, le contó a Luna de la infidelidad de su padre, de la caída en desgracia social y económica por la que pasaron después de que su padre falleciera en un accidente de coche, con su amante a su lado y un entramado legal por resolver.

—¿Y tu madre tuvo que responsabilizarse de todo lo que había hecho su esposo, aunque ella no estuviera enterada de nada? —preguntó Luna asombrada, tratando de imaginarse cómo sería esa mujer que había llevado en sus entrañas a Bosco, que había nacido entre algodones, que había entregado todo su amor y sus posesiones materiales a un hombre para acabar encontrándose con el engaño, el desprecio social y la más absoluta de las pobrezas.

—Así es por derecho. Mi madre había firmado todos los documentos que mi padre le había ido presentando, sin recelar en ningún momento, cierto, pero adquiriendo de ese modo toda la responsabilidad legal.

—Pero ¿cómo...? —no terminó la pregunta—. Tú lo solucionaste todo, ¿verdad? ¿Qué edad tenías?

Bosco se encogió de hombros.

—Acababa de cumplir los veinte años.

—Tú lo arreglaste, ¿verdad? —repitió Luna—. Yo había leído en algún sitio que habías «levantado un imperio de la nada». No pude entenderlo, sabiendo que tus padres no eran precisamente pobres. Pensé que era una forma de hablar, bastante poco precisa, por parte del periodista, para dar dramatismo al reportaje. Pero tenía razón, ¿verdad? No has creado tus empresas a partir de las riquezas de tus padres, ¿no? ¿Es cierto que has construido todo de la nada?

—¿Cambia eso en algo las cosas?

—Seguramente cambie lo orgulloso que puedas estar de ti mismo. Nunca lo he hecho, pero imagino que no da igual obtener unas ganancias a partir de una herencia, que llegar a ser riquísimo y encima enfrentarse a la mala fama y la desconfianza que genera saber de quién se es hijo.

Bosco se dio cuenta de que Luna era muy perceptiva, pero no le interesaba que lo admirase sobre una base falsa.

—No te equivoques tampoco, Luna. Mi padre me cerró algunas puertas, pero gracias a él también se me abrieron otras.

—¿Pretendes quitar mérito a lo que has logrado?

—No, pretendo situarte en su justo punto.

Luna estuvo a punto de decirle que admiraba su modestia y que se sentía orgullosa de él. Pero su timidez y la falta de costumbre de hablar con nadie así, se lo impidieron. El hecho de que, además, en ese momento llegaran a la notaría hizo que el instante se desaprovechara.

Luna no podía recordar cuándo fue la última vez que alguien la había acompañado en alguna gestión. Hacía tiempo que ella se había ocupado personalmente, y sola, de cualquier requisito burocrático: desde la apertura de una cuenta bancaria, pasando por el empadronamiento y las cartillas de la seguridad social hasta la matriculación en el instituto o dar de alta los contratos de luz y agua. Así que no pudo menos que comparar y agradecer silenciosamente no tener que enfrentarse al notario, fuera cual fuese el asunto, sin nadie al lado con quien distraer la espera.

Aunque al principio se sintió extraña, se encontró rápidamente a gusto enterrando su mano en la más grande de Bosco. Para una persona tan replegada en sí misma como ella, ese contacto llevaba un gran significado. Incluso para el propio Bosco, tan experimentado, la mano de Luna en la suya era una fuente de inmenso placer. Todo su cuerpo estaba centrado en ese foco de calor, en la sensación de sus pequeños dedos rozando su palma y en el sentimiento de posesión que lo embargó. Saboreó la grandeza de esa pequeñez mientras se sentaban juntos en una salita. E incluso el hecho de tener que esperar —él, por quien todo el mundo esperaba y jamás al revés— pasó desapercibido ante la felicidad que lo llenó, pues era consciente de que Luna había dado varios pasos de acercamiento hacia él aquel día. El hecho de que estuvieran con las manos entrelazadas no era solo la culminación del entendimiento y la comunicación que habían compartido, no. Con su mano, Bosco lo comprendía así y se daba cuenta de que Luna también, ella le había entregado también un poco de su confianza.

—¿Me está diciendo que he tenido un padre, pero que está muerto? —Luna bebió con mano trémula del vaso de agua que le había traído la solícita secretaria. Sentía la boca seca y el cuello tan rígido y tirante que temía ahogarse al respirar—. ¿Cuándo murió? —logró preguntar al fin.

—Hace poco más de un año —le contestó el notario, que había tratado en todo momento de informar a la joven, que casi desde el principio se había ganado sus simpatías, de la forma más suave posible.

—¿Y dice que él me estuvo buscando? —Luna no fue consciente del calor que sacudió su corazón hasta que sintió el tierno apretón de mano que le dio Bosco. Luna lo miró a los ojos y vio allí que él comprendía, y correspondió a su apretón con otro.

—Verá, joven. He llevado los negocios de su familia casi desde que comencé a ejercer en Madrid. Su padre hizo testamento a favor de usted en cuanto usted nació. Cuando usted y su madre desaparecieron, dejó instrucciones precisas de que fuera buscada sin descanso aun en el caso de que él falleciera antes de conseguir encontrarlas. Aunque, sinceramente, no creo que él pensara nunca que se convertiría en una empresa tan difícil como resultó. —El notario hizo un gesto apesadumbrado—. A pesar de que usted parecía haber desaparecido bajo la faz de la tierra, su padre nunca perdió la esperanza. Su abuelo de usted, un hombre bastante práctico, insistía constantemente a su hijo en que el sueldo que pagaba a los detectives privados era un dinero a fondo perdido, pues estaba seriamente convencido de que cada día, cada mes que pasaba, cada año transcurrido, solo dificultaba más las cosas y hacía más imposible encontrarlas a su madre y a usted.

Luna no pensaba echarse a llorar, lo dejaría para más tarde, cuando terminara de recibir toda aquella impresionante información. Ella, que nunca había sabido quién era su padre, que siempre había dudado hasta de que su madre lo supiera con certeza, que se había esforzado en recordar los primerísimos amantes de Sara buscando en sus rostros alguna similitud con ella, ahora no sabía qué debía sentir. Por un lado, su corazón estaba rebosante de alegría al saber que su padre la había querido, aun sin conocerla, que nunca había dejado de buscarla. Y, sin embargo, extrañamente, también sentía que la felicidad de saberlo no lograba tamizar la tristeza, porque se enteraba demasiado tarde, porque él ya no estaba, porque había muerto antes de que pudieran conocerse. Y junto a eso, se mezclaba la rabia de conocer que su progenitor había desaparecido hacía tan solo menos de dos años, que había estado viviendo, respirando y sintiendo en la misma ciudad que ella y no se habían encontrado por una pequeña casualidad, por un ligero margen de tiempo, por un simple capricho del destino.

Trató de eliminar esa última idea de su cabeza para evitar las lágrimas y se concentró en escuchar al notario, que seguía hablando. Siblejas le había contado de su abuelo, fallecido un mes atrás, y de su tío, un hermano de su padre, al que la policía había encontrado apuñalado en un callejón hacía tan solo tres días.

Luna fue incapaz de sentirlo por ellos. No pudo, al menos, lamentarse como lo había hecho por su padre. Egoístamente, lamentó la pérdida de aquellos desconocidos porque podrían haberle hablado de su padre y le afligieron sus muertes porque ellos habían sido, al menos momentáneamente, algo real en su vida, para luego, como siempre le sucedía con todos, escapársele de las manos.

¿Por qué no había nada perdurable en su vida?

—Creo que no me está escuchando, ¿verdad, joven?

—¿Disculpe? —Luna volvió a la realidad de aquel magnífico despacho.

—Comprendo que, tras unas noticias tristes, los asuntos económicos pasen a segundo plano para usted, pero, como le estaba diciendo, es mi deber informarle de las últimas voluntades, tanto de su padre como de su abuelo, y ponerle al corriente de los asuntos de su tío, pues, según he indagado, es usted su pariente vivo más próximo.

—No —Luna se incorporó—. Discúlpeme, por favor. —Se sentía desorientada y ligeramente mareada.

Bosco se levantó con ella. La voz le tembló a Luna cuando pidió:

—¿No podríamos dejarlo para más tarde? ¿Mañana, tal vez...?

Bosco se hizo cargo de la situación.

—Le llamaremos para organizar otra cita —sentenció, alargando su mano por encima de la mesa de despacho para despedirse del notario mientras que con la otra abrazaba por el talle a Luna y la sostenía—. La señorita Álvarez está claramente impresionada. Ahora, discúlpenos—. Y sin tiempo para que el notario reaccionase ni la propia Luna dijese adiós, la sacó de allí, y antes de que la afectada joven pudiese darse cuenta, estaba de nuevo sentada en el sedán con Ángel al volante.

—No sé qué debo sentir. Me siento rara.

—Es natural —le dijo Bosco, que también trataba de asimilar las noticias recibidas y darse una idea de cómo podría afectar aquello a la mujer que tenía entre los brazos.

—Toda la vida creyendo que mi padre no sabía ni siquiera que yo existía, que yo era un producto de uno de los ligues locos de mi madre y que si él había llegado a saber del embarazo no le había importado... Toda mi vida pensando con tanta indiferencia sobre mi padre...

Pero Bosco sabía que lo de la indiferencia no era cierto. Quizá Luna lo había intentado, pero por experiencia propia sabía que uno no podía dominar ese tipo de reacciones. Él también había querido odiar a su padre, y no había podido.

—Y ahora te sientes culpable, ¿no es eso? —Conociéndola y habiendo entrevisto su lealtad y su tierno corazón, Bosco sabía ver más allá de sus palabras—. ¿Te vas a castigar por haber tratado todos estos años de no sentir nada hacia tu padre, por haberte protegido con el único arma con el que contabas, que era devolver, aunque él no pudiera verla, su supuesta indiferencia?

Luna no sabía cómo habían terminado casi abrazados, pero le gustaba la sensación de los labios de Bosco sobre su coronilla y su sien.

—¿Tú también has querido pensar así de tu padre?

En realidad, hubo una época en que Bosco creyó lamentar la muerte de su padre solamente porque le había privado de matarlo él con sus propias manos, sobre todo en una ocasión, de las pocas en que su madre mostró debilidad ante él, en que la vio llorando en su dormitorio.

Había vivido veinte años idolatrando a su progenitor. Por ser el mayor, a Bosco no se le permitió ninguna rebeldía propia de la adolescencia, su padre no lo hubiera consentido, y había educado a su primer hijo en una férrea disciplina basada en la responsabilidad y unos estrictos deberes y buen comportamiento. Su autoridad en la casa estaba fuera de toda duda, principalmente porque todos, no solo Bosco, besaban por donde él pisaba. Antes de que se descubriera que tenía una amante y que había estado preparando las cuentas para huir con ella dejando a su familia sin un céntimo, Bosco se había desvivido porque su padre lo admirase. Desde pequeño había intentado comprender el complicado mundo de los negocios solo por tener algo de qué hablar con él, porque lo mirara con algo de interés. No sabía entonces que todos aquellos intentos de captar su atención, si bien no le valieron para granjearse el afecto del hombre que le dio la vida, sí le sirvieron para reconstruir las deterioradas finanzas que este dejó y crear un imperio superando con creces los limitados pequeños negocios que había dirigido el otrora admirado mentor.

Sin embargo, a pesar de todo lo que su padre les había hecho, a pesar de su abandono, de su indiferencia, de la facilidad con que se había liado con otra mujer olvidando los votos prometidos a su madre de amor eterno, Bosco sabía que guardaba íntimamente la esperanza de que hubiera habido un error, de que todo no fuera lo que parecía. Y a pesar de que tenía pocas o ninguna virtud que destacar de su padre –siempre había sido estrictamente autoritario en su trato con los hijos, distante, sin preocuparse por granjearse su cariño–, Bosco jamás había podido odiarlo. Le hubiera gustado, pero no había podido. No comprendía lo que había hecho ni creía que pudiera perdonárselo, no ya por él, sino por su madre y el dolor que había causado a esta, pero tampoco podía odiarlo y condenarlo. Y sabía, se conocía demasiado bien, que si su progenitor no hubiera muerto en aquel accidente de coche, si estuviera vivo, Bosco todavía habría deseado que decidiese cambiar su modo de vida para poder reencontrarse y construir una relación juntos. Al morir su padre, había puesto punto y final al deseo de Bosco de que todo hubiera sido un error, de que todavía podían congraciarse. Le había dejado, en definitiva, sin poder nada más que lamentar su marcha y tratar de dejar de juzgarle.

Capítulo 9

DESCONFIANZA

A pesar de su adinerada y acomodada existencia, la vida le había dado a Bosco suficientes lecciones como para desconfiar de las casualidades. De hecho, estaba plenamente convencido de que no existían. En la recién aparecida familia de Luna, en el trágico asesinato en un barrio de mala muerte de su tío y en el allanamiento producido un día antes en el apartamento de la joven, algo no encajaba. Bosco no se había convertido en quien era sin tener todo bajo control y sin conocer cada movimiento que se daba a su alrededor. Y ahora, esa necesidad implicaba también a la mujer de la que se había enamorado.

Hacía ya años que de la seguridad de sus empresas y viviendas se encargaba uno de sus mejores amigos, Nacho Rullatis. Era este un exmilitar, exlegionario, que había estado en Operaciones Especiales en Bosnia, Irak y Afganistán, experto en informática y artes marciales, con excelente puntería tanto en pistola como en arma de larga distancia, que había montado una de las compañías punteras en servicios de investigación privada, seguridad y prevención del país. Su padre era todavía, porque así lo quería a pesar del ascenso social y económico de su hijo, el jardinero de la casa de la madre de Bosco. Al señor Rullatis, le gustaba su trabajo, le encantaban las plantas y las flores y además no sabía hacer otra cosa desde que había sido contratado, más de treinta años atrás, a su llegada a España, procedente de una Italia que para él, recién viudo, era un recordatorio doloroso de su amada esposa y la mafia siciliana, de la que había salido huyendo con su único hijo recién nacido.

La amistad entre el hijo del jardinero y los dueños de la casa fue el lógico resultado de la convivencia en el mismo hogar de dos chiquillos de edad similar con ganas de jugar y compartir aventuras. Para Bosco, Nacho era el hermano que no había tenido. Con más de metro noventa de estatura, ancho de hombros, gesto sombrío, frecuentemente necesitado de desgastar el exceso de energía, incapaz de decir que no a una buena pelea, socarrón y siempre satisfecho consigo mismo, se compenetró totalmente con la mente más meditabunda de Bosco, su manera de evaluar y considerar los pros y los contras y sus ansias de demostrar algo al mundo y a sí mismo. Juntos se habían considerado indestructibles y desde que se conocieron habían sido como hermanos el uno para el otro.

Tras dejar a Luna, que insistía en volver a la agencia a seguir con su rutina, todo lo confortada que pudo y aceptando que el trabajo la ayudaría a distraerse, Bosco no dudó en llamar a su amigo de la infancia para pedirle su opinión. Después de todo, pensaba sonriendo el empresario, tendría que ir hablando a sus amistades de su futura mujer.

Rullatis, con la confianza que da un pasado juntos, silbó al enterarse de todo:

—Esto solo puede pasarte a ti, Bosco. Crees haber encontrado una gatita callejera y resulta que terminas con una descendiente directa de los Fernández de Oviedo.

Bosco sonrió al escucharle. Su «gatita callejera» no se había sentido impresionada en lo más mínimo por el fortunón que iba a heredar, sino por el hecho de que su desaparecido padre la había estado buscando. Eso era para Bosco más importante que sus orígenes o sus posesiones.

—¿El nombre del camello que allanó el apartamento de Luna?

—Un tal Félix Rojas, si no me falla la memoria. En cualquier caso, está su ficha en el informe policial, ¿podrás acceder a él?

—Sin problemas. Te llamaré a lo largo del día con lo que tenga —y luego, solo por fastidiar, añadió: —y si está muy buena a lo mejor entro en competición por ella.

—Ni lo intentes, es mía.

Nacho silbó.

—Sí que te ha dado fuerte.

Bosco se encogió de hombros. No podía negarlo. Le había dado fuerte y no pensaba hacer nada para evitarlo además.

—Consígueme eso y deja de molestarme. —Y le colgó sin más.

En un sucio cuarto de pensión en una callejuela del Madrid antiguo, la persona que había matado a Roberto Fernández de Oviedo miraba con asco a su alrededor y al yonqui tembloroso que lo saludó con respeto y temor. Al fijarse en las sábanas arrugadas y de color ambiguo, así como en las paredes con desconchones y goteras, procuró hacer caso omiso del penetrante olor a sudor y orín que le daba ganas de vomitar.

—Todavía no entiendo por qué lo has matado —negaba Rojas con su temblorosa cabeza, dando más ímpetu a su incredulidad.

—Tú no tienes que entender nada. Tú hiciste tu trabajo. ¿Cobraste por él?

—No. Solo la primera parte.

—Tampoco cumpliste con lo prometido. La chica sigue viva.

—Sí, y yo tengo a la poli pisándome los talones. No he podido salir a por mi dosis por miedo a que me vean. Voy a tener que estar escondido hasta que pasen unos días.

—Lo de tu dosis te lo puedo arreglar. Pero antes necesito un último favor —le dijo, mirando con desprecio el esperanzado rostro del drogata al oír hablar del premio que le esperaba.

—Lo que quieras, ya lo sabes.

—Sujeta esto unos minutos.

Se divirtió sobremanera al ver su rostro de horror y comprensión cuando le enseñó el cuchillo. Sabía que podía haber tenido problemas, que Rojas se podría haber negado o haberse rebelado y, sin embargo, fue todo facilísimo. Al principio había llorado y suplicado. Sí. Había sido patético escuchar sus objeciones. «No puedo permitirme que me endilguen otro cadáver». «Si no tienen el arma, ¿*pa qué* dejar ahí las huellas?». «Si a ti no te han *fichao*, qué más da que cojan huellas...».

Bla, bla, bla. ¿Para qué tenía que molestarse en pensar esa basura andante? Al menos, no había pensado lo suficiente, porque de lo contrario habría salido de allí a todo correr y se habría perdido de su vista –no solo de la policía– durante una larguísima temporada.

Había bastado con enseñarle su deseada dosis y no había dudado en tocar el cuchillo con el que había muerto Roberto y cogerlo entre sus manos. Era repulsivo. Aunque le había venido de perlas que lo hiciera, no podía sentir respeto por hombres que se vendían por tan poco.

Un hombre así ya no era hombre. Se convenció de que había hecho una acción humanitaria al colaborar en sacarlo del mundo. A fin de cuentas, su propia debilidad había sido la encargada de matarlo.

No tuvo remordimientos por dejarlo allí, chutándose la que sabía sería su última dosis mientras dos moscas lo sobrevolaban. Había cumplido su objetivo y todo el tiempo de más que pasase allí podía ser peligroso.

Rojas era completamente prescindible y una indiscreción por su parte podría costarle muy cara. Era absurdo arriesgarse a mantenerlo con vida sabiendo que la policía lo tenía en el punto de mira. Ese tipo de desechos humanos no necesitan más que una ligera presión para delatar hasta a su madre vendiéndose por sus debilidades.

Y además, no interesaba para nada dejar ese cabo suelto y sí dar carpetazo del todo a aquel tedioso asunto.

Salió de allí con las gafas de sol puestas, acallando a su conciencia con la excusa de que Rojas se estaba matando él solo y confiando en que nadie se hubiera fijado en su persona. Al fin y al cabo, solo era una más de las muchas que entraban y salían de aquella asquerosa pensión.

Luna llegó a casa esperando encontrarse con su hermano para darle las noticias. Le había llamado un par de veces desde la agencia y, al no haber obtenido respuesta por parte de Fidel, le había dejado un mensaje en el contestador del piso con la esperanza de que, si su hermano estaba, como ella creía, tumbado en el sofá haciendo zapping, la escuchara.

Se dijo que no se sentía decepcionada cuando al entrar en su apartamento lo encontró vacío. Después de todo, llevaba sola el tiempo suficiente como para haber aprendido a interiorizar todo lo que le pasaba y sus sentimientos sin necesidad de compartirlos con nadie.

Vio un post-it de Fidel en la puerta del microondas: *Me voy unos días a Collado a casa de unos amigos. Ya volveré.* Luna suspiró. ¿Por qué se había imaginado que hablarían los dos alrededor de una pizza hasta las tantas de la mañana comentando alegremente sus recién descubiertas raíces?

Se sentía frustrada. Tenía tantas ganas de hablar con alguien que la quisiera de lo que se acababa de enterar. Una buena conversación le ayudaría a asimilar todo lo que había aprendiendo sobre su padre, le facilitaría digerir lo que para ella era un auténtico bombazo: su padre la había buscado, incansablemente, sin abandonar jamás.

Inmediatamente pensó en Bosco. Deseó llamarlo. Pero ¿qué decirle? Seguro que él tenía montones de cosas que hacer. Si su trabajo, con todas las responsabilidades que conllevaba, no era suficiente, él tenía una vida aparte, no como ella. Bosco tenía familia, amigos, amigas y seguro que cientos de compromisos sociales. Sin embargo, mientras se decía eso descolgaba ya el teléfono en la mesilla auxiliar. Total, solo le iba a preguntar si estaba libre, se dijo.

A lo mejor justo ese día no tenía ningún plan. Sería una estupidez que estuvieran los dos sin verse solo porque ella no hubiera llamado.

Se quedó sin habla cuando escuchó la agradable voz de una secretaria al otro lado de la línea. Titubeó como si fuera tonta y después de darse un cachete mental consiguió preguntar por Bosco.

—Ahora mismo está en una reunión, pero si quiere dejar algún recado...

Luna dudó, pero finalmente tan solo dijo su nombre y aclaró que no llamaba para nada importante. Casi suspiró aliviada cuando colgó.

Había quedado evidente para Luna que no estaba preparada para alguien como Bosco, pues era incapaz de enfrentarse a una secretaria, por muy amable que esta fuera, al llamarlo al móvil.

Se secó las palmas de sus sudorosas manos en el pantalón y decidió olvidarse de todo. Se sentía incapaz de asimilar nada. Tenía un lienzo preparado desde hacía unos días. La pintura era su medio de huir de la realidad, pero también le ayudaba a pensar y a enfrentarla cuando hacía falta y esperaba que ahora también le echase una mano a su inquieta mente y a sus desordenados sentimientos. Sin una idea muy clara de lo que iba a pintar, se puso su viejo blusón, que olía a trementina y ostentaba manchas de distintos colores, y se encaró con el lienzo en blanco. Después de un rato jugueteando con los distintos óleos, haciendo mezclas y probando en un margen de su variada paleta, se dejó llevar. Pasaron algo más de dos horas hasta que el rostro de un hombre apareció ante ella. Era un hombre desconocido. ¿Era así como se imaginaba a su fallecido padre? Conseguiría fotos, se prometió. Poder contemplarlo, era muy importante para alguien tan visual como ella. Imaginarlo con vida, preocupado por ella, capaz de amarla y de aceptarla sin juzgarla, le producía un placer casi doloroso. Necesitaba mucha más información de la que tenía ahora mismo. Quizás, al ver una imagen de él, descubriría que había heredado algunos de sus rasgos y que guardaban parecido. ¿Quién sabía?

Esa idea la llevó a pensar qué más tenía de él y se lamentó al caer en la cuenta de que probablemente nunca lo descubriría. No solo era que él ya no estuviera, es que no estaban los dos familiares más cercanos.

Mientras continuaba pintando, el rostro de Bosco cobró forma ante ella. Era un rostro hermoso, fuerte, varonil e inmensamente guapo. Sus huesos grandes, altivos, emanaban arrogancia y seguridad, y sus labios y su mirada le hablaban a Luna de sensualidad, de poder, de deseo y determinación.

Luna recibió el amanecer con el pincel en una mano y la paleta de colores en la otra. El retrato de Bosco recibía sus últimos trazos y los rasgos del hombre se terminaron de perfilar con maestría. Examinando la obra al rematarla fue cuando se dio cuenta de que estaba enamorada.

La realidad de este sentimiento la sobrecogió hasta el punto de asustarla. ¡Dios mío! ¿Qué había hecho?

Bosco había despertado en ella una serie de deseos y anhelos, de necesidades, que no se veía capaz de afrontar. Por no hablar del sufrimiento que, indefectiblemente, toda relación trae consigo y que ella, lo sabía, no era lo suficientemente fuerte para combatir.

Allí parada ante el semblante del hombre que había pintado de memoria, supo con certeza que, si se dejaba llevar por el deseo tan fuerte de amar a ese hombre y, lo que era peor, de sentirse amada por él, cuando él se cansase de ella, cuando Bosco decidiera empezar con otra mujer, ella se moriría de pena.

El sonido del despertador, recordándole que debía ponerse en marcha, vino acompañado con el propósito firme de no dejarse herir, de mantener sus murallas bien alzadas y firmes.

Una amistad a lo sumo, se dijo a sí misma, durase el tiempo que durase.

Bosco lamentó no haberse enterado de la llamada de Luna hasta que terminó la reunión, rozando la medianoche. Había despedido a su secretaria hacia las nueve de la noche, después de que dispusiera la cena que habían encargado para tomar allí mismo, y no fue hasta que pasó por su despacho, antes de abandonar el edificio, que leyó la nota con la llamada recibida. Se maldijo a sí mismo por no haber avisado a María del Carmen de que las llamadas de Luna tenían el rango de «preferentes», por encima incluso de las de su madre y hermanas. Pero ¿cómo se iba a imaginar que algún día llamaría ella? Sabía, porque confiaba en María del Carmen desde hacía muchos años, que la llamada de Luna no encerraba ninguna urgencia, pero precisamente por eso la llamada adquiría mayor importancia para él. Era el primer paso que Luna daba hacia él y deploraba enormemente no haberse enterado siquiera.

Intuía que Luna no había podido contar con Fidel para comentar los asuntos del día y sintió un placer impensable, teniendo en cuenta que había sido un segundo plato, al darse cuenta de que ella lo había necesitado a él, aunque solo fuera un poco.

Bosco sabía que era una niñería, algo infantil, pero guardó el post-it entre las páginas de su agenda de piel, y no se avergonzó ni un ápice de la tonta sonrisita que le vistió la cara hasta que se durmió.

Capítulo 10

AMBICIÓN

María Ángeles Vamazo llamó a Luna al trabajo. Su voz era pura cortesía y educación al presentarse como la consejera delegada de Ovides, el grupo empresarial que habían creado los tres fallecidos Fernández de Oviedo. Según María Ángeles le explicó a Luna, tras saber que la joven era la heredera y, por tanto, futura presidenta del accionariado, era su obligación ponerse en contacto con ella para informarle de sus nuevas obligaciones. De una forma educada pero inflexible, a la que Luna no pudo negarse, María Ángeles citó a la publicista a comer para poder irse conociendo y poner a Luna al corriente de una serie de decisiones que deberían tomarse a favor de la empresa en el plazo de un mes.

Por un momento, Luna dudó de las intenciones de la consejera; por otro, la curiosidad de conocer a alguien que había trabajado codo con codo con su abuelo, que quizá había conocido a su padre, la tentó a aceptar. Por último, ¿cómo podía negarse a alguien tan encantador? Así que, a pesar de que se sentía como pez fuera del agua en el ámbito económico, de que todavía no había podido aceptar el hecho de ser una gran heredera y de que, además, no tenía ganas de hacer frente a ese tipo de asuntos sin haber podido asimilar todavía los recientes conocimientos sobre su familia, ambas mujeres quedaron en encontrarse en un restaurante cercano, a mediodía.

Cuando Bosco pudo llamar aquella mañana a Luna al trabajo con la intención de invitarla a comer, se encontró con que le pasaron con Elvira. El empresario sabía que, antes o después, tendría que dar explicaciones a la mujer de su amigo, pero no se imaginaba que la impaciencia de la recién casada fuera tan inminente. ¿No acababa de llegar de su viaje de novios? ¿No se suponía que tendría que haberse quedado en casa, plácidamente satisfecha en la cama, sin fuerzas para ir a trabajar? ¿No debía requerirle toda su atención poner en orden los asuntos de su agencia en lugar de dedicarse a los asuntos personales de sus empleados?

Aceptando lo inevitable con un suspiro y una maldición, se puso cómodo en la butaca de su despacho mientras con un ademán hacía salir a su secretaria.

—¿Bosco? ¡Qué alegría oírte! Me han avisado

de que llamabas preguntando por Luna, de hecho, dejé orden expresa de que lo hicieran. ¿Cómo estás? —sin embargo, antes de que su interpelado le contestara, ella prosiguió—: Ya he visto que te estás metiendo a Luna en el bolsillo... pero es que esta chica no suelta prenda, y me preocupa. Cuando me ha pedido salir hoy un poco antes pensaba que iba a salir a comer contigo, después de todo, en los dos años que lleva trabajando aquí nunca me ha pedido permiso para nada... A lo que iba. Se la nota muy feliz, Bosco, y estoy convencida de que es gracias a ti.

Después de escuchar tan larga diatriba, por primera vez en su vida, Bosco se quedó sin palabras.

—¿Lo dices en serio?

—Mira, no sé por qué Luna me encantó desde el primer día que llegó. Es una pura contradicción: va de estar de vuelta por la vida y en el fondo de sus ojos se la ve absolutamente vulnerable... Siempre se ha mantenido a una comedida distancia de todos los demás. Dos del departamento de contabilidad andaban loquitos por ella y el fotógrafo estuvo tratando durante más de tres meses que Luna quedara con él una sola vez y no hubo manera... Y sin embargo, no ha habido favor que se le pidiera que no hiciera, incluso aunque eso supusiera sacrificar su tiempo libre o su criterio.

—No hay duda de que estás al tanto de lo que ocurre en tu oficina —bromeó Bosco.

—Sí. Es fácil cuando solo se tienen una treintena de empleados. Supongo que para ti es más difícil con la magnitud de tu imperio —replicó ella mordaz, sin dar síntomas de sentirse ofendida y provocando la carcajada de Bosco—. Pero, a lo que iba, si no ha salido contigo, ¿quién es esa María Ángeles Vamazo que la ha llamado?

El nombre enseguida le sonó a Bosco, que, con su excelente memoria, tardó menos de un segundo en ubicarla en la dirección de Ovides. Después de todo, el Madrid de las grandes empresas escondía muy pocos desconocidos. Vamazo debía rondar los cincuenta y, para ser mujer, estaba bastante bien considerada en el mundillo. Preguntaría sin falta a Nacho Rullatis, sin duda él sabría de ella algo más que lo superficial. Y si había cualquier dato que Bosco debiera conocer sobre ella, tenía plena confianza en Nacho para encontrarlo. No en vano casi todos sus empleados habían pasado antes el filtro de la inspección del antiguo legionario para entrar a formar parte de su plantilla.

Sin embargo, Bosco era consciente de que Elvira no se iba a dar por satisfecha solo con esperar, así que le adelantó algo, contándole por encima que Luna había heredado y Vamazo estaba al mando de los negocios de su difunto abuelo.

—Pues no es muy normal que la llame para comer. Lo lógico es que la cite en la empresa, ¿no te parece?

Como Bosco estaba de acuerdo y tendía a desconfiar, no pudo negarlo. Así que cambió de tema:

—¿París estuvo bien?

La pareja había pasado unos días en la capital francesa a la espera de poderse tomar una vacaciones en condiciones, cuando emprenderían su viaje de novios con una organizada gira por Estados Unidos. Bosco escuchó a Elvira parlotear sobre Maxim y unos artistas galos y, de repente, recordó que estaba en manos de Elvira hacerle otro favor a Luna.

—Juan me comentó que estabas preparando una cena en vuestra casa.

—Este viernes, no, el siguiente. ¿Vendrás, no?

—Sí, pero quiero llevar a Luna.

—Contaba con ello. Imagino que luego tocará una comida con tu madre y tus hermanas.

Bosco se rio. A Elvira nadie se la daba con queso.

—Lo cierto es que a mi madre ya le he hablado de ella y está deseando conocerla. Si después de conocer a mi madre, Luna sigue empeñada en no casarse conmigo, no me quedarán más cartuchos que tirar. Ella es mi mejor baza.

—¿Le has pedido que se case contigo? —Elvira casi se cae de su asiento con ruedecillas, que se desplazó peligrosamente lejos de sus posaderas—. A lo mejor estás yendo demasiado rápido con ella.

—Para Luna, cualquier cosa es ir a velocidad de carreras. No está acostumbrada a este tipo de cosas —contestó Bosco tajante y seguro. —Y no, no le he pedido que se case. Me diría que no. No voy a pedírselo hasta estar seguro que me dirá que sí.

—Le diré lo de la cena para que se sienta más cómoda e integrada —le prometió la dueña de la agencia, pensando con satisfacción en el alboroto que provocaría en su pequeño mundo, y en toda España en realidad, el hecho de que el famoso y multimillonario Bosco Joveller hubiera por fin caído en las garras de una mujer y de cabeza en el matrimonio—. Ha sido un placer hablar este ratillo contigo.

—Lo mismo digo. —Y, cuando colgó, se dio cuenta de que no era una mera frase hecha.

No sabía qué esperaba Luna encontrarse cuando llegó al restaurante, pero María Ángeles Vamazo, con su sobrio traje chaqueta, su pelo perfectamente arreglado, su maletín de piel y sus zapatos de tacón de aguja, no era lo que tenía en mente. La mujer llevaba el pelo teñido en un suave rubio con ligera apariencia de natural. A pesar del desconocimiento por parte de Luna del mundo empresarial, no se podía imaginar otra persona que aparentase con más perfección la pulcritud, la eficiencia, la seguridad en sí misma, la profesionalidad y la capacidad para afrontar todo lo que se le pusiera por delante. Sin embargo, la sonrisa de Vamazo y su fingida simpatía no podían ocultar un deje de dureza que Luna supuso era necesaria para sobrevivir en el descarnado mundo de las finanzas.

Durante la primera media hora que pasaron juntas, en un tono general de cordialidad, la conversación giró en torno a la familia Fernández de Oviedo y los tres hombres fallecidos, a los que María Ángeles alabó y de los que comentó anécdotas vanas, casi todas relacionadas con el trabajo. Y mientras María Ángeles hablaba, Luna se sintió evaluada, y la expresión hermética de su interlocutora le impedía saber si aprobaba o no el examen. También se dio cuenta de que la consejera había obtenido, no sabía de dónde, bastante información sobre su vida, sus estudios y su orfandad, y se sentía en franca desventaja, pues nunca antes había oído hablar ni a favor ni en contra de su interlocutora.

Cuando Luna estaba tratando de dar un giro a la entrevista que le permitiera a ella conocer algo de María Ángeles, esta dio un ágil salto para concretarse en el negocio, por lo que a Luna no le cupo duda que toda la conversación educadamente sostenida hasta entonces había tenido lugar simplemente para abrir boca. En cuanto se centraron en el tema Ovides, aquella desconocida, de dudosa amabilidad, se convirtió ante los ojos de Luna en una mente brillante y una cabeza apasionada.

En términos cristalinos, la consejera delegada dejó evidente para Luna que, ante los fallecimientos de su padre, tío y abuelo, la cabeza visible de gran parte de la empresa era la heredera y, por tanto, la destinada a tomar las decisiones pertinentes. Además, instigó a la joven a firmar, lo antes posible, una delegación de poderes a nombre de María Ángeles, para poder subsanar cualquier falta de gobierno actual en la empresa. Según aseguraba la experta, el momento delicado que sacudía a Ovides imponía una actuación firme y rápida y Vamazo se apresuró a dramatizar con el fin de concienciar a la sucesora tanto de su sincera preocupación como de la prisa que les urgía. Por su parte, Luna necesitó de toda la diplomacia de la que fue capaz para coger el documento de la delegación de poderes y guardárselo en el bolso sin llegar a firmarlo. Vamazo, que se desesperó al comprobar que no se había salido con la suya, requirió de toda su capacidad de contención para no arañar la hermosa cara de Luna y obligarla a firmar a la fuerza.

—Tan solo quiero leerlo tranquilamente. Ha sido todo tan precipitado... —le aseguraba Luna en un intento por suavizar la tensión.

—No quiero insistir en que es necesario que la empresa tome inmediatamente algunas decisiones desde la junta directiva, y perdona si te incomodo, Luna, pero con tu escasa experiencia en este ámbito, no creo que una lectura en tu casa te aclare mucho más las cosas —el tono de Vamazo revelaba un leve enfado.

Luna no supo qué demonio le picó a decir aquello, quizá se debió a que quiso demostrarle a aquella entrometida mujer que la miraba con desdén que no sabía todo sobre ella, quizá se debió a que quiso demostrarse a sí misma de algún modo que sí confiaba en su naciente amistad con Bosco, el caso es que no pudo evitar decir:

—En realidad, me gustaría hablar de todo esto con un amigo que también tiene su propio negocio.

La cara de María Ángeles, de complacencia y superioridad al pensar que Luna se refería a cualquier dueño de una pequeña empresa de tercera categoría, no tuvo precio para Luna.

—¿Y a qué se dedica ese amigo tuyo? ¿Qué negocio tiene?

—Bueno, no estoy segura porque, según tengo entendido, se dedica a varios sectores.

María Ángeles arqueó una de sus depiladas cejas:

—¿En serio? ¿Y quién es? A lo mejor lo conozco de algo. Después de todo, los que nos dedicamos a esto hemos oído hablar unos de otros.

—Oh, ya lo creo que sí, y además mi amigo es bastante conocido en general. Se llama Bosco, Bosco Joveller, ¿sabes a quién me refiero?

El alivio que sintió Bosco cuando oyó a su secretaria decir que tenía a Luna en la línea dos le habría hecho darse cuenta de que estaba loco por ella, si no lo hubiera sabido ya.

—¿Cómo está mi chica? —le dio un malsano golpe de placer escuchar como ella balbuceaba al otro lado del aparato, pero todavía le gustó más saber que era la segunda vez que ella tomaba la iniciativa de llamarlo.

—Bien. ¿Te dijeron que te llamé anoche? —preguntó indecisa.

—Sí. Tuve una reunión que terminó tarde —dijo despreocupadamente, pues no quería dar la impresión de estar desesperado. «Y he estado lamentando todo el día no saber de ti o haberte llamado antes», pensó.

—He salido a comer fuera —le explicó, y le habló de María Ángeles Vamazo—. No es que no me fíe de ella, porque realmente no la conozco. A lo mejor, simplemente no hemos congeniado y no hay nada malo en lo de la delegación.

«Sí, claro», pensó Bosco, «y yo he nacido ayer».

—Bueno, espero que no te moleste, pero eres la única persona que conozco que sabe de estas cosas.

Bosco esperó al sentirla titubear.

—Si no te parece apropiado, se me está ocurriendo ahora que puedo contratar un abogado o algo así, ¿no?

—¿Quieres que me enfade? —le preguntó Bosco, que no quiso que esto último le amargara la alegría que le producía que ella acudiera a él y que confiara tanto en su criterio como en su persona.

—¡No! —aseguró Luna, y se dio un cachete mental. ¡Qué mal lo había expresado todo!

—Te paso a recoger a la salida del trabajo. Si yo no lo veo claro, también conozco a algunos buenos abogados.

—Muchas gracias. ¿Seguro que no te rompo ningún plan?

—Lo bueno de ser el jefe, Luna, es que uno puede hacer pellas a pesar de que a los demás no les parezca bien.

—Entonces nos vemos luego —y Luna se dio cuenta de que estaba con una sonrisa más grande que su cara cuando colgó. Lo que se la quitó de un plumazo fue ver a la mitad de la oficina espiando con miraditas burlonas.

Ahora sabía por qué Roberto Fernández de Oviedo había cejado en su empeño de acabar con la vida de su recién descubierta sobrina. El ambicioso hijo de puta.

Bueno, no sería la primera vez que tenía que adaptar sus planes y cambiar su estrategia. En realidad, la vida era muy parecida a los mercados bursátiles: lo que hoy estaba en alza, al día siguiente carecía de importancia o simplemente era superado por otro acontecimiento mejor. Su trabajo consistía en no dejarse sorprender por ese tipo de fluctuaciones, tanto en la vida como en la economía.

Se daría unos días para estudiar los nuevos valores emergentes y, si encontraba que Leticia era prescindible, no le temblaría la mano para hacerla desaparecer.

Estaba demasiado cerca de conseguir sus objetivos como para andarse con escrúpulos de última hora. Ya había desviado su conciencia lo suficiente como para no importarle otro pecado más.

Toda su vida había ansiado lo que ahora tenía al alcance de su mano, y solo se interponía un pequeño estorbo sin importancia con cara de duende.

No quería acordarse de los años de pobreza, las habitaciones pequeñas y oscuras y el olor... Dicen que la memoria del olfato es la más fiel. No lo ponía en duda. No soportaba el hedor de la pobreza ni nada que se lo recordase ni de lejos.

Hacía tiempo de aquello, pero como que existía un Dios que nada en su vida –ni sus trajes, ni sus coches y viviendas, ni sus amistades– le recordarían, cuando todo esto acabase, de dónde venía.

Capítulo 11

LA FIESTA

Luna no se llamaba a engaño. A pesar de que Elvira le había expresado su deseo de que fuera a la cena que celebraba para dar a conocer su casa y de que Bosco, que también iba, se había ofrecido casualmente a llevarla, sabía que ella estaría allí como la nueva pareja de Bosco Joveller, el multimillonario. Y como si esto no fuera suficiente etiqueta para exacerbar la curiosidad de la gente, la nueva pareja de Bosco era también la recién descubierta y largamente buscada hija y nieta de dos grandes empresarios, fallecidos, creadores de Ovides, uno de los conglomerados empresariales más conocidos en España.

Pero aunque no se equivocaba sobre lo que su presencia allí, acompañada de Bosco, supondría para los demás, en aquellos momentos había dejado atrás todos sus recelos y miedos y los acontecimientos de la última semana habían quedado en el olvido ante la imperiosa necesidad de arreglarse para su primer acto social tras su, por llamarlo de alguna manera, descubrimiento público. Había expulsado de su mente lo sucedido para limitarse a centrar su atención en procurar sacar el máximo partido a su imagen, pues sabía lo suficiente sobre la apariencia, las primeras impresiones y, en definitiva, los envases, como para no estar preocupada por lo que pensarían de ella. Se había subido a la banqueta del cuarto de baño para poder verse de cuerpo entero desde el espejo del lavabo. Esperaba sinceramente que el vestido negro de fondo de armario, que había adquirido en el *showroom* privado de Ángel Schlesser, al que había ido acompañada de la propia Elvira, se adecuara con holgura a lo que su jefa había denominado como «cena de pie».

Fuera de sus pensamientos quedaba ahora la segunda cita con María Ángeles Vamazo, a la que fue acompañada por un abogado que Bosco le había recomendado, y de un gestor que la ayudaría a hacerse cargo de todos sus asuntos financieros.

Luna no recordaba ahora el día que había tenido que identificarse y contrastar sus huellas dactilares con las pequeñas marcas impresas en un informe de hospital, que se tomaron cuando nació, y cuya coincidencia, junto con los resultados de las pruebas de ADN, fue suficiente para avalarla como la hija perdida de Álvaro Fernández de Oviedo. Asimismo, no venía a su cabeza el día en que firmó la aceptación de la herencia de su padre, de su abuelo y las deudas de su tío que ya estaba en proceso de subsanar.

No. Todo estaba relegado en su memoria ante una estúpida cena que la estaba poniendo más nerviosa de lo que solía ponerse antes de una puñetera entrevista de trabajo, ante un nuevo proyecto de publicidad o, inclusive, tras los besos de Bosco. No recordaba haber estado tan histérica en su vida.

Y no se mentía a sí misma. Si en realidad le importaba tanto el efecto que pudiera causar y lo que pensaran los demás asistentes, era por Bosco. Se moriría allí mismo si él se avergonzaba de ella. Era una imbécil, sí. Pero se había enamorado de él como una tonta.

No es que Luna fuera dada a las lamentaciones, pero no sabía cómo evitar la sensación de temor que la aquejaba, porque Bosco había puesto su organizada vida patas arriba.

Antes, toda su existencia se había basado en salir adelante, en mantener sobria a su madre, en estudiar para convertirse en una persona normal, en entrar dentro del sistema. Ahora se preocupaba por mil tonterías. Echaba de menos no tener una gargantilla buena en lugar de la de bisutería que llevaba y que dudaba si quitarse, pues casi era peor que no llevar nada. Se preocupaba por ser brillante y entretenida, en lugar de seca y reconcentrada, para que pudiera ser admirada por algo. Deseaba tener un físico más llamativo, saberse y sentirse hermosa para estar a la altura de Bosco. No hacía más que pensar que todos se darían cuenta del fraude que era y se preguntarían qué hacía el gran Bosco Joveller con aquella poquita cosa y, lo que es peor, el propio Bosco acabaría por darse cuenta de su error al haber dado su atención a una callejera como ella.

—Guau. ¡Estás cañón!

Por poco se cayó de la silla ante las palabras de Fidel, que se apoyó tranquilo, y sin ser consciente de que casi la había matado de un infarto, bajo el dintel de la puerta del baño.

—Me has asustado. ¿Cómo has entrado? —le preguntó mientras se reclinaba en sus hombros para bajar—. No me habrás forzado la puerta nueva.

—No. Me cogí un juego de llaves de tu mesilla de noche.

Luna se maldijo por no darse cuenta siquiera de que faltaban.

—¿Qué tal te ha ido?

—Muy bien. ¿Adónde vas? ¿Sales con Bosco?

—Tengo una cena en casa de mi jefa. ¿Qué tal voy?

—Estás de muerte. —Fidel nunca había comprendido por qué Luna, con lo hermosa que era y el cuerpo tan perfecto que tenía, con la dulzura e inocencia que emanaban de su rostro, puro reflejo de su alma generosa, era tan insegura sobre su físico—. Un poco conservadora —añadió con malicia—. Pero imagino que es lo que pega con este tipo de gente de la *jet set*. Has salido en todos los periódicos, hermanita —cambió de tema, pues se había sorprendido como el que más al enterarse de que su hermana era una rica heredera largo tiempo buscada.

Luna se encogió de hombros.

—Si hubiera sabido dónde encontrarte y cómo localizarte, te lo habría dicho yo.

No se quiso enfadar con él por no estar nunca disponible cuando ella lo necesitaba.

—¿Y qué vas a hacer ahora?

—¿A qué te refieres?

A pesar de conocer a su hermana desde hacía años, Fidel se sorprendió por su indiferencia.

—Esto es todo lo que has ansiado desde pequeña. Poder tener una casa grande, dinero a mansalva, estabilidad....

Luna comprendió que él nunca la había entendido.

—No quería riquezas, Fidel, quería una familia y la que he heredado está muerta. No quería la estabilidad de la riqueza, sino la de la monotonía y la rutina: una misma ciudad para vivir siempre, un trabajo fijo, un sueldo...

—Entonces, ¿no piensas irte a vivir a la casa de tu abuelo ni dedicarte a las empresas?

—Todavía tengo un par de gestiones que realizar antes de que todo pase a ser legalmente mío, así que ni siquiera he visto la casa, y si me llama la atención es porque imagino que estará llena de recuerdos y espero que me ayude a conocer un poco sobre mi padre. En cuanto a las empresas, tengo muchísimo que aprender, así que, mientras tanto, lo he dejado todo en manos de los expertos. ¿Qué zapatos me pongo, estos de tacón tan alto o estos otros de salón?

—¡Dios mío, Luna! Solo tú puedes preocuparte por unos zapatos cuando toda tu vida ha dado un cambio bestial.

Sacudió aun más la cabeza cuando la vio contestar al timbre del telefonillo y decir con toda calma:

—Ya bajo. Es Bosco —le informó a Fidel—. Me tengo que ir. ¿Estarás aquí cuando vuelva?

—Pensaba quedarme contigo hasta que me echaras —asintió—. Pero esta noche saldré. No sé si llegaré antes de que regreses. Me llevo las llaves.

—Me alegro. Así podremos hablar de todo esto. —Se acercó y lo besó en la mejilla con cuidado de no mancharlo con carmín—. Por cierto, me han puesto una alarma.

Fidel alzó una ceja interrogadora.

Incapaz de afrontar su mirada para dar explicaciones por lo que le parecía una excentricidad en un piso en el que no guardaba nada, Luna musitó:

—Ha sido idea de Bosco, después de lo de tu agresión. Lo digo para que lo tengas en cuenta si vas a salir.

Y se marchó precipitadamente.

—¡Luna! —le gritó Fidel antes de que cerrara la puerta al salir—. ¡Has elegido bien los zapatos!

Bosco esperaba de pie, apoyado en su Porsche Cayman. Luna lo encontró increíblemente atractivo en su elegante traje de etiqueta. Lo miró a través del cristal del portal y se preguntó otra vez cómo era posible que aquel hombre maravilloso se hubiera fijado en ella.

—Te he traído esto —le dijo Bosco una vez dentro del automóvil, tendiéndole un estuche.

—¿Qué es?

—Ábrelo, a ver.

Luna así lo hizo. Se quedó muda de asombro al ver una gargantilla, de oro sin duda alguna, que engarzaba una tira de margaritas. Como los ojos de una cara, encima de la sonrisa que pintaba el collar sobre el fondo de terciopelo negro del estuche, dos margaritas iguales, pero de mayor tamaño que las de la gargantilla, completaban los pendientes del juego.

—Es precioso, Bosco —dijo Luna con miedo a tocarlo.

—Es para que te lo pongas —le dijo él, divertido por el respeto en la voz de ella.

Luna procedió a ponérselo con dedos temblorosos. ¿Cómo había podido él saber que ella echaría de menos no estar al nivel que los demás en cuestión joyería? ¿Cómo se había acordado él que las margaritas eras sus flores preferidas?

Los pendientes y el collar lanzaban destellos hacia el pequeño espejo del quitasol del coche en el que Luna se miraba mientras comprobaba, admirada, que sus ojos chispeaban igualmente.

Los terrores de hacía una media hora habían desaparecido. Iba a una cena con un montón de ricos desconocidos, sí, pero iba con un collar y unos pendientes preciosos y acompañada del soltero más codiciado.

Y, por el momento al menos, pensó Luna, él la quería solo a ella.

—Muchas gracias, Bosco. —Y se acercó a depositar un beso en sus labios.

Bosco saboreó el momento. Era la primera vez que ella tomaba la iniciativa de besarlo.

En las otras ocasiones, él había sido prudente, había guardado el control: besos medidos, besos realizados con cuidadosa provocación que, cuando terminaban, Bosco no estaba seguro si habían conseguido el propósito de seducirla a ella, pero que, desde luego, sí lo habían vuelto loco a él. Y aun así, todas las veces, por temor a asustarla con su ardor, se había dominado con férrea disciplina. Con este beso, sin embargo, su autodominio lo abandonó. La intención de Luna había sido darle un suave roce de labios, pero Bosco la cogió desprevenida y profundizó la unión de las bocas. Se quedaron sordos y ciegos a todo, excepto a las sensaciones que los recorrían. Como le había sucedido las veces anteriores, Luna se sintió ingrávida, tan maleable como la margarina derretida, y una ráfaga de placer le aturdió el cuerpo de arriba abajo. Bosco por su parte, solo sabía que quería más.

Bastaron unos pocos minutos para que se quedaran los dos sin aliento y con una profunda frustración. Sí, pensó Bosco cuando la sangre volvió a regarle el cerebro, quizá valía la pena la desilusión de tener que terminar si con ello había conseguido dejar a Luna tan dolorida y anhelante como estaba él.

—No ha sido por el regalo —consiguió decir Luna—. Quiero que quede claro —para ella era muy importante dejar clara la distinción entre las muestras de afecto y las de agradecimiento.

—Nos conocemos lo suficiente como para que creas que soy capaz de pensar eso de ti —le contestó Bosco molesto, para quien el momento había perdido su encanto.

—No pretendía ofenderte. Todo lo contrario. —Se maldijo a sí misma por su inoportunidad y su escaso don de palabra.

—Nos ofendes a los dos al tratar de explicarlo.

Luna lamentaba haber hablado, pero ya no había forma de dar marcha atrás y no encontró la manera de arreglarlo.

—Siento haberlo estropeado todo. Por favor —suplicó—, no nos enfademos.

Bosco sospechaba que con Luna se estaba convirtiendo en un santo, pues ninguna otra mujer –salvo quizá su madre y en contadas ocasiones– conseguía de él ese tipo de contención y buen comportamiento. Suspiró, tragándose su mal genio antes de cambiar de tercio, pues no quería que ella llegase incómoda a la fiesta:

—¿Preparada para nuestra primera cena social juntos?

—Dispuesta —consintió Luna, aceptando el desafío y agradeciendo que él decidiese hacer caso omiso de su torpeza.

Luna jamás había dudado, durante el tiempo que llevaba trabajando con Elvira, de la capacidad profesional de su jefa. En el trato con los clientes era perfecta cortesía y poseía una extensa red de amigos y conocidos que, si bien en un primer momento acudían a los servicios de la agencia por recomendación, terminaban satisfechos y convirtiéndose en fieles tan asiduos como los parroquianos irlandeses lo son a sus bares y a sus iglesias.

En cuanto Luna y Bosco traspasaron el umbral de la puerta de la antigua y señorial vivienda en la calle de Ortega y Gasset, a Luna no le cupo duda de que el don de gentes y el acierto de su anfitriona en el mundo laboral se extendía al ámbito privado.

Una doncella, de inmaculado guante blanco, se hizo cargo de sus abrigos, y unos pasos más adelante del enorme vestíbulo un camarero daba la bienvenida con una bandeja llena de copas de champán.

Los salones, inmensos, abrían sus puertas de doble hoja al recibidor hasta donde llegaban las risas y los comentarios.

Elvira, firmemente custodiada por el enorme cuerpo de su recién estrenado marido, Juan Colinas, brillaba en el centro de todo aquel teatrillo. La anfitriona lucía un vestido que se pegaba a su cuerpo en una fina capa transparente salpicada completamente de lentejuelas de todos los tamaños ofreciendo la impresión de una esbelta burbuja de champán. Diseñado por el indio Naeem Khan, Elvira lo había adquirido del propio estudio del famoso diseñador en Nueva York. Con su vestido negro tan sobrio, Luna se sintió por un momento sosa y apagada. Se recordó, sin embargo, que no llamar la atención esa noche sería bueno para ella, ya que ya estaba en boca de todos y que su propia jefa, de la que se fiaba plenamente, le había aconsejado el prototipo de vestido de fondo de armario. La mano cariñosa y firme de Bosco en la parte baja de su espalda le dio la confianza que necesitaba para entrar y afrontar la noche que, en ese momento, no se le presentaba nada atractiva.

Sin embargo, Elvira no la decepcionó. Con un caluroso y cariñoso recibimiento pasó a presentarle a sus amistades hasta que llegó a un matrimonio de mediana edad de aspecto imponente, que, le informó la recién casada, habían sido grandes amigos de su padre.

Nunca sabría Luna que habían sido estos invitados de último momento y con la idea de favorecer la entrada en sociedad de Luna. Bosco, mucho más perspicaz, no perdió detalle sobre el apoyo de Elvira a Luna y se lo agradeció en un aparte.

—No seas tonto. Además, él me ha conseguido una posible cuenta con una chocolatera.

—Eres muy buena, Elvira, y aunque Luna no se dé cuenta todavía, necesita una amiga como tú.

—Desde que está contigo yo la encuentro más receptiva, más abierta. Está empezando a confiar en la gente, ¿verdad?

—Espero que sí.

Bosco miró a la mujer que amaba. Con la dulzura de gestos que la caracterizaba, rechazó una copa de champán que le ofrecía el camarero y siguió conversando con Carlos y Pilar Montalvo, ansiosa sin duda por escuchar a alguien hablarle de su desconocido padre. En ese momento, precisamente, el dueño de las industrias plásticas Montalvo explicaba a Luna que Álvaro Fernández de Oviedo y él se habían criado juntos, prácticamente como hermanos. Carlos recordaba perfectamente a Sara y el romance que inició con su íntimo amigo, más de un cuarto de siglo atrás.

—Tu padre pareció volverse loco cuando desaparecisteis. Hasta el último momento de su vida estuvo buscándote. De hecho, creo que perdió mucho tiempo y dinero siguiendo una pista falsa que indicaba que os habíais marchado a México con un grupo de rock.

Luna asintió. Recordaba haber oído que uno de los amantes de su madre pertenecía a un grupo de música que había alcanzado cierta fama en los ochenta, pero no sabía que los músicos hubieran cruzado el charco a continuar su trabajo. Como le pasaba con frecuencia últimamente, no pudo evitar pensar en cómo de diferente habría sido su vida sin esos pasos que tomó Sara por ella. ¿Cómo podría haber sido su vida si su padre la hubiera encontrado? ¿Se habría sentido más cómoda en ese ambiente? ¿Qué habría sido de ella si su madre hubiera decidido no llevársela? ¿Qué habría pasado si en verdad hubiera acabado en México, donde su madre terminaría rompiendo con el amante rockero?

Pilar Montalvo pareció entender la línea de sus pensamientos:

—Es tremendo la de vueltas que da la vida —le dijo la mujer, cogiendo entre las suyas la pequeña mano de Luna—. Sutiles cambios del destino que nos convierten en una cosa u otra.

Luna miraba a su interlocutora con cierta ternura, entendiendo el proceso de adaptación que debía afrontar.

—Déjame que te diga que, si tu padre viviera, estaría felicísimo de encontrarte aquí, donde perteneces. Y permíteme que te advierta que, aunque esta vida parece a primera vista llena de privilegios y comodidades, es también muy salvaje. Siempre que quieras y que lo necesites, espero que acudas a Carlos y a mí, como habría hecho tu padre y de hecho hizo, en numerosas ocasiones. Y te lo digo de corazón. No solo porque Álvaro se apoyó en nosotros, igual que nosotros en él, siempre que hizo falta, sino porque, quién sabe, si las cosas hubieran sido diferentes... —No quiso referirse a la aparición súbita de la frívola Sara en sus vidas y el revuelo que despertó rompiendo su propio noviazgo con el padre de Luna—. Tienes edad para poder ser hija mía —dijo y, acto seguido, queriendo demostrar su lealtad al hombre con el que se había casado y que siempre había amado, dirigió a su acompañante una mirada amorosa y añadió—: Carlos y yo nunca pudimos tener hijos, sería un placer para nosotros que nos aceptaras y permitieras que formáramos parte de tu vida como si fuéramos familia. Me gustaría que nos visitaras algún día —siguió la elegante señora—. Podrás ver fotos y compartir recuerdos que, sin duda, te gustará escuchar.

Para Luna fue una velada inolvidable, no solo por haber conocido a los Montalvo, en los que se palpaba el cariño hacia su padre, al que ya empezaba a bosquejar un poco, sino porque se sentía como la protagonista de una película del canal Hallmark. No era una ingenua. Sabía que despertaba la curiosidad de muchas de esas personas por ser la hija perdida de Fernández de Oviedo; de otras, por ser el nuevo «asunto» de Bosco Joveller; y que tanto unos como otros esperaban verla comer con los dedos o cometer cualquier otro tipo de incorrección que les diese que hablar. ¿No se había criado con una hippy drogata? Pero pudo, a pesar de todo, pasar una noche agradable y sentirse querida por aquellos amigos que, tenía que admitirlo, habían dejado de ser meros conocidos.

Cerca ya de las dos de la mañana, Luna sintió que el cansancio podía con ella. La mueca de su sonrisa le producía cierta tensión en el rostro que empezaba a acusar la debilidad. Bosco, siempre pendiente de ella, se dio cuenta de sus gestos cada vez más mecánicos y, suponiendo acertadamente que ya era suficiente y que habían cumplido de largo con el objetivo, la sacó de allí.

Ya en el coche, los dos se dejaron llevar por la satisfacción de comentar juntos la velada, los rumores, las bromas, los vestidos, la decoración, la suculenta cena, los invitados... Para Luna era una novedad poder compartir con alguien las impresiones de sus vivencias. Una novedad y también un placer. Le gustaba la perspicacia de Bosco para juzgar a las personas y las situaciones y la hacía reír con sus burlas sobre algunos de los partícipes del encuentro. La joven se sintió protegida cuando él la orientó sobre algunas reacciones que había visto o sobre algunas declaraciones más o menos acertadas que había escuchado, así como cuando la animó a quitar hierro a un par de meteduras de pata que Luna le confesó avergonzada.

La imaginación de la práctica Luna, cada vez más descontrolada, se entretuvo en evocar lo que sería compartir su vida con aquel hombre siempre tan dispuesto a hablar y escucharla, tan pendiente de cualquiera de sus necesidades... Y por primera vez en su vida, en aquel coche de lujo, se sintió en el hogar, se sintió en casa, se sintió segura y querida.

Todo un caballero, Bosco insistió en acompañarla hasta su piso, abrirle la puerta y confirmar que todo estaba bien antes de darle un rápido beso de buenas noches –no sin lamentar que todavía no fuera el momento de llegar a más– y dejarla allí, a pesar de la brevedad del beso, toda anhelante. Sin embargo, el cansancio facilitó que el deseo desapareciera en cuanto Luna se metió entre las sábanas y se agarró a la almohada con la desesperación y el placer del náufrago ante la tabla de salvación. En menos de cinco minutos había caído en el más profundo de los sueños.

Había sido fácil hacer una copia de la llave del ingenuo del hermano. Lo mismo daba que el novio multimillonario hubiera puesto la puerta blindada y acorazada. Con gente tan descuidada no hacía falta tomarse las molestias. Se detuvo un instante en el umbral a escuchar. Todo estaba en silencio. No esperaba otra cosa. La bella durmiente había abandonado el baile hacía ya dos horas y estaría soñando con su príncipe azul, y Fidel se había quedado tomando copas en un bar con una atractiva rubia pechugona. No habían hecho falta más que veinte pavos para convencer a una mujerzuela de que lo entretuviera por otro par de horas. Sin duda se debía a que era un tipo de hombre que gustaba a las mujeres. A pesar de no tener un euro y estar más delgado que un alfiler, en cuanto abría la boca todas las mujeres lo escuchaban como si fuera a decir algo importante y se reían como unas tontas con sus estúpidos chistes. Nunca entendería qué le veían ellas a los tíos con piquito de oro. Él siempre había pensado que ante un buen físico... Ya lo decía el refrán, que el envoltorio es lo que cuenta. Pero para gustos los colores.

Qué pena no poder ver la cara que se le quedaba a don Labia cuando entrase por la puerta esa noche y viese a su hermanita.

Sí, ya le habían contado que la joven había salido indemne de un anterior intento de asesinato, pero él no pensaba fallar, él no era un yonqui debilucho cegado por el mono. Además, él tenía un interés de un bonito veinticinco por ciento en el asunto.

Con la tranquilidad del que considera que tiene la situación bajo control, se tomó su tiempo para echar un vistazo. El apartamento era tan enano que daba claustrofobia. No había nada que mereciera la pena. Excepto... Silbó interiormente cuando vio las joyas en su estuche de terciopelo. Caló los pendientes y el collar, que destacaban sobre el resto de bisutería, al momento. Lo único de valor en toda la casa. Y aunque no sabía mucho de estas cosas, estaba seguro de que le proporcionarían un buen beneficio. Si no se equivocaba, las piedras eran diamantes. No serían fáciles de colocar así, pues eran identificables, pero esto no lo desanimó. Tendría que enseñárselas a un colega de un colega que se dedicaba a estas cosas. Seguro que eran un regalo del novio rico. O quizá, con la pasta que había heredado la suertuda, había empezado a adquirir gusto por los lujos.

Abrió la puerta entornada del dormitorio sin un solo ruido. La estancia estaba tenuemente iluminada, pues la ocupante no se había molestado en bajar las persianas ni cerrar las cortinas. Se acercó a la cama silencioso como un gato. Su linterna enfocó el cuerpo allí tendido, ajeno a todo, y fue deslizándose por las curvas de la mujer como las manos de un amante. ¡Ah! La durmiente era realmente hermosa. Nunca supo si fue ella la que lo excitó o la situación en sí. Para el caso, no importaba. El hecho es que él era todo un hombre y estaba ante una preciosa mujer indefensa con la que tenía que acabar. En un solo movimiento la destapó y le cubrió la boca entreabierta con su manaza. Sí. Ella no vería el nuevo día, pero antes él pasaría un buen rato.

Capítulo 12

SEGUNDO INTENTO

—Y eso es todo lo que te puedo decir por ahora —terminó Nacho Rullatis, que se había presentado en casa de Bosco en cuanto este dejó a Luna en su apartamento. A pesar de la hora y ante la gravedad de lo averiguado, el experto dedicado a temas de seguridad e investigación no había dudado en alarmar a su buen amigo. Por otro lado, no era la primera noche que se pasaban en vela juntos, y casi todas las veces anteriores por motivos mucho más banales.

—¡Joder! —el miedo provocó que Bosco dejara salir algo de su ira—. ¿Entonces no sabemos quién pudo haber matado al yonqui?

—No. Y ante la falta de pruebas, a la policía le gustaría seguir pensando que ha sido una sobredosis. De ese modo, tendrían el asesinato de Roberto resuelto. Pero precisamente la oportunidad de las pruebas, el arma con las huellas encontrada, la excesiva facilidad con la que todo encaja, les hace dudar. Y a mí también. Nunca he creído en el trabajo fácil.

Y Bosco no iba a desestimar los instintos de su buen amigo, que nunca fallaban.

—Esa... persona, ese asesino —se corrigió rápidamente— todavía puede querer hacer algún daño a Luna.

Nacho no se molestó en tranquilizar a su amigo. Precisamente por ese motivo y sin necesidad de consultarlo, había puesto a la muchacha vigilancia las veinticuatro horas del día.

—Sabiendo lo que sabemos y teniendo en cuenta quiénes se beneficiarían con la muerte de Roberto, nos quedan pocas piezas por investigar: la consejera delegada María Ángeles Vamazo y los Fernández de Oviedo de la otra rama de la familia. Pero para tener en cuenta a estos últimos no debemos olvidar que tendrían que querer eliminar a Luna de la ecuación también, si tomamos la herencia como móvil, tal y como tú has deducido. Claro —añadió como si se le acabara de ocurrir —que también cabe la posibilidad de que sean los dos juntos. No sería la primera vez que llevo un caso en el que hay más de un culpable. Muerta Luna, se reparten la torta. En cualquiera de los dos casos, tu mujer está en peligro.

—De lo que no caben dudas es de que Roberto contrató a Félix Rojas para matar a Luna. ¡Qué hijo de puta! —bajo la superficie de buena educación que siempre ostentaba Bosco, sus ojos traslucían la furia que le consumía—. Barajando la tesis de que fuera Vamazo quien le matara a él...

—Estoy prácticamente seguro, Bosco. La policía tiene pruebas de que lo hizo Rojas, sus huellas en el puñal y todo eso... pero es demasiado obvio para mi gusto. ¡Por amor de Dios! Las cinco huellas bien pegaditas en el mango y el cuchillo allí sin más, a simple vista, encima de una silla. ¡No me lo trago!

Conociendo a Nacho como lo conocía, Bosco no lo dudó.

—Bien, ¿Vamazo mató también al yonqui?

—Estoy seguro, pero tampoco puedo demostrarlo. Quizá usó un matón. —Con la mano extendida sobre la mesa junto a formularios e informes, Rullatis señaló unas desagradables fotos que había conseguido del informe policial.

—Los quiero vigilados, Nacho: a los familiares de Luna y a la consejera delegada. Será la mejor forma de proteger a Luna, pero también de acabar desvelando todo.

—No tienes que decirlo. Estoy en esto contigo, no permitiré que le pase nada.

Bosco sabía que Nacho antes perdería una mano que permitir que a esa Luna, a la que no conocía personalmente todavía, le sucediera algo malo.

—¿Qué hay del préstamo?

—Las cuentas están clarísimas. Vamazo se fue quedando con parte del accionariado, comprando a accionistas minoritarios, pero también a base de cobrar con desmesurados intereses los préstamos que le hacía a Roberto. Imagino que, si Roberto heredaba, todo el poder que ella había ido acumulando carecería de importancia. No se podía permitir que Roberto se recobrase económicamente.

—¿No has pensado que Roberto pudiera tener algo que ver con la muerte de su hermano y su padre? —preguntó Bosco, expresando un temor que no se había atrevido a concretar hasta ese momento—. No me fío de la casualidad, y tampoco de las muertes tan seguidas. A fin de cuentas, Roberto necesitaba el dinero. Pudo eliminar a su hermano para que su padre le permitiera gestionar su parte y, cuando el viejo se enteró de todo, o al menos de sus deudas, se lo cepilló también.

Nacho se encogió de hombros con la indiferencia del que ha aceptado hace mucho que no puede luchar contra todas las maldades del mundo.

—Llevo lo suficiente en este trabajo como para aceptar que nunca lo podré saber todo. Sí existe el crimen perfecto, a pesar de lo que los idealistas piensen. Tu teoría no es descabellada, pero imagino que nunca lo sabremos.

El sonido de una alarma interrumpió la conversación.

—¿Qué pasa? —preguntó Bosco.

—Alguien sin identificar está en el piso de Luna —la intranquilidad sonaba clara en la voz del exlegionario.

Ambos hombres estaban en marcha antes de que Nacho pudiera dar ninguna explicación.

—Hermosa Marian, ¡eres insaciable! —Javier Barceló, de segundo apellido Fernández de Oviedo, contemplaba deleitándose el reflejo de su amante a través del espejo, mientras se ajustaba la corbata después de ponerse la camisa. A pesar de los cincuenta años de edad de su compañera de cama, la madurez de esa mujer no había conseguido envilecer un ápice su cuerpo, que en ese momento descansaba lánguido entre las sábanas de satén—. Ya sabes que he de irme. Mi mujer no tiene paciencia y vuelve a mi secretaria loca si estoy en paradero desconocido más tiempo del acostumbrado.

—Te tienes que separar, Javi. Es la moda ahora —dijo María Ángeles aparentando despreocupación—. Así podrás hacer lo que te dé la gana con la única responsabilidad de pasarle una cantidad mensual a tu mujer. Te evitas también tener que afrontar sus gastos, y ella se tendrá que ajustar al presupuesto que acordéis y, para poner la guinda, te quitas el jaleo de los niños de en medio.

—Cielo, precisamente me casé para tener ese jaleo. —Se puso los pantalones sin darse cuenta del daño que hacían sus palabras—. Me gusta mi familia.

María Ángeles hizo caso omiso a la punzada de celos. No lograría nada perdiendo los papeles. Sus anteriores ataques de mal genio ya habían demostrado que Javier no tenía paciencia.

—Para ser un hombre de familia, todavía no has conocido a tu sobrina, ¿o sí y no me lo has contado? —dirigió la conversación hacia el tema que le interesaba. Quizá no podría tenerlo a él por completo, pero al menos sacaría algún provecho del revolcón.

—¡Qué va! Tampoco tengo ganas, no creas. Recuerdo vagamente a su madre. Una pirada, todo el día de juerga y siempre bebida. Álvaro perdió la cabeza con ella. Pero cualquiera sabe si esta Sol, surgida de no se sabe dónde, es en verdad Leticia.

—Sol no, Luna, tonto.

—Sol, Luna, lo que sea. Un nombre hippy como cualquier otro. —Poco le importaba mientras no interfiriese directamente en su vida—. Los Montalvo, que ya sabes que eran íntimos de Álvaro, quieren ayudarla a introducirse en sociedad.

—No le hace falta mucha ayuda en ese sentido. Bosco Joveller se ha prendado de ella y es su abanderado.

—¡No jodas! —un largo silbido expresó la admiración de Javier—. ¿Qué es?, ¿muy guapa?

—Más bien poquita cosa. Del tipo vulnerable. Imagino que hay hombres que pierden la cabeza por ser caballeros andantes.

—Tú nunca necesitarás un paladín que te defienda, ¿eh?

María Ángeles desechó recrearse en la idea de que otro luchara sus batallas. De sobra sabía que deleitarse en ese tipo de sueños no llevaba más que tristeza a su corazón. Hacía tiempo que había aceptado que ella, y solo ella, tomaba de la vida lo que quería, que nadie la cuidaría ni miraría por sus intereses.

—¿No te molesta que con la aparición de Luna dejes de heredar un buen pellizco? —le preguntó curiosa, pues no terminaba de entender la indiferencia con que Javier había recibido la aparición de la heredera.

Javier se encogió de hombros mientras se ponía su chaqueta de Hugo Boss. Su gesto fue tan casual que María Ángeles no pudo averiguar si mentía.

—Nunca soñé con tocar nada de Ovides. Primero estaba el viejo avaro, que no quería soltar el timón del barco, y luego Álvaro y Roberto.

—Si Luna no existiese, Ovides pasaría a ti y a tus hermanos.

—¿Y qué me sugieres que haga, Marian? —le preguntó con desgana mientras se inclinaba sobre la mujer desnuda y le daba un protocolario beso de despedida—. ¿Que la asesine?

Las palabras quedaron flotando en el dormitorio del hotel cuando Javier salió cerrando suavemente la puerta. María Ángeles se mordisqueó el labio nerviosa. Las cosas no iban como ella esperaba. Últimamente estaba jugando muy fuerte y perdiendo la paciencia muy rápidamente. No podía permitirse el lujo de fallar justo ahora, cuando estaba más cerca que nunca de conseguir todo lo que quería.

Se pasó las manos por las partes del cuerpo donde todavía sentía las huellas de Javier. Acababa de marcharse y ya lo estaba echando de menos. Llevaban más de quince años liados. Había aguantado por él más que una fiel esposa. Y aunque sabía que siempre había sido la última de una larga lista de obligaciones que Javier consideraba más importantes –su familia, su trabajo, sus amigos, el club de golf, sus otras amantes temporales–, nunca había podido dejarlo. Javier era el responsable de que ella pudiera acercarse a entender de alguna manera las dependencias. Se había enamorado de él como una escolar y continuaba encandilada a pesar de los años pasados. En un súbito impulso por volver a verlo se acercó a la ventana. Sola como estaba no se molestó en cubrir su desnudez. No se preocupó de que la lámpara de pie de la habitación la iluminara. No había nadie a aquellas horas por la calle y dudaba que alguno de los vecinos del edificio de enfrente estuviera despierto.

Abajo, en el asfalto desierto y húmedo tras el riego de los encargados de la limpieza, Javier se subía a su Volvo.

María Ángeles deseó con fiereza que no tuviera otra mujer, que no perteneciera a nadie. Y en la fuerza de su deseo, no vio el pequeño Volkswagen negro que siguió al coche de Javier y dobló la esquina tras él.

Luna se había despertado para encontrarse con la peor pesadilla que una mujer podía tener. El desconocido la tenía completamente inmovilizada. Sentado a horcajadas sobre ella, Luna sintió asqueada como le pasaba la lengua sobre el cuello mientras le murmuraba obscenidades. Con las rodillas le tenía sujetas las manos y Luna solo podía tratar de retorcerse bajo él a la vez que forcejeaba para soltarse. En un momento en que él se acercó a besarle la boca, superando todo su asco, Luna lo mordió con todas sus fuerzas. Sintió el sabor de la sangre en su boca, lo cual le provocó unas náuseas que pasaron desapercibidas ante la intensidad de la lucha y la reacción rápida de él, que le estampó un puñetazo en el rostro.

—¡Zorra de mierda!

Luna estaba tan asustada que ni siquiera sintió dolor. En un momento de vértigo horrible lo vio abrirse los pantalones. A pesar del alboroto, oyó el sonido de la cremallera cuando el desconocido se la bajó en un único y rápido movimiento. El pánico la invadió. Se retorció con más ahínco, cada vez más convencida de que no iba a poder escapar. Consiguió liberar una mano y, asustada como estaba, no dudó en dirigirla en forma de garra al rostro del intruso.

Él chilló. Descargó otro puñetazo que estampó la cabeza de Luna contra el cabecero. Le volvió a atrapar la mano con la rodilla y de un tirón le desgarró el camisón. La joven sintió que se moría al notar como le sobaba los senos apenas cubiertos por una fina camisola interior de tirantes.

El cuerpo de Luna dejó de sufrir. Lloraba, aunque no oía sus gemidos ni sentía las lágrimas cayendo a raudales por su rostro.

Sin embargo, en un instante, todo cambió. Un segundo tenía al violador encima de ella, y al segundo siguiente él salía despedido por la habitación contra el armario empotrado.

Ante el desconcierto de la joven, dos desconocidos más habían entrado en la habitación. Uno de ellos, sin duda el que le había quitado a su agresor de encima, estaba terminando, con un par de firmes y últimos golpes, de noquear al violador para reducirle y, sacando unas esposas de detrás de su cintura, lo esposó. Con un asentimiento de cabeza hacia una asombrada Luna, lo sacó de su cuarto.

—Quédate con ella. El jefe debe estar al caer.

El otro hombre desconocido, joven y fuerte, vestido con unos vaqueros, una camisa y una chamarra bajo la que se ocultaba una sobaquera donde la joven le vio guardar un arma con la que había entrado en la mano, le mostraba ahora las palmas y se acercaba a ella mientras le hablaba en tono suave.

—Trabajo para Bosco Joveller —le dijo sabiendo que el nombre del empresario significaría algo para la víctima ante él—. Teníamos el piso bajo vigilancia y al ver que había un intruso, hemos decidido entrar —le explicaba tratando de usar frases breves, sabiendo que la conmoción que sufría Luna tras el ataque, le impedía seguramente entender ni lo que había sucedido ni qué hacían ellos allí—. Ahora está segura. Joveller no va a tardar nada en llegar. Está en camino.

Se acercó con pasos lentos a la cama, mientras le seguía mostrando las manos, serenas y firmes.

—Todo ha terminado. —Y haciéndole una señal hacia su cabeza, le preguntó—: ¿Puedo? —No esperó a que ella asintiera y Luna sintió su mano, suave, bajo su mandíbula mientras sus ojos le examinaban analíticamente la cara y los hematomas que ya amenazaban con aparecer.

Cuando Bosco y Nacho llegaban al apartamento de Luna, lo primero que vieron fue a uno de los empleados de seguridad salir del piso llevando esposado a un hombre con la bragueta abierta y todos los síntomas de una buena pelea. El corazón de Bosco se le cayó al suelo.

—No ha pasado lo peor —se adelantó a decirle avergonzado el guardia—, pero nos hemos confiado pensando que era el hermano y hemos perdido unos segundos preciosos…

El salvador de Luna no pudo terminar la frase. El puño de Bosco, rápido y concienzudo, se descargó en un formidable golpe contra el estómago del violador que se dobló en dos sobre sí mismo por el dolor.

Sin molestarse en mirarlo, Bosco se dirigió a Nacho:

—Es mío —exigió con tono duro—. Pero antes quiero ver a Luna.

—Otro de mis hombres está con ella —Nacho le

hizo un gesto amigable en el hombro antes de verle correr hacia el dormitorio.

—¿Llamamos a la policía, señor? —le preguntó su empleado.

Rullatis sabía que estaba yendo contra las normas de su propia empresa, por no hablar de la ley, y que se jugaba algo más que una cuantiosa multa por la infracción, pero no dudó:

—Todavía no. Lleva a este cerdo a las oficinas, a la sala de interrogatorios. Asegúrate de que no tiene móvil, que no se pone en contacto con nadie. Aislamiento total. No sé cuánto tardaremos en estar allí —y cuando el hombre ya se iba, añadió—: que no se os olvide, ¡es de Joveller! por muchas ganas que le tengáis.

Nacho fue hasta el dormitorio. En ese momento el segundo de sus hombres abandonaba la habitación.

—Señor —saludó con una inclinación de cabeza a su jefe—. Lamento lo ocurrido.

—Habéis evitado lo peor. ¿Cómo está ella?

—Es una mujer fuerte, aunque no lo parece. La histeria está cediendo y con él —hizo un gesto hacia Bosco— parece recobrarse más rápido.

—Mañana analizaremos qué ha pasado. Ahora dejadnos.

Nacho solo echó un vistazo al dormitorio donde Bosco cubría a una pequeña mujer con sus brazos. El ex legionario solo llegó a vislumbrar un diminuto pie desnudo sobre la cama deshecha. Fue suficiente para que se despertase su afán protector. No era el mejor momento para conocer a la mujer que volvía loco a Bosco. Pero, por Dios, daba igual qué mujer fuera. Había poco más que Nacho odiase con tanta fiereza como los violadores, tan solo los pederastas. No soportaba los abusos contra los débiles. Apretó los puños conteniendo las ganas de golpear algo.

Quizá debido a su impresionante fuerza, de la que gozaba desde niño y solo había tenido que incentivar con un poco de ejercicio y pesas, nunca había tolerado que se maltratase a nadie impunemente a su alrededor. Ya en el colegio se había visto envuelto en más de una pelea por meterse donde no le llamaban, siempre para defender a alguien. Los abusones le ofendían. No los podía entender. ¿Dónde estaba la gracia en tirar al suelo a alguien que caía con tanta facilidad?

A él le atraía lo difícil. Le gustaba todo aquello que suponía un reto.

Que además, el abusador gozase con el dolor y la humillación del abusado le solía poner de muy mal genio.

Bosco siempre le acompañaba, pero al no ser tan grande ni tan fuerte, solía salir bastante peor parado que el enorme italiano al que muy pocos, ni siquiera los mayores que él, podían tocar un pelo de su cabeza. A los doce años, sus compañeros le apodaron Obélix, en honor al gigantesco protagonista de los cómics de Albert Uderzo.

Rullatis era muy consciente de su fuerza. Cuando

tomaba la mano de una mujer, dejaba la suya prácticamente blanda por temor a apretar sin darse cuenta. Sus movimientos solían ser controlados. Y había aprendido, con la edad, a controlarse y moderar su fuerza. El Ejército le había dado disciplina y le había enseñado a canalizar la ira.

Ahora, pegado a la pared del cuarto de Luna, oyendo sus entrecortados hipidos y los suaves susurros de Bosco, recurrió a toda su fuerza interior para no bajar por las escaleras, los escalones de cuatro en cuatro, y apretar el cuello hasta matarlo del hombre que habían cogido. Sin embargo, sabía que Bosco tenía todo ese derecho, y él no se lo iba a negar.

Bosco se despidió de Nacho en el portal de casa de Luna. No le dijo nada, pero su mirada le dijo a las claras que no hiciera nada sin él.

—Me llevo a Luna a casa —le informó después de presentar a la aturdida joven que le sonrió por encima de su enrojecida cara.

—Hola. —Luna había oído hablar de Nacho con anterioridad a Bosco. Le había comentado que era uno de sus mejores amigos, sino el mejor, y que eran amigos desde niños. Le hubiera gustado causar mejor impresión en el primer encuentro. Pero seguía aturdida y afrontaba la realidad como si su mente planeara por encima de ellos. Hasta los sonidos le parecía que estaban filtrados. Le llegaban como si fueran a través del agua.

Bosco había esperado paciente a que se vistiera en el cuarto de baño. Se había vestido como para hacer montañismo, con ropa abrigada, jersey de cuello vuelto, porque sentía un frío especial, no debido a la temperatura exterior, sino al choque emocional, que la ducha caliente no había conseguido eliminar. Al menos, se consoló, la ducha le había eliminado la sensación de suciedad de su cuerpo, le había limpiado del contacto con el violador.

Ya en la calle, echó un vistazo hacia atrás, hacia su hogar. Le parecía que no había nada suyo ahora mismo allí y agradecía que Bosco hubiera dado por hecho que no podía quedarse a dormir en ese apartamento y que iba a dormir en su casa. De repente, el dormitorio que ya había utilizado en otras dos ocasiones, se le antojaba el paraíso. Tan neutro, tan cálido, tan cómodo.

Santiago los recibió, con toda su profesionalidad, con una ligera mirada de alarma que recorrió preocupada la figura de Luna de arriba abajo.

—Tiene su dormitorio preparado. En cuanto esté lista le llevaré un vaso de leche caliente y un sedante para que duerma tranquila y sin pesadillas.

Bosco, cariñoso como solo él sabía serlo, no se separó de ella y la esperó sentado a los pies de la cama mientras ella se volvía a desvestir en el cuarto de baño y se ponía un pijama de franela a cuadros escoceses abrochado hasta el último botón y unos calcetines granates de lana bien gorda.

Cuando salió, se sentó junto a Bosco en la cama.

Éste le obligó a beberse despacito la leche y a tomarse la pastilla.

—Te relajará. Necesitas descansar.

—No quiero quedarme sola. —Se atrevió por fin a decir en voz alta.

—No te pienso dejar —le mintió él. Y depositando el vaso vacío en la bandeja de la mesilla de noche, ayudó a Luna a meterse entre las sábanas, la cubrió con el edredón, y se tumbó a su lado, abrazándola por encima de la colcha.

Solo se oyó un temblor en la respiración de Luna, el hipido entre cortado de después del llanto, así que Bosco incorporó su cabeza para mirarla bien.

—No voy a llorar más —le aclaró ella en voz baja.

—Puedes hacerlo si quieres.

Ella negó, mientras se le cerraban los ojos.

—Ya he llorado para toda una vida. —Volvió a abrir los ojos, como si un pensamiento la hubiera espabilado—. ¿Por qué me ha pasado esto, Bosco? ¿Tú lo sabes? —Había miedo en su cuestión y el millonario sintió de nuevo la rabia.

—No, no lo sé. Pero pienso averiguarlo. ¿Confías en mí, verdad Luna?

Ella no tuvo que pensarlo. ¡Por supuesto que confiaba en él, en que era incapaz de hacerle daño.

—Sí —asintió convencida.

—Pues te prometo que aquí estás segura.

—Lo sé. —Tragó saliva mientras trataba de analizar sus temores—. Creo que me daba miedo quedarme allí después de lo que ha pasado.

—¡Ni en broma te hubiera dejado allí! —No era el momento, por supuesto, y él lo sabía, pero le dieron ganas de hablarle de lo que le gustaría que viviera allí, en su casa, con él, para siempre.

—Gracias.

—Para eso estamos los amigos —le dijo él bromeando mientras le depositaba un beso en la coronilla.

—Gracias —musitó mientras se le volvían a cerrar los ojos.

Bosco esperó un rato, acariciando el pelo de Luna y asegurándose que no se despertaba y que el sedante había cumplido su función. Echándole un último vistazo y dándole un tierno beso en la cara y en los labios, se marchó de allí sabiendo que nada ni nadie podría acercarse a ella mientras estuviese en su casa.

—Ha entrado con la llave de Fidel, Bosco. Todavía la llevaba en el bolsillo junto con esto.

Nacho, ante una mesa de su sala de reuniones, sacó de una bolsa el collar y los pendientes que Luna había lucido tan feliz tan solo hacía ¿cuánto? ¿Seis horas? Parecía que habían pasado siglos desde la cena a la que habían acudido los dos a casa de Elvira.

—Quiero matarlo —dijo Bosco con voz sombría. Había llegado hacía tan solo unos minutos, vestido en vaqueros y con la rabia contenida bajo muy frágil presión. En cuanto se había ido de la presencia de

Luna, su rostro se había endurecido y la determinación en él se había hecho firme.

Santiago le había despedido con un liberador y competente: «no se preocupe de nada de la casa. Me quedo al mando y, si pasase algo, le avisaría enseguida».

—No puedo soportar la idea que esa carroña esté viva después de haberla tocado —siguió expresando su sentir a su amigo.

—Y sabes que yo tan solo me desharía del cadáver y jamás lo reconocería ni ante mi padre, Bosco. Pero primero hay que averiguar quién está detrás de todo esto. Lo de esta noche no ha sido un intento de violación. Ni siquiera un robo con un ladrón que se despista y se pone a violar. Este hijo de la gran puta iba a matar a Luna y simplemente se entretuvo en el camino. —Dejó pasar unos segundos mientras su amigo consideraba sus palabras—. ¿Cómo está ella?

Bosco no quería pensar en Luna. No quería evocar cómo la había visto: asustada, dolorida, humillada, ultrajada, desorientada y absolutamente desvalida y frágil. No quería recordarla así porque necesitaba tener la cabeza fría, y sabía que si la imagen de la mujer que amaba lo rondaba acabaría cometiendo un asesinato.

¿Qué secuelas podrían quedarle a la joven tras un ataque como este? ¿Necesitaría ayuda psicológica para superarlo o bastaría con dejar que el tiempo hiciera su trabajo? Como la furia volvía a embargarlo, se centró en Nacho, que estaba hablándole.

—Tenemos algo de tiempo para interrogarlo, pero luego debo llamar a la policía, Bosco, no solo porque es lo estipulado, sino porque Luna debe denunciarlo y la denuncia se irá al carajo si no encaja adecuadamente en horarios y partes médicos. Tu abogado puede encargarse luego de los detalles para armonizar todas nuestras declaraciones, pero más vale que acabemos con nuestro invitado antes de que se haga de día.

El convidado en cuestión continuaba con la braqueta abierta y el pantalón desabrochado, aspecto de su indumentaria que no había podido corregir debido a seguir esposado. Al verlo, a Bosco le volvieron las ganas de matarlo otra vez. No quiso dejar que su mente vagara sobre lo que podría haber pasado si los hombres de Nacho hubieran tardado un poco más.

Nacho. Su fiel amigo estaba detrás de él, todavía echando un vistazo a la ficha que había conseguido sobre el violador.

—Marcelino Gutiérrez —leyó en voz alta—. Tienes un bonito historial —recitó con aburrimiento una larga lista de delitos de mayor o menor importancia que iban desde hurtos hasta tenencia de drogas, pasando por dos denuncias, que no llegaron a más, referentes a intentos de violación. Nacho dejó los folios a un lado mientras con un elegante gesto se sentó ante la mesa frente a Marcelino.

Bosco podía imaginarse que el muy imbécil estaba intimidado por Nacho. Dado que su amigo era del doble de tamaño que un hombre normal y que, a pesar del traje chaqueta elegante, se adivinaban sus músculos bajo la ropa, el agresor de Luna pensaría que el mayor problema de esa sala era él. Pero Bosco sabía muy bien que eran su propia ira y su odio a los que Gutiérrez debía temer.

—A mí me gusta que la gente sepa a qué atenerse conmigo —le estaba diciendo con voz monótona Nacho—. Así que te lo voy a dejar muy clarito: no soy de la pasma, como ya te habrás dado cuenta, por lo que los derechos civiles y demás pamplinas yo me los paso por el forro. Es cierto que, si sales de aquí con vida, y presta atención, he dicho «si», puedes denunciarnos. Pero más vale que lo sepas desde ya. De aquí no te vas sin decirnos quién te contrató.

—No sé de qué me hablan...

—Aún no he terminado —atajó Nacho—. He dicho que, si sales de aquí por tus propios pies, no te vas sin decirnos quién te encargó el trabajito y sin la correspondiente denuncia por intento de violación, agresión, allanamiento, hurto... y seguro que me dejo algo en el tintero. En cuanto a la posibilidad de que, si sales de aquí por tus propios pies, seas tú quien nos denuncie a nosotros por agresión, te digo desde ya que serás un caso más de los que se pierden en la burocracia judicial. Tenemos medidas muy aburridas y efectivas para lograr que ese tipo de papeles nunca encuentren asiento. —A continuación, Nacho se inclinó sobre el esposado, su nariz rozando prácticamente la nariz del otro, y procedió a hablarle tan bajo que Bosco no consiguió entenderlo. Solo cuando Nacho se irguió y lo miró asintiendo con la cabeza, el famoso empresario se levantó con aparente tranquilidad de su silla y se acercó a ellos.

En aquel momento, en la sala solo se oyó un ligero jadeo y el ruido de agua al caer. El hombre de la bragueta abierta acababa de comprender que su verdugo, al que de verdad debía temer, se estaba acercando, y solo al sentir el calor entre las piernas, se dio cuenta de que se estaba haciendo pis encima.

Capítulo 13

L̲a̲ h̲eredera̲

Luna todavía estaba aturdida cuando bajó a desayunar a la mañana siguiente. Rozaba el mediodía cuando se había despertado, perfectamente consciente de dónde se encontraba y, a pesar de los desagradables acontecimientos de la noche pasada, con una confortable sensación de seguridad y mimo. Ignoraba que Bosco la había dejado unas horas por la noche, como ignoraba que a su regreso de la oficina de Nacho y darse cuenta de su sueño inquieto a pesar de los sedantes, se había tumbado junto a ella sobre la cama, acunándola en sus brazos y acariciándola con ternura para que, en su inconsciencia, ella se sintiera acompañada.

Bosco no había pegado ojo. Ni se le había ocurrido tomarse una pastilla para conciliar el sueño. Nunca lo había hecho y no lo encontraba necesario. Pero la intensidad de sus sentimientos y lo desagradable de lo sucedido, sumado a su preocupación por la mujer entre sus brazos, apenas le permitieron dormir. Pero no le importaba. Mientras arrullaba a la joven, había estado pensando. Su intuición no le había fallado días atrás cuando había supuesto que Luna corría peligro. La alarma que había hecho instalar y los vigilantes apostados en la calle que había ordenado Nacho, habían jugado un papel fundamental para que hubieran podido reaccionar y salvarla del desastre. Pero tal y como estaban las cosas, no era suficiente.

No permitiría que nadie la rozara siquiera nunca más.

Bosco no se opuso al feroz acto de posesión que lo embargó. Luna se le había metido dentro de la piel y lo aceptaba como lo que era: una verdad irremediable. Era suya, solo faltaba que ella lo reconociese. Como su tesoro más preciado, la defendería. No consentiría que se encontrase en medio de una guerra por ambición, aunque para ello tuviese que esconderla en cualquiera de las propiedades que poseía en todo el mundo.

Al menos, se consoló, esa noche habían descubierto de dónde y de quién procedían los ataques. Estarían preparados, se dijo mientras abrazaba más fuerte a la muchacha.

Pasó la yema del índice por el ceño fruncido de la joven durmiente. No quería que nada desagradable perturbase su descanso y la acompañó mientras le acariciaba la cabeza con suavidad.

Enlazado a Luna había esperado el nuevo día. Solo considerar la cantidad de diligencias que debía realizar para asegurarse de que todo iba bien lo obligó a levantarse del lecho con las primeras luces del alba. Y, sin saberlo la joven, el vacío que dejaron los brazos de Bosco rodeándola fue lo que buscó inconsciente, moviéndose hacia el calor que había dejado el cuerpo de él en el colchón.

Mientras Luna entraba en el pequeño comedor donde Santiago solía disponer el desayuno, dio mentalmente las gracias a Dios por haber puesto a Bosco en su vida justo en esos momentos en que tan valioso estaba resultando. Sacudió la cabeza, provocando que su pelo, recién cepillado, se ondulase suavemente. No le gustaba pensar sobre la gente en parámetros funcionales, pero tampoco era capaz de enfrentarse al hecho de que Bosco le provocaba algo más que gratitud. No estaba preparada para reconocérselo ni a sí misma. No desde aquel día en que había visto tan claro cuánto podía hacerle él sufrir.

Sin embargo, tratar de convencerse de que no eran más que amigos no ayudaba porque en su balanza ella aportaba bien poco en esa amistad. La realidad de que él daba mucho más que ella le hacía sentir como una abusona al mantenerse firme en su voluntad de no abrir demasiado su corazón pero sí abrir sus brazos a todo lo que él le daba. Cierto que había tomado esa decisión con el ánimo de protegerse, no de abusar de él. Pero a la luz del nuevo día que empezaba y de todo lo sucedido el día anterior, se sentía mezquina por poner medidas a su amor por él y por calibrar lo que debía o no compartir con ese hombre que la tenía absolutamente encandilada.

Eran amigos, se reiteró mentalmente, como una letanía. Y la amistad es dar y tomar.

Acto seguido, sintió una punzada de remordimiento. No era imbécil. Bosco quería algo más. A pesar de que habían acordado ser amigos, él quería más.

Es verdad que cada vez contemplaba de una manera más flexible la idea de mantener una relación amorosa con él, pero sería una tonta si le entregase su corazón. La vida le había dado pruebas suficientes para saber que nadie mantenía una promesa de amor eternamente.

Enseguida lamentó haber encasillado a Bosco como al resto del mundo, pues a medida que le conocía, más le costaba pensar que él pudiera hacerla sufrir. Pero, por supuesto, eso era porque ella todavía era objeto de su interés.

Suspiró al sentarse a la mesa. Sus pensamientos, como pelotas, rebotaban y volvían al bucle del que no sabían salir.

Distraída, se fue sirviendo, y tan absorta estaba que no se dio cuenta de la irrupción de alguien más.

Bosco contempló su ceño fruncido desde el umbral. El rostro de Luna mostraba las señales de la pelea nocturna. Gracias a los antiinflamatorios, y sin duda al maquillaje, su aspecto no era grotesco. Pero cada señal incendiaba la ira de Bosco. Aun así, el dueño de la casa respiró tranquilo. Ella estaba ahora bajo su protección. ¡Por Dios, qué gusto le daba tenerla allí! Deseaba con todas sus fuerzas que Luna se acostumbrase a vivir con él, porque no creía que fuera a poder soportar que ella durmiera en ningún otro lugar.

Pensó que iba a caer de rodillas ante ella cuando Luna alzó la mirada y, al verle, su rostro herido se iluminó, desde su sonrisa magullada hasta sus ojos brillantes, uno de ellos ligeramente amoratado y levemente cerrado. ¿Cómo podía negar Luna lo que él significaba para ella y luego mirarle con el alma en sus pupilas?

—¿Cómo te encuentras? —Se acercó hacia ella e inclinándose le dio un leve beso en la comisura del lado sano de la boca.

—Estoy mejor de lo que aparento. —Trató de tranquilizarle ella—. He dormido fenomenal y eso ayuda. Muchas gracias —añadió, consciente de que había sido quien había conseguido facilitarle el descanso.

—¿Por qué?

—¡Por todo! Por la seguridad de tu casa, por la pastilla, por todo el arsenal de antiinflamatorios y calmantes, por estar conmigo hasta que me dormí… —enumeró, consciente de que gracias a él, había dejado de estar sola.

—No las merece —y en tono grave por la emoción, le aseguró—… me hace muy feliz tenerte aquí, Luna.

La llegada del abogado los distrajo y, en cuanto se lo presentó a Luna, Bosco se disculpó. Aunque nada le apetecía más que quedarse allí mirando a su Luna, tenía una mañana complicada. Además, no se creía capaz de escuchar las declaraciones de la joven sobre lo sucedido la otra noche y no quería emponzoñar el ambiente con su odio.

—Solo necesito que firme estos papeles. Es la denuncia y la declaración para la ficha policial.

El abogado, uno de los socios principales de Uría Menéndez, no se molestó en explicarle que se estaban saltando todos los procedimientos habituales y ahorrándole a ella un montón de molestias y de colas de espera en la comisaría.

—¿Lo leo antes de firmarlo? —preguntó Luna con sincera ingenuidad.

El letrado no pudo por menos que reírse ante su tranquila confianza mientras se echaba las manos a la cabeza. Sí, pensó el experto en leyes, aquella mujer era perfecta para el frío hombre de negocios en que se había llegado a convertir Bosco.

—Como tu abogado, te aconsejo que siempre leas todo, absolutamente todo, antes de firmar cualquier documento y que si al leerlo no entiendes algo o no estás de acuerdo, por mínimo que sea, no firmes hasta estar de acuerdo o entenderlo todo.

Si a Luna no le hubiera dolido la boca, se habría reído por la ofensiva seriedad con que le había contestado. Así que, para tranquilizar a aquel atractivo hombre vestido con un impecable traje chaqueta, le tocó suavemente la mano. ¿Por qué todo el mundo se pensaba que ella era tan inocente, cuando llevaba toda su vida viendo cosas que escandalizarían a aquel modelo de elegancia y refinamiento que estaba sentado a su lado?

Trató de concentrarse en el texto ante ella y procuró no dejarse impresionar al leer el resumen de lo sucedido aquella noche en su casa. No supo por qué los datos fríos, escuetos y claros parecían tan efectivamente descriptivos y aun más crueles si cabe que lo que realmente pasó. Mientras leía, se acarició los brazos con las manos arriba y abajo para tratar de darse calor.

Estaba a punto de terminar cuando sus ojos se detuvieron en una cantidad de dinero. Releyó lo que había simplemente mirado por encima.

—¿Qué es esto?

—Hemos presentado también una denuncia por robo. El intruso se había metido las joyas en el bolsillo. Las llevaba encima cuando le detuvieron. Iba a robar la gargantilla y los pendientes, evidentemente.

—¿Y quién... quién ha valorado en tantísimo dinero las joyas?

El abogado se encogió de hombros:

—Es lo que cuestan.

—Pero ¡es muchísimo dinero! ¿Cómo... cómo se sabe que han costado tanto?

Él enarcó una ceja:

—Están valoradas en el precio actual de mercado, a la baja...

Pero no pudo seguir dando explicaciones. Luna se había puesto de pie.

—¡Este hombre se ha vuelto loco! —y cogiendo la declaración, la joven salió como una exhalación.

A Luna el corazón le palpitaba, sentía el pulso fuerte contra las sienes. Apenas podía pensar e hilvanar una idea coherente. Si se paraba a analizar, se daría cuenta de que estaba tan aterrorizada como la noche anterior. No sabía dónde se encontraba Bosco, pero instintivamente se dirigió hacia el despacho que sabía tenía en la misma planta. La puerta estaba cerrada, sin embargo, por primera vez, Luna iba a hacer caso omiso de la prudencia y de los modales. De un solo movimiento, giró el pomo y se enfrentó a un asombrado Bosco que, por hábito adquirido, se puso en pie en cuanto la vio entrar.

—Tú... tú... —Luna apenas podía hablar. No encontraba las palabras y mucho menos el discurso que quería expresar—. ¿Has pagado todo este dinero por el collar y los pendientes?

Bosco no necesitaba leer la declaración para saber de qué hablaba, pero sí necesitaba tomarse su tiempo antes de contestar y fingió que miraba el documento.

—¡Aquí! —le espetó Luna, señalando la cifra con temblorosos dedos al ver que él no contestaba.

—¿Qué pasa, Luna? —preguntó él, poniéndose cómodo, apoyando la cadera sobre su escritorio, su impecable traje azul perfectamente amoldado a su figura.

—Contéstame, por favor —suplicó la joven amedrentada—. ¿Te costaron todo este dineral?

—Sí.

El silencio llenó la habitación. Luna parecía haber entrado en shock.

—Pe-pero... ¿por qué?

—¿Por qué?

—Bueno, ya sé que no sé mucho sobre tu ambiente social, pero no creo que gastes ese dinero con cada mujer que sales, me cuesta imaginar que hagas ese tipo de regalos a todas las mujeres que has tenido...

—¡Claro que no! —la interrumpió Bosco. ¿Cómo iba a comparar cualquiera de los ligues sin importancia anteriores con ella? Se acercó a la mujer que amaba y le acarició suave, aunque con firmeza, los hombros—. Estoy enamorado de ti, Luna, cualquier tonto puede verlo menos tú —declaró ya sin pudor y poniéndose en sus manos.

Ella negaba con la cabeza.

—Lo siento, pero sí —Bosco siguió inflexible, pero en sus ojos había ternura—. He hecho algunos regalos a mujeres, pero todos han sido detalles sin importancia, por quedar bien, por cumplir... casi todos elegidos por mi secretaria. Sin embargo, quería que tú tuvieras algo especial la noche de tu primera aparición en la sociedad de tus padres, y un recuerdo mío de ese momento para toda la vida. En cuanto vi el collar, supe que estaba hecho para ti. Tú misma me dijiste que te encantaban las margaritas.

—¡Sí, pero esas están hechas con diamantes!

Bosco se encogió de hombros divertido.

—¿Y te acabas de enterar?

—¡Oh! Pues claro que sí. No las hubiera recibido con tanta naturalidad anoche si hubiera sabido lo que valían. Pensé que era oro, claro, no podía imaginar que compraras bisutería. Pero... no sé, unas circonitas... no diamantes... ¡diamantes!

—Suelen ser las mejores gemas.

—Pe-pero no puedes, no debes regalarme algo tan caro.

—¿Por qué no?

—No tenemos ningún compromiso —balbuceó Luna torpemente—. Yo mañana puedo desaparecer de tu vida sin explicaciones.

Aunque la idea de que ella se marchara hacía hervir su sangre, Bosco se ordenó a sí mismo mantener la calma.

—¿Crees que los diamantes te atan a mí? —le dijo con voz semiburlona que escondía el enfado que sentía.

—Yo no sabía que eran diamantes.

—Yo no te lo dije tampoco. —Se encogió de hombros. Le molestaba que ella lo hiciera parecer estúpido, pero como se daba cuenta de que no era el hecho de que los diamantes le ataran a él, sino de que no se terminaba de creer que él ya estaba atado a ella, siguió—: No pretendía dártelos para encadenarte a mí, Luna. Los vi, me gustaron, me gustó la idea de verte con ellos y los compré. Así de fácil. No representan mucho para mí, económicamente hablando. No pensé que te estuviera comprando.

Inconscientemente, Luna dio un paso atrás. Sabía que si continuaba con esa línea de comportamiento le haría daño a Bosco. Instintivamente comprendió que él era sincero. Había sido un regalo, sí, pero también un gesto de amor.

—Lo lamento, Bosco, perdóname.

Bosco la seguía mientras ella retrocedía avergonzada.

—Parece que ese collar me predispone a hacerte daño. Yo... supongo que no estoy acostumbrada a recibir regalos. —Incapaz de afrontar su rostro por más tiempo, bajó la mirada a la alfombra.

El corazón de Bosco se cayó al suelo por el dolor y la compasión. No, pensó, ella no tenía costumbre de ser mimada, de ser agasajada, de ser valorada. La comparó mentalmente con otras mujeres que había conocido, con otras jóvenes de su mundo que se creían con derecho a regalos, a las que todo les parecía poco, que consideraban hasta los gestos más lujosos hacia ellas como merecidos. Su Luna no era así. Por mucho que él la mimara, nunca lo sería.

Suspiró profundamente para tratar de contener la cantidad de sentimientos que quería compartir con ella. Se recordó que debía ir despacio.

—Ya te irás acostumbrando, cielo. —Le besó con suavidad el rostro magullado. Él se encargaría de que ella acabara recibiendo todo lo que él tenía por darle—. ¿Cómo te encuentras? —le preguntó mientras la acariciaba suavemente.

En una de las escasas iniciativas que ella tomaba, Luna le cogió las manos para devolverle la caricia. Entonces vio los destrozados nudillos.

—¡Dios mío! ¡Bosco! ¿Qué te ha pasado?

Bosco sintió un cosquilleo malsano de regocijo al sentir su preocupación. ¿Se angustiaría por él, así de intensa y rápidamente, si en verdad no lo quisiera, si no sintiese algo profundo por él?

—¿Cómo te has hecho esto? ¿Te has pegado con alguien? —en cuanto lo dijo, entendió lo que había pasado—. ¿Qué has hecho? —preguntó desolada—. Creí que llamaríais a la policía, que ellos se encargarían de todo.

—Luna, él se atrevió a tocarte. No pretenderás de verdad que le dejara irse de rositas.

Luna lo miró horrorizada. Era esta una faceta de Bosco que no había descubierto todavía y que no sabía cómo la hacía sentir. Toda su vida había querido ser como los demás, vivir como los demás, adaptarse a un piso, a unas normas... casi lo estaba consiguiendo ahora y, allí estaba él, tan imponente, tan seguro en sí mismo, perfectamente ubicado socialmente, aceptado y bien considerado y, a pesar de ello, saltándose las normas.

—¿Te duele? —aceptó lo que había ocurrido con un suspiro y dirigió su energía a preocuparse por él—. ¿Te has curado con algo?

Bosco se dejó cuidar. La nueva faceta que se le presentó de Luna tomando las riendas y preocupándose por él y regañándolo con firme severidad, le gustó tanto como la mujer necesitada a la que ya amaba con todas sus fuerzas y a la que tanto quería dar.

—¿Por qué no bajamos del coche? —preguntó Bosco al ver que Nacho aparcaba en aquella calle de mala muerte en el espacio destinado a carga y descarga y no hacía amago de moverse.

Rullatis miró su reloj.

—Porque tenemos que esperar. Me han avisado de que justo ahora hay un agente de la policía haciendo una revisión rutinaria del lugar del crimen. —Y señaló un derruido edificio de piedra gris—. Así nos garantizamos que el próximo uniformado en venir no lo haga hasta dentro de unas cuantas horas.

—¿No vigilan el lugar todo el día?

—No hay suficientes agentes para eso. Digamos que confían en que el dueño de la pensión no alquilará esa habitación en, por lo menos, otros dos días —y añadió, a modo de explicación—: No pueden tener la habitación condenada por mucho tiempo. Pero vienen a echar un vistazo de vez en cuando.

—¿Y qué esperas encontrar que ellos no hayan visto?

—¿Me lo estás diciendo en serio? —le preguntó Nacho ofendido.

—No te lo digo porque no me fíe de tu capacidad, sino porque no creo que ellos lo hagan nada mal. Se dedican a eso.

—Te sorprendería saber lo descuidado que puede ser un agente cuando no ha pasado buena noche, se aproxima la hora de irse a casa o está enfadado con la parienta.

Bosco levantó las manos mientras se reía de él.

—De acuerdo.

—Ahí está. Vamos.

Al bajarse del pequeño Polo, Rullatis dio la impresión de un gigante apeándose de un coche de juguete. Como, además, Nacho llevaba puesta lo que él consideraba su ropa de trabajo –una cazadora raída y unas botas de montaña–, nadie que le echara un segundo vistazo pensaría que era uno de los más destacados empresarios españoles, dueño de la principal agencia de seguridad del país. Tampoco Bosco, que en honor a su incursión por los barrios bajos se había desprendido de su Rolex y llevaba unos vaqueros desvaídos y unas zapatillas de deporte, llamaba la atención.

Con motivo de continuar la investigación paralela que los dos amigos estaban llevando adelante para averiguar todo lo relativo a los intentos de asesinato de Luna, aquella tarde se habían dirigido a la pensión madrileña, ubicada en un edificio a espaldas de la calle de la Montera, donde se había encontrado el cadáver de Félix Rojas. Bosco era más pesimista en cuanto a que ellos dos pudieran encontrar algo que a la policía se le hubiera pasado por alto. Pero, claro, en lo referente a este tipo de pesquisas se encontraba como pez fuera del agua. Sin embargo, Nacho, con la arrogancia que le caracterizaba y, supuso Bosco, la extensa experiencia en su haber, no pensaba dejar el trabajo de la comisaría sin revisar.

Tenían en su haber el informe policial. Según el forense, Rojas había fallecido de una sobredosis de droga. El dueño del hotelucho había llamado a la policía al encontrar su cadáver después de que, tras varios días, no hubiera señales de vida en la habitación. El cuchillo con restos de la sangre de Roberto Fernández de Oviedo y que sin duda era el arma con el que había sido asesinado descansaba en la mesilla de noche, con las cinco huellas del yonqui perfectamente destacadas en el mango.

Un análisis de sangre posterior, había descubierto una extraña adulteración en la droga que se había pinchado el fallecido. El componente, mortal aun en pequeños cantidades, aunque podía deberse a un proveedor de heroína ignorante o engañado, había sembrado dudas suficientes en el investigador policial. A Nacho, sin embargo, no solo no le cabía ninguna duda, sino que tenía plena certeza de que Rojas había sido también asesinado intencionalmente. Pero ahora había que demostrarlo.

El propietario de la pensión, que casualmente estaba en la recepción de la entrada, se sintió más intrigado por el enorme y amenazador Nacho que por la famosa cara de Bosco. Pero la fría mirada de

Rullatis lo obligó a abstenerse de hacer preguntas y a darles inmediatamente las llaves que le pedían.

La habitación donde Félix Rojas había fallecido de sobredosis conservaba la misma pestilencia que había asqueado a su asesino.

El paso de la policía por allí había colaborado a aumentar la sensación de caos y dejadez y todavía quedaban restos del polvo de la toma de huellas o manchas en el suelo de las multitudinarias pisadas de botas reglamentarias.

—¿Qué hacemos? —preguntó Bosco, quien, no lo ignoraba, en esta coyuntura no se destacaba por dominar precisamente la situación. Su amigo, por el contrario, ya llevaba puesta la mirada que Bosco calificaba de «depredadora». Nada escapaba a su profundo escrutinio ni a su analítica mente.

—Vete mirando por ahí. Cualquier cosa que lo relacione con tu chica o su tío, relaciones de pago, alguna factura de interés, una tarjeta, una anotación, lo que sea.

Así que Bosco, escondiendo su repugnancia a curiosear entre aquella inmundicia, con unos guantes de látex desechables que le dio Nacho, comenzó su investigación.

Por hacer algo, levantó las sucias sábanas de la cama y miró, luego levantó el colchón con cuidado. Entre las rendijas del somier pudo ver el suelo, con papeles abandonados, cajetillas vacías de tabaco, envoltorios de caramelos, restos de comida –aunque no estaba seguro, pues la masa abstracta parecía andar– y pelusas de suciedad. Iba a volver a poner el colchón en su sitio cuando le llamó la atención algo atado a la parte interior de la pata de la cama. Era una caja de plástico duro en color beige. La desató de la pata, a la que estaba cogida por medio de una cinta elástica, emocionado por su descubrimiento y a punto de gritar a Nacho, pero al abrirla solo encontró unas monedas. Se maldijo por la ingenua ilusión que había experimentado y se sintió como un tonto.

Entró en el cuarto de baño, pero ni por todo el amor a Luna consiguió permanecer allí más del tiempo justo de echar un rápido vistazo. Tras correr la cortina de la ducha y comprobar que no había ningún armario, todo ello sin respirar, el hedor y la suciedad de allí le resultaron en extremo insoportables, salió del pequeño habitáculo despavorido. Bosco empezó a dudar de que su amigo y él consiguieran salir de allí sin pescar alguna extraña bacteria o virus que se les contagiase por el aire o trepando desde el suelo por su calzado.

—¡Será hijo de puta! —la voz de Nacho lo hizo volver a la entrada donde el detective, subido a una silla, rascaba el techo con una extraña herramienta, justo en el lugar donde debería haber un punto de luz.

—¿Qué pasa?

—Que hay una cámara, eso es lo que pasa.

—¿Y la policía no lo sabe? —La incredulidad de Bosco era patente.

—Mi contacto me lo hubiera dicho.

—A lo mejor es de hace mucho tiempo y no está operativa.

—Es lo que vamos a averiguar —dijo Nacho bajando a toda velocidad por las escaleras hacia el apático dueño. Este se incorporó en cuanto vio la inmensa mole de Rullatis dirigirse hacia él como un tren de mercancías. Ignoraba lo que ocurría, pero su cara de aburrimiento desapareció por completo.

—¿Dónde está? —preguntó Nacho.

—Tranquilo, tío. Vamos por partes. ¿Dónde está qué?

Por toda respuesta, Nacho le enseñó la cámara arrancada.

—Los vídeos de la habitación.

—Para, para. —El hombrecillo le hizo un gesto de espera con las manos a Nacho, y Bosco tuvo que reconocer que no le faltaban agallas. No había visto a nadie jamás tratar a su amigo con esa aparente parsimonia—. No tengo ningún problema en enseñártelos. Además, por si la poli encontraba la cámara, no los he borrado. Pero ya los he mirado, te aviso, y no hay nada de interés. Es lo que dijo el forense: sobredosis. —Salió de detrás del mostrador para dirigirse a una pequeña puerta de madera que abrió con llave. Encendió la luz, una bombilla colgando de un techo lleno de humedad, y Bosco y Nacho pudieron ver una ruinosa sala con dos anticuadas pantallas de televisión y un viejo ordenador. En un armario sin puertas se apilaban cintas de vídeo y CDs.

Sin dudarlo, el dueño de la pensión se dirigió hacia un CD en concreto en la cima del montón.

—Es este. No lo he tocado desde que lo vi.

Pero Nacho había nacido siendo gato viejo. No se iría sin comprobar que estaba allí lo que necesitaba. Con un movimiento de cabeza, señaló la puerta al dueño de la pensión para que saliera y, sin ambages, se sentó en la costrosa silla de vinilo raído. El ordenador tardó unos minutos, que a Bosco se le hicieron eternos, en ponerse en funcionamiento y poder mostrarles las imágenes que querían.

La toma, desde el techo, enfocaba la cama para, supuso Bosco, satisfacer las perversiones del hostelero que, en realidad, de ese voyerismo que compartía luego en la red lograba más ingresos que de la pensión en sí. Durante las primeras tomas, solo vieron a Rojas en su solitaria vida, delante de un televisor y absolutamente negligente rodeado de la cochambre. Cuando una segunda persona hizo su aparición en la habitación, tanto Bosco como Nacho, inconscientemente, acercaron su rostro a la pantalla.

—¡Vaya, vaya! Justo lo que esperábamos.

—¿No hay sonido? —preguntó Bosco.

Nacho lo miró como si le hubiera salido una cabeza de más. ¿Sonido? ¿Qué se creía que estaba viendo, una película?

—¿Quieres color también?

Bosco se encogió de hombros, negándose a dejarse avergonzar.

Pero, por suerte para ellos, aun sin voz y sin color, ahí estaba todo. Como si solo su presencia en esa habitación no fuera suficiente prueba, la persona enfocada en la pantalla se dirigía hacia Rojas con el cuchillo que mató a Roberto en la mano, sostenido con un pañuelo. Vieron el momento en que Rojas dejó sus huellas en él y cómo lo colocaba en la mesilla de noche. Y vieron al asesino regalarle la dosis de droga que lo mataría. La conversación —aunque inaudible— era suficientemente explícita.

Ambos amigos se miraron satisfechos con la sonrisa en la cara.

—Demasiado fácil —dijo Nacho y, antes de que Bosco se desilusionara, añadió—: Pero nunca digo que no a caballo regalado. Vámonos de aquí y hagamos copias antes de que nos pillen y nos lo requisen. ¡A la policía le va a encantar!

La casa donde los Fernández de Oviedo habían vivido desde su llegada a Madrid, procedentes de Logroño a principios de siglo, estaba situada en la calle Serrano, haciendo esquina con Hermosilla. El piso, una segunda planta de un hermoso edificio de piedra, con amplios balcones dando a la alegre avenida de las mejores tiendas de Madrid, contaba con más de quinientos metros cuadrados. El portero de la finca, un calvete barrigudo uniformado, de rostro apacible y respiración agitada, se mostró cortésmente encantado de acompañar a Luna y darle oficialmente las llaves de la propiedad. Y mientras ambos subían en un amplio ascensor antiguo, construido en madera con relieves dorados y una exquisita alfombra en el suelo, las anchas escaleras de mármol, cubiertas con una moqueta color burdeos, desfilaban por las ventanas acristaladas del elevador ascendiendo con ellos a los diferentes pisos.

Si Luna hubiera estado sola en el momento de abrirse la puerta de la casa donde había vivido su padre, quizá se hubiera dejado llevar un poco por la nostalgia o la melancolía, pero la verborrea educada del conserje se lo impidió. La joven no pudo menos que suspirar agradecida cuando el portero se despidió, muy atento, disculpándose por tener otras cosas que hacer. Quería ir sola esa primera vez. De hecho, había desdeñado todo lo educadamente que supo las ofertas de sus nuevos familiares, de los Montalvo y del propio Bosco para acompañarla.

El piso estaba en penumbra. Guiada por los exiguos rayos de luz exterior que se filtraban a través de los cortinajes de terciopelo, Luna se dirigió a las ventanas para abrirlas y gozar así al máximo de su visita. En breves instantes, las inmensas habitaciones cobraron vida. Con inquisitivos ojos y ansiedad en el alma, Luna fue pasando de una estancia a otra.

Lo primero que vio fue un despacho enorme con sobrios muebles de escritorio, papeles por todos lados, un retrato que supuso acertadamente era de su abuelo cuando joven y una enorme fotografía del rey Juan Carlos, acompañada de una pequeña bandera con el escudo nacional. Las paredes estaban absolutamente cubiertas por una librería encastrada con ejemplares de todo tipo. A través de una doble puerta pasó a dos salones contiguos decorados con distintos ambientes, que se destacaban entre sí por los diferentes tresillos que la joven dedujo serían valiosas antigüedades, y a los que acompañaban desde un mueble bar hasta un piano, pasando por pequeñas mesitas con servicio de café y licores o cuadros de sobrio estilo y austeras pinceladas con retratos familiares, bodegones y oscuras recreaciones de batallas medievales.

Las cortinas con la pasamanería, las bellas alfombras de intrincados dibujos, los tapices, las lámparas de techo, todo hablaba de opulencia, de antigüedad, pero también de continuidad, pues nadie se había molestado por introducir allí ningún cambio en años. Luna se preguntó si aquello se debía a que no había habido señora de la casa en mucho tiempo o a que a su abuelo, simplemente, no le gustaban las modificaciones. ¿Había llegado su madre a vivir allí también? ¿O recién casados sus padres construyeron su propio hogar y, al abandonarle Sara, Álvaro regresó a la casa de su niñez? Sabía tan poco en verdad de todos ellos.

Por un pasillo de parqué de amplias lamas de caoba, que medía al menos tres metros de ancho, Luna llegó a los dormitorios. La desilusión la embargó al darse cuenta de que, tan perfectamente ordenados y aseados como los había dejado la encargada de la limpieza, no había a la vista ningún tipo de señal con que descubrir cuál sería el de su padre. El mobiliario de los tres cuartos le recordó al de invitados de la casa de Bosco donde había dormido Fidel. Todos con parecidos muebles antiguos de buena madera oscura. ¿Sería el perteneciente a su padre aquel en que dominaban los cuadros con temas de caza? ¿O aquel otro de la colcha azul oscuro adamascada, con el armario de cristal que exponía una hermosa colección de tablas y piezas de ajedrez? Ella nunca había sabido jugar. El ajedrez le parecía particularmente difícil. Otra cosa eran las damas.

Diciéndose a sí misma que no estaba haciendo nada malo, pues ahora todo aquello le pertenecía, Luna comenzó por abrir los cajones y armarios. En menos de media hora había deducido atinadamente que su padre había ocupado hasta su muerte el dormitorio con la colcha y las cortinas en suaves tonos neutros. Un arcón, a los pies de la cama, del que encontró la llave en el cajón de la mesilla de noche, le descubrió un par de cartas de su madre, dirigidas a su padre cuando eran novios, que dejaban entrever un aire de frivolidad que Luna no pudo comprender cómo su padre no había sabido descubrir.

Con gran deleite encontró también un álbum de fotos. Las imágenes de las primeras páginas mostraban a Álvaro y Roberto posando con sus padres. Su abuela. Una mujer de la que no sabía nada, pero que tenía una apariencia majestuosa, y su abuelo, al que tampoco había llegado a conocer, una versión mayor de los hijos. Sí, estaba deseando aceptar la proposición de los Montalvo y acompañarla con una invitación a la casa de su familia para conseguir que le hablaran largo y tendido de todos los ocupantes.

Siguió pasando las hojas, hasta que encontró a su padre, ya convertido en un muchacho de muy buen ver. Soltó un gritito inconsciente cuando vio una imagen que ocupaba la página entera con una foto de la boda de sus padres. ¿De verdad era su madre aquella joven sin arrugas, con una natural sonrisa de felicidad y que parecía mirar admirada a su flamante novio? Le parecieron los dos muy jovencitos. ¿Cómo podía pensar ninguno de los dos en lo que les traería el destino? ¿Cómo podía nadie imaginarse cuán destructiva sería Sara al deshacer todo lo que empezaban a construir en el momento de la boda?

Aunque la idea de que su madre hubiera huido de los Fernández de Oviedo por un buen motivo había pasado alguna vez por su cabeza, como carecía de pruebas para mantener esa teoría se negó a dejarse llevar por esos derroteros. Ya no quedaba ninguno de sus progenitores para contarle la verdad. Simplemente tenía los hechos, que era mucho más de lo que tenían otros hijos. Se limitaría a ponderarlos como tal.

Sentía un gran placer rodeada de aquellas cosas.

Arrodillada allí en el suelo, supo sin lugar a dudas que de toda la inmensa herencia que había recibido, aquel álbum de fotos representaba más que todo lo demás.

Luna nunca había sido dada a huir de sus responsabilidades, pero en más de una ocasión desde que había aceptado el extenso patrimonio había deseado que Ovides no existiera. Ahora, consideraba que todo el trabajo que le estaba dando la compañía, los quebraderos de cabeza, las reuniones con sus asesores, los nervios ante las decisiones... merecían la pena si iban acompañados de los recuerdos que en esos momentos tenía entre sus brazos. Sabía que en aquella casa, dándose tiempo, acabaría encontrando las raíces que toda su vida había ansiado tener.

Y se preguntó qué pensaría Bosco si ella se quejara de la gran carga que le suponía la compañía. Él, que dirigía un verdadero imperio, que, según había podido saber, tenía empresas no solo en Europa, sino también en Estados Unidos y Sudamérica, las cuales gestionaba con puntuales viajes y a través del teléfono e internet.

Para Luna estaba claro como el agua que ella no había nacido con mentalidad empresarial. Se consoló a sí misma pensando que ella era, en cierto modo, del tipo artístico, mientras se acercaba al ala de la casa destinada al servicio. No sabía por qué se había imaginado aquella parte de la vivienda un poco a la antigua usanza, con pequeñas habitaciones oscuras y una cocina prácticamente de horno de leña. A pesar de que el suelo en aquel ala sustituía la impecable madera por un gres corriente de color claro, la luminosidad en las habitaciones era impresionante. La cocina, dotada de los mejores adelantos, era tan grande como su apartamento y aunque solo había un cuarto de baño completo, había dos aseos y un cuarto de lavado y plancha y los dormitorios, si bien no muy grandes, se contaban hasta tres. Luna decidió que aquello era otra vivienda dentro de la principal. ¿Quién no se moriría por tener un piso como ese?

Antes o después tendría que decidir qué hacer con el hogar de su padre. ¿Sería capaz de ponerlo a la venta sin sentir culpabilidad?

Sin duda necesitaba de nuevo a Bosco. Él era la única persona de la que se fiaba. No solo porque era muy acertado en su criterio, sino porque había demostrado que era el que mejor la conocía, mejor incluso que el propio Fidel.

Sí, ya no le importaba reconocerlo, lo necesitaba a él y, lo que era más inquietante, sabía que en cuanto él se enterase de que ella quería estar con él, lo dejaría todo para hacerle caso. Era excitante saber que alguien como Bosco estaba tan disponible para ella, pero lo más sorprendente para Luna era el hecho de que ella se lo creía firmemente. No podía negarse a sí misma que de verdad creía ya en el amor de Bosco hacia ella. Eso sí que la tenía aterrada.

Capítulo 14

L<small>A HERENCIA</small>

Luna apareció en su primera junta como presidenta y principal accionista del grupo Ovides vestida con un traje chaqueta de Armani, un bolso de Louis Vuitton, los ansiados Manolos en los pies y un perfecto peinado de Borghese. Y a pesar de todos aquellos símbolos que la envolvían, lo único que la hacía sentirse segura y tranquila era la gargantilla que Bosco le había regalado y que ocultaba bajo la camisa.

Se sentía como una impostora y el pulso le latía desaforado. Su boca estaba seca y le costaba tragar. En un portafolios de piel de Loewe llevaba el discurso, preparado con la ayuda de su asesor y que se sabía de memoria. De hecho, había estado ensayándolo delante del espejo una y otra vez a pesar de las burlas de Bosco.

Llevaba ya quince días durmiendo en su casa y se habían adaptado el uno al otro estupendamente. Fidel, que había vuelto a desaparecer y a aparecer un par de veces, no se quejó en ningún momento por vivir en una casa tan grande y con servicio, y prometió, la última vez que se marchó, regresar a menudo. Al parecer, tenía algo con una nueva chica y, como siempre que su hermano se enamoraba, no había espacio para nada más en su vida que la mujer objeto de su adoración: ni amistades, ni trabajo, ni planes, ni, por supuesto, su media hermana. Y aunque Luna estaba acostumbrada a estar sola, agradeció enormemente que Bosco no hiciera ningún comentario desaprobador sobre Fidel casi tanto como el hecho de apoyarse en él y que se estuviera convirtiendo en una constante en su vida, en la roca fuerte a la que aferrarse, en su sostén y en su equilibrio y, cómo olvidarlo, en el que mantenía su vida a salvo.

No habían vuelto a hablar del intento de violación y asesinato. En ese sentido, Bosco se había comportado con perfecta delicadeza. Le había ofrecido su consuelo, la había animado a desahogarse y exponer sus miedos, le había hablado de acudir a un psicólogo y la había tratado con exquisita ternura. Pero, en lo referente al móvil del asesino, Bosco no había sido nada claro. Le dijo que el tal Nacho Rullatis lo estaba investigando y en cuanto supieran algo más con certeza se lo comunicaría, y le había asegurado que no había motivo de preocupación, que con él siempre estaría a salvo. Luna se había admirado al comprobar que no solo le creía, sino que decidía hacerle caso y olvidarse de todo. Le costaba tanto imaginarse que alguien quisiera matarla que no le supuso esfuerzo relegarlo al fondo de su mente.

Y Bosco no le había visto el punto a tenerla preocupada. El empresario simplemente le había pedido encarecidamente que no delegase en absoluto en Vamazo, y por eso hoy Luna estaba tan nerviosa. Se imaginaba que la consejera delegada se revolvería en cuanto oyese su declaración. María Ángeles había insistido en que debía dejar toda la empresa en sus manos y ahora ella no solo no iba a delegar en María Ángeles, sino que no iba a delegar en absoluto en nadie de la junta directiva. A Luna le costaba aceptar que quizá la desconfianza de Bosco hacia Vamazo y hacia sus familiares Fernández de Oviedo se debiera a que los creyera culpables de su ataque. Le resultaba difícil considerar el hecho de que la ambición pudiera llevar a alguien al asesinato en la vida real, más allá del cine y la literatura.

Habían sido tantos los cambios que había tenido que aceptar últimamente que no sabía lo que sentía ante la idea de que alguien hubiera pagado para matarla. Por un lado, su aceptación de la herencia conllevaba un enorme papeleo, firmas, reuniones.... Estaba faltando tantas horas al trabajo que se extrañaba de que Elvira no la despidiese y, por otro lado, era tan impresionante el legado que, si no quería trabajar de ahora en adelante, no hacía falta que lo hiciera. No necesitaba su escueto sueldo para nada.

Y todo ello, la herencia, los ataques, sus recién descubiertas raíces familiares, su jefa, la investigación criminal, la habían hecho exageradamente dependiente de Bosco. Él había sido un ancla para su turbulenta vida sentimental, un asesor para los asuntos financieros, un protector ante las amenazas, y en poco tiempo se había convertido en alguien fundamental para ella. Procuraba evitarlo, pero instintivamente se volvía hacia él en su día a día, para que le explicara, la acompañara, la aconsejara, la consolara o le dirigiera una de sus miradas cómplices. Y tendría que estar ciega para no darse cuenta de que él lo hacía encantado.

Aproximándose a la sala de reuniones a la que debía enfrentarse, inconscientemente, Luna se llevó la mano al cuello donde yacía escondida la gargantilla, su talismán. Y con el corazón lleno de calor por el recuerdo de Bosco, giró el picaporte de la puerta de juntas. Por primera vez no se enfrentaba sola a la vida. A pesar de que Bosco no había visto apropiado acompañarla, sabía que él estaba pensando en ella y que estaría pendiente de que todo fuera bien.

María Ángeles Vamazo se enfrentó al acto sexual con la desesperación de un condenado. Todos sus planes, toda su vida, absolutamente todo iba mal. Solo Javier, que recibía pasivamente sus gestos, era real en ese momento que trataba de disfrutar, y tampoco sobre él se llamaba a engaño. El hombre debajo suyo nunca se divorciaría de su mujer. Si no lo había hecho hasta entonces, en vista de que las cosas no habían cambiado, no lo iba a hacer ahora. María Ángeles sabía además que no tenía nada que ofrecerle. Ella seguía siendo la niña de los suburbios que había conseguido escalar muy alto, hasta convertirse en una rica mujer de negocios, pero que nunca alcanzaría consideración social a ojos de Javier como para ser visto con ella, como para dejar a su refinada esposa por ella, como para presentarle a sus amigos o permitirle ir de su brazo ante los demás.

María Ángeles lo besó con ardor, acariciando con sus labios cada centímetro de su piel, diciéndole sin palabras que lo amaba, transmitiéndole de algún modo su frustración. Sus pensamientos desfilaban por su mente como coches de carreras por la autopista.

Había engañado y matado. Y todo por él. Y lo peor de todo: no era la primera vez.

Desde pequeña había tenido la ambición en la sangre. A los doce años se juró a sí misma que no sería como su madre, una sumisa caricatura de la abnegada esposa modelo de la época franquista. Ella no. Ella cambiaría su futuro. Mientras se aferraba con desesperación a Javier recordó a la chiquilla que fue: su primer robo, la primera vez que se abrió de piernas ante un hombre a cambio de algo...

Hasta que conoció a Javier, los hombres habían sido en su vida meras oportunidades. Les prestabas tu cuerpo por un tiempo y conseguías unas monedas, la mejor nota, la beca, ropa de lujo, el acceso a la Universidad, el puesto de secretaria, el ascenso...

Oyó a Javier susurrarle palabras de admiración. Mentiras.

Solo un hombre la había amado. Recordó a Álvaro Fernández de Oviedo. Su trato impecable, su honestidad. Habría sido tan fácil coger lo que él le ofrecía: una vida a su lado, en la clase social a la que quería pertenecer con locura. Pero entonces se había inmiscuido Javier. Le había dicho que no a Álvaro solo por Javier. Porque sabía que no soportaría sentarse al lado de un hombre en la misma mesa que el primo del que se había enamorado. ¡Qué idiota había sido! Ahora podría haberlo tenido todo. ¡Todo!

Y qué malas elecciones de amor había hecho también Álvaro en su vida. Primero la putita de su mujer, que le hizo estar toda su juventud buscándola, así como a la hija de la que apenas había gozado unos días, para caer, años después, con otra también muy inconveniente: ella misma. María Ángeles sabía que, aun sin la intromisión de Javier, ella nunca hubiera sido mujer adecuada para Álvaro. Ella era otra alimaña como Sara. Pero, al menos, ella había sido honrada con él. No le había dado falsas esperanzas. En cuanto se había descubierto enamorada de Javier, había limitado su trato con Álvaro a lo profesional. Y mientras tanto Javier, aprovechándose de ella, con la eterna promesa del divorcio colgando entre los dos y sin cumplirse jamás. ¡Cuántas veces no se había arrepentido de no haber dicho a Álvaro que sí!

Otra cosa completamente diferente era el hermano. Roberto era repulsivo. Trató de llevárselo a la cama, pero quedó del todo demostrado que era un asexual. Sin embargo, no hay hombre sin debilidad y a Roberto le podía el gastar, el aparentar. Ese era su talón de Aquiles. María Ángeles sonrió al recordar el día en que Roberto se encontró sin efectivo para comprar un Rolex del que se había encaprichado. Fue fácil ofrecerle un inocente préstamo. A raíz de ahí, fue todo suyo. El muy imbécil estaba atado de pies y manos con ella. No se atrevía a vender patrimonio para que ni su padre ni su hermano se enteraran de nada. Y cada vez estaba más endeudado con ella y ella más cerca de poseer sus acciones de Ovides.

Ahora lamentaba haberlo matado. Era una sensación inexplicable poseer a alguien de esa manera. Gobernar tan fácilmente sobre otro. Le había hecho comprender la satisfacción de la esclavitud en épocas pasadas. Había tenido a muchos hombres a sus pies a lo largo de su vida por un buen polvo, pero Roberto era el primero al que había comprado literalmente. Un niño pijo, un Fernández de Oviedo, todo suyo, como un títere en sus manos. Y sin nada de sexo entre los dos por primera vez. Solo el dominio económico. Una posesión puramente monetaria.

Claro que nunca se hubiera imaginado que él fuera capaz de intentar hacer desaparecer a su propia sobrina. Gracias a Dios, el tiro le salió por la culata. Aquel yonqui, que precisamente ella le había presentado porque a veces vendía cosas que podían encaprichar a Roberto, era un descerebrado.

María Ángeles trató de quitarse de la cabeza la imagen de Félix Rojas cuando recibió la muerte. No se enorgullecía de algunas cosas que había tenido que hacer, y ese asesinato estaba entre ellas, pero no podía correr el riesgo de que ese pobre drogata se fuera de la lengua con alguien.

—Hoy no estás conmigo, cielo —la voz perezosa de Javier la sorprendió. Había olvidado que seguía entre sus brazos en una de sus esporádicas y secretas reuniones—. ¿Dónde estás?

—Ha sido un día duro —estuvo a punto de decir «lo siento», pero se negaba a disculparse ante él.

—Me hiere el orgullo que yo no te haya servido para relajarte y hacerte olvidar.

María Ángeles lo miró. Lo examinó detenidamente sabiendo que le quedaban pocas veces de enfrentarse a ese rostro perfecto, a ese hombre que nunca había sido suyo y ya no lo sería.

—Tu sobrina me ha dado una patada en el culo. Ha metido a una consultora para asesorarla y orientarla y nos ha dejado al resto de socios fuera del partido.

—Lo sé. Los rumores vuelan. Esperabas que confiara en ti, ¿no?

—Creo que me lo merezco. Me he dejado los cuernos por Ovides como para que ahora vengan extraños a dirigirlo todo.

—Supongo que esos extraños tendrán alguna relación con Bosco Joveller.

—¡Qué va! Estoy segura de que la idea ha sido de él, pero se ha quitado de en medio mandándola a una empresa que no está relacionada en absoluto con su imperio. ¡Pero cualquiera le lleva la contraria al gran triunfador español! La asesoría está relamiéndose de gusto. Ovides no es cualquier cosa y saber que trabajas para la futura mujer de Joveller les estará abriendo el apetito.

—¿La futura mujer? —preguntó Javier incrédulo.

—Hombre, lo de tu sobrina es un noviazgo con todas las letras. ¿No has visto cómo la mira él?

Javier había compartido una cena con la pareja, un encuentro organizado por su hermana Paz para que Luna conociera al resto de la familia. Bosco, naturalmente, la había acompañado. Pero en ningún momento se habló de matrimonio. Javier silbó para sus adentros.

—¡Vaya con Leticia! No sé qué habrá sido de sus primeros años de vida, pero desde luego se está resarciendo de haber vivido en la pobreza.

—Todavía no entiendo cómo la mujer de tu primo prefirió largarse con un músico muerto de hambre en lugar de permanecer al lado de su marido. Después de todo, Álvaro no estaba tan mal.

En eso Javier tuvo que coincidir con ella:

—Era el mejor de la familia. Y lo que sufrió el pobre cuando Sara desapareció con la niña... No estoy seguro, pero imagino que mi tío tuvo algo que ver. Ramón siempre había tenido muy claro qué tipo de mujer quería para sus hijos y un alma libre, medio porreta, amante de las comunas y más sobada que una moneda de euro, desde luego, no entraba en el perfil.

—¿Crees que la instigó a marcharse?

—Tratándose de Ramón no me extrañaría que le pusiese las cosas difíciles. Claro que Sara era una batalla ganada. Las obligaciones de nuestra sociedad la encorsetaban. Decía que se sentía encarcelada en una jaula de oro. Mi primo la adoraba. Se hubiera ido con ella. Estoy seguro. Para Álvaro, Ovides era una obligación, una responsabilidad familiar, pero la hubiera dejado gustoso por salvar su matrimonio. Lo hubiera dejado todo: los beneficios, las comodidades, los hijos... Sara no le dio la oportunidad. —Se encogió de hombros—. Él nunca lo superó.

María Ángeles no quiso decirle que lo había superado con ella, que Álvaro había salido de su taciturnidad cuando la vio a ella. En definitiva, que había vuelto a poner sus ojos en la mujer equivocada, por segunda vez en su vida.

La mujer de negocios que había en ella ignoró la punzada de culpabilidad. Después de todo, ella también había puesto sus ojos en el hombre equivocado.

Cosas de la vida, pensó antes de caer rendida en el sueño, que era muy perra.

Capítulo 15

E<small>N FAMILIA</small>

Bosco observaba a Luna dormir. Había cogido la costumbre de entrar a su cuarto al llegar tarde del trabajo, aunque ella ya estaba dormida, simplemente por el placer de confirmar que la joven seguía allí, que estaba a salvo y bien.

No habían vuelto a hablar de su relación, pero Bosco sabía que muchas de las barreras de Luna habían caído. No podía ocultar la satisfacción que sentía al haberla conquistado. Sonreía para sus adentros cuando ella lo buscaba con total confianza. Sabía, porque se notaba, que Luna se encontraba perfectamente a gusto en su casa y convivir con ella era un placer. Ella era todo para él y era mucho más de lo que había imaginado. La amaba por lo hermosa que era, por su lealtad, por su seriedad, por su tenaz empeñamiento en «convertirse en una persona normal», por las carencias de amor que había tenido en su vida y que él quería llenar, por su desbordante alegría ante las cosas pequeñas, por sus sonrojos, por su mirada...

Estaba deseando hacerla suya. Pero quería esperar. Se encogió de hombros mientras pasaba el dedo índice por el ceño fruncido de ella. Conociendo a Luna, sabía que si la seducía tendría su lealtad de por vida. Pero él no la quería así. La quería atada a él por propia voluntad, con la cabeza bien fría y, como diría su madre, ante Dios y ante los hombres. Le costaría, pero no pensaba tomarla antes.

Luna volvió a fruncir el ceño y entonces él le besó suavemente la nariz y ella sonrió. A Bosco le gustaba pensar que su cercanía a ella la tranquilizaba. No dudaba que el horror de los días pasados la acompañaría sobre todo en las noches, cuando el inconsciente se relaja, y por eso justificaba su imperante necesidad de entrar a verla. Además, quería cerciorarse de que ella reponía fuerzas con el sueño.

Y para el día que venía, Luna debía estar bien descansada.

Sonrió mientras la joven durmiente suspiraba. Aquella misma mañana él había llamado a su madre y los esperaba a comer. Sabía que, después de este, ya no le quedaban muchos más pasos que dar. Y el reloj marchaba en su contra. Él era un hombre paciente, pero los sucesos alrededor iban demasiado rápido. Nacho lo estaba ayudando a parar las cosas para darle tiempo, pero hasta que todo quedase solucionado, él debía proteger a la mujer que yacía inconsciente y ajena a todo ante él y conseguir que se comprometiese con él de por vida para ser su familia. No había nada que desease más en el mundo. Y, como todo lo que se proponía, lo iba a conseguir.

—¿Quién vive aquí? —Luna se inclinó sobre el hombro de Bosco para obtener una mejor vista de la propiedad donde entraban.

Bosco, que sabía lo que disfrutaba Luna de la moto, la había llevado en su BMW último modelo de dos ruedas hasta casa de su madre, diciéndole únicamente que iban de paseo, ocultándole a propósito su destino para que no se pusiera nerviosa.

El sábado se había levantado glorioso y soleado. Luna, que tras su herencia había ampliado su armario, se había vestido de modo informal con unos pantalones de pinzas beige y un jersey de cachemir. A pesar de la sencillez de su atuendo y de la simple cola de caballo en la que había recogido su pelo, toda ella rezumaba elegancia. Cuando la conoció, Bosco pensó que, a pesar de sus orígenes, tenía un buen gusto instintivo. Ahora comprendía que quizá lo llevaba en la sangre.

Después de quitarse el casco, ayudó a Luna a bajarse de la moto y se alegró, como siempre le sucedía, al ver el rostro enrojecido de la joven con la satisfacción del viaje pintado en la cara.

—Bueno, ¿a quién venimos a ver? ¿O tal vez es esta otra de tus múltiples propiedades?

En realidad lo era. La casa, emplazada en El Viso, una de las zonas más privilegiadas del interior de Madrid, fue un regalo que Bosco hizo a su madre con sus primeras ganancias. Sin embargo, su madre no quiso aceptarla y se negó a que la pusiera a su nombre. Así que, aunque se había convertido en el hogar de su progenitora, legalmente todavía era suya. La pregunta de Luna solo le vino a recordar a Bosco que ya era hora de poner fin a eso.

—Es la casa de mi madre —y, antes de que a Luna le diera tiempo a reaccionar, añadió—: Quiere conocerte, Luna. Ha oído hablar de ti, sabe lo que siento por ti. No es justo que yo te esconda.

—¡Podías haberme avisado! —dijo enfurecida, pateando el suelo de piedra con su espléndida bota de ante.

—No he querido que te pusieras nerviosa.

—O que me negara a venir.

—No te hubieras negado. Sabes que tiene derecho. Eres incapaz de negarle algo a alguien.

Luna se lo quedó mirando.

—Me podría haber arreglado más.

—Estás perfecta.

—El pelo.

—Es precioso.

—¿Hay alguien más?

—Seguro que acaban viniendo mis hermanas, aunque sea a tomar café, si es que no se atreven a presentarse en la comida, aunque me inclino por esto último.

—¿Nos vamos a quedar a comer?

—No pretenderás llegar a la una y marcharte a las dos.

Luna iba a decir algo, pero cuando fue a abrir la boca, la puerta principal de la maravillosa vivienda se abrió y apareció ante su vista la gemela de Lauren Bacall, o eso le pareció a Luna. La mujer, que se desplazó como si volase en vez de andar, provocando con la suave ondulación de sus caderas un sugerente vaivén en su falda entallada con caída abierta, tenía una sincera sonrisa en su rostro y sus ojos, curiosos, de una profunda mirada azul, pasaron rápidamente de Luna (con la que no quiso ser maleducada mirándola demasiado) a su hijo, al que extendió, cariñosa, los brazos para recibir su beso.

A Luna la enterneció ver el intercambio de saludos, pues no fueron un mero cumplimiento. En el rápido beso y abrazo quedó patente el amor, el instinto protector de Bosco, que la cogió suavemente de los hombros, con delicadeza, así como la superioridad maternal de ella, en su prudente escrutinio, en su sencilla aceptación.

Bosco, sabiendo lo diferentes que eran las dos mujeres, no hizo grandes gestos:

—Mamá, esta es Luna, de la que ya te he hablado.

Luna pudo sentir el olor a suave perfume, sin duda caro, antes de recibir los educados dos besos de rigor.

—Bienvenida —no especificó si se refería a la casa o a la familia—. Entrad, ¿o preferís que tomemos un aperitivo en el porche?

—Dentro está bien —contestó Bosco enseguida. Y le guiñó un ojo a su madre, gesto que Luna interpretó como intento de tranquilizarla o de señalarle su aprobación.

Pero en cuanto traspasaron el umbral, Luna se olvidó de todo. En la inmensa pared frontal que limitaba el amplio vestíbulo, perfectamente enmarcado, estaba uno de sus últimos cuadros. Sobre una enorme madera –que Luna había encontrado abandonada en los contenedores de basura de su calle y que probablemente había sido una tabla de somier de cama de matrimonio–, la joven había pintado con óleos una perspectiva desde la catedral de la Almudena, con el Palacio Real y los jardines y montes de detrás. Aunque el cielo de Madrid había ofrecido un aspecto gris, el cuadro gozaba de una rica gama de colores difuminados a lo largo de toda la creación.

Por unos segundos, la mente de Luna se quedó en blanco. ¿Cómo había llegado su cuadro hasta aquí?

—Fue un regalo que le di a mi madre.

—¿Có...?

—Se lo compré a Fidel

—¿A Fi...?

—No la obligué a colgarlo aquí. Simplemente le encantó, ¿verdad, mamá?

—Es maravilloso, Luna.

—Pero... —Sintió que enrojecía, no sabiendo por dónde empezar—. ¿Fidel te vendió a ti los cuadros? —preguntó, experimentando un inexplicable resentimiento hacia su hermano.

—Bueno, lo acompañé a por ellos y, en cuanto los vi, supe que los quería. Eres realmente buena, Luna. Con un buen representante y un galerista, tu nombre llegaría al otro lado del mundo.

—No me adules, por favor. Me siento tan mal.

La madre de Bosco se disculpó, murmurando unas palabras sobre avisar en la cocina para que fueran preparando el asado.

—¿Qué ocurre, Luna? Te lo habría dicho, la verdad, pero me hacía ilusión que lo vieras por ti misma, y Fidel me pidió que esperara unos días para que no me hicieras devolverle el dinero.

—Eso es lo que me avergüenza. —Todavía abochornada escondió la cara en el pecho de él mientras Bosco jugueteaba con algunos mechones sueltos de su coleta—. Lo voy a matar. Yo nunca te los hubiera vendido. ¡Por el amor de Dios! ¡Estoy viviendo en tu casa! —se tapó la boca con las manos y miró a todos lados preocupada porque alguien la hubiera oído.

—No me los has vendido tú, me los vendió ese caradura que tienes por hermano.

—¡Él también ha vivido en tu casa!

—Dijo que necesitaba el dinero, que en la calle le darían un buen pico por ellos, que en ocasiones habíais vivido meses enteros solo de tus cuadros.

—¡No me lo puedo creer! Por favor, dime qué te cobró y permíteme devolvértelo.

Bosco se encogió de hombros.

—Lo voy a matar de verdad —siguió Luna.

—¿Por qué no dejas eso de lado? ¿No prefieres congratularte con la idea de que tu futura suegra, que, por cierto, sabe bastante de arte, piensa que eres una pintora excelente?

Luna se sintió nuevamente dividida. ¿Futura suegra? El corazón comenzó a palpitarle a gran velocidad.

—Está claro que no quieres disfrutar el momento. Culpa mía, claro —decía Bosco al ver la boca abierta de Luna y, a pesar de sus palabras, su rostro no mostraba un solo signo de remordimiento—. Me he equivocado. Pensaba que darías saltos de alegría al ver los cuadros colgados y tú, sin embargo, te quedas en los detalles.

«¿Futura suegra es un mero detalle?», pensó Luna todavía para sí aletargada. Pero, de pronto, otra idea asaltó su mente.

—¿Cua-cuadros?

—Claro. Todavía no has visto la sala de estar y... hace mucho que no pisas el salón de nuestra casa, ¿verdad?

«Nuestra casa».

—No, ya me doy cuenta de que no —con la naturalidad del que hubiera estado comentando la decoración, rodeó los hombros de Luna con su poderoso brazo y se dirigió hacia el aperitivo.

No fue hasta aquella noche en la cama que Luna se sintió muy orgullosa de sí misma y más satisfecha que nunca, al recordar sus cuadros colgados y cobrando vida en las paredes de la casa de la madre de Bosco.

Si a Lauren Bacall le parecían buenos, es que sin duda eran buenos.

Bosco había salido a despedir a sus hermanas a la puerta y Luna permanecía rígidamente sentada ante la mesa de centro, frente a María Eugenia, intentando en vano recuperar la tranquilidad de espíritu y la relativa comodidad con que había afrontado la comida familiar. El hecho de que hubiera habido más personas que ellos tres había facilitado que la conversación fluyera y que la joven no se sintiera el centro de atención.

Ahora, delante de aquella mujer que la intimidaba involuntariamente, no solo por ser la madre de Bosco —lo cual, lógicamente, era importante, pues su opinión a favor o en contra acabaría influyendo antes o después en su hijo—, sino porque emanaba de ella una elegancia, un saber estar, una belleza, una categoría en definitiva, que Luna se sabía muy lejos de alcanzar, comprendía que no tenía más remedio que afrontar una conversación de carácter más personal.

El silencio reinaba entre las dos mujeres mientras María Eugenia atendía el servicio de café.

—¿Azúcar?

—Sí, por favor —pidió Luna, que aborrecía el café, pero no se atrevía a decirlo y, ya que se lo iba a tomar, prefería adulterarlo—, y un poco de leche.

—Luna —le dijo María Eugenia mientras le tendía la taza en su plato con una cuchara de plata—, no te estoy desvelando ningún secreto si afirmo que mi hijo se ha enamorado de ti.

«Oh, oh», pensó Luna, «aquí viene». El estómago se le bajó a los pies y sintió que las entrañas se le retorcían. No creía que fuera a poder soportar a esa señora soltándole un elegante pero dañino rollo sobre sus orígenes, sus carencias de educación, su desconocimiento de los usos de la alta sociedad y que, a pesar de su recién descubierto pedigrí, era poca cosa para su hijo tan estupendo, tan arrogante, tan perfecto.

—Yo acabo de conocerte hoy y tendrás que perdonarme la franqueza con la que te hablo, pero supongo que las madres nos creemos justificadas para todo, especialmente si pensamos que estamos protegiendo a nuestros hijos. —Lanzó una sonrisa perfecta que Luna odió porque supo que estaba exenta de alegría y le parecía fuera de lugar—. Así que, desconociendo como desconozco tus sentimientos hacia él, lo único que como madre me atrevo a pedirte es que tengas cuidado con los suyos.

Por un momento Luna pensó que había escuchado mal.

—Nunca antes lo he visto enamorado y, aunque no me lo ha dicho, sé que ha puesto muchas ilusiones en ti. Para una madre es un placer ver que un hijo sienta la cabeza.

—Si la elección es adecuada —no pudo menos que decir Luna.

Un chispazo de entendimiento cruzó por los ojos de María Eugenia.

—Cuando me casé, mi familia estaba encantada con mi marido. Hijo de un ministro de Franco, título nobiliario, bien asentado social y económicamente, una joven promesa en el complicado mundo de las empresas y los negocios... —Hizo un amplio ademán con las manos—. Me hizo una desgraciada.

Luna no supo qué decir viendo a aquella mujer admirable hablar de su fracaso matrimonial con tal naturalidad y perfectamente asumido. María Eugenia continuó:

—La mayor de mis hijas, que nació un año después que Bosco, se casó hace cuatro con el quinto hijo de un militar que sacaba adelante a su familia dignamente, pero con austeridad. Mi yerno ha estudiado Historia y gana un sueldo que, considerando la fortuna familiar, es una nimiedad. Porque él tiene su orgullo y no ha querido aceptar ningún tipo de ayuda, viven en un piso monísimo, pero pequeño, en el Barrio del Pilar y, aunque mi hija podría pedirme ayuda para comprarse un coche mejor, joyas o abrigos, termina el final de mes mirando mucho el dinero. Me consta que se aman y que son muy felices y que, por la educación que él ha recibido y vivido, aunque ya sé que no se puede poner la mano en el fuego por nadie, dudo mucho que un día deje a mi hija por otra mujer. Dudo incluso que tenga ojos para ninguna otra mujer. Así que, créeme si te digo que hace tiempo que mi escala de valores sobre lo que han de tener los cónyuges de mis hijos cambió del todo.

Luna sentía que sus ojos se llenaban de lágrimas.

—Como te he dicho —siguió María Eugenia—, no hace mucho que te conozco, pero Bosco me ha hablado de ti y sé que tienes cabeza y corazón y eres leal. Lo único que quiero pedirte es, que si no sientes por Bosco lo mismo que él por ti, si el matrimonio con él no entra en tus planes, se lo hagas saber pronto y definitivamente. No tiene sentido seguir dándole alas si no, ¿no te parece?

Inevitablemente, una lágrima rodó por las mejillas de Luna.

—¿Por qué lloras? —había una nota de ternura en su voz.

—Lo siento —se avergonzó Luna mientras se limpiaba con el dorso de la mano—, es difícil de explicar. Durante el tiempo que he conocido a su hijo he tratado, aunque no lo parezca, de mantener mi corazón alejado, intentando no involucrarme... Sé que no lo he conseguido. Pero todo este tiempo sabía y aceptaba que Bosco un día diría que se acabó, que se había cansado de mí. Me he engañado a mí misma pensando que lo tenía asumido y que no me iba a importar, que no iba a sufrir. Después de todo —soltó sin pensar en lo que decía—, estoy acostumbrada a que las personas que quiero entren y salgan de mi vida. —Por fin había encontrado el pañuelo que buscaba—. Y aunque cada vez me resulta más difícil de creer, ahora ya no puedo evitar creerme que él me quiere, ¡a mí! —Se sonó la nariz—. Es como una novela romántica barata: el hombre perfecto y se ha fijado en mí, quiere casarse conmigo. ¡Oh, sí, ya empiezo a creérmelo! Y su preciosísima y elegantísima madre, que yo pensé que me iba a echar, no solo cuelga mis cuadros en su casa sino que considera que el amor de Bosco hacia mí es tan intenso que soy yo la que tengo que tener cuidado con sus sentimientos.

Al darse cuenta de que estaba balbuceando entre las lágrimas, se echó a reír.

—Lo siento. Pensarás que estoy loca.

—Ni mucho menos, hija mía —María Eugenia deseaba consolarla y abrazarla, pero sabía que todavía era pronto. No se le había escapado la reflexión que había hecho Luna sobre que estaba acostumbrada a que la abandonasen. Su corazón de madre estaba conmocionado. Y su corazón de mujer aceptó en ese momento a Luna, sin condiciones, prometiéndose a sí misma poner remedio a las carencias afectivas con las que había vivido.

Cuando Bosco regresó, Luna se había recompuesto lo suficiente, en su rostro apenas quedaban señales de haber llorado y, con una mirada cómplice que se dedicaron las dos mujeres, y que no pasó desapercibida para el empresario, decidieron de mutuo acuerdo guardarse el secreto de sus confidencias.

Fidel se había tomado ya tres cervezas cuando apenas alcanzaban las doce del mediodía. Hacía un tiempo que no se soportaba. Su vida era una mierda. Ya estaba harto. Pero no sabía cómo empezar a cambiarla.

Miró a su alrededor. Salvo por algún que otro desorden, el apartamento de Luna era el mismo de siempre. Dejó que la ya tradicional mezcla de envidia y amor hacia su hermana lo embargara, desde hacía unos días aderezada con una buena dosis de culpa. Bosco y su amigo, el antiguo militar, le habían explicado de qué iba todo.

Le hubiera gustado encogerse de hombros y fingir indiferencia, pero no había modo de escapar al hecho de que Marcelino Gutiérrez le había robado a él la llave y que fue él mismo quien le contó, sin recelo alguno, el asunto de la alarma.

¿Es que siempre tenía que ser tan gilipollas? No sabía de nada que hubiera hecho bien en toda su vida. Ni una sola cosa.

Pensó en Luna. Era incomprensible que ella lo quisiese a él de un modo tan incondicional. Él no había hecho nada para merecerlo, nunca, para ganarse su amor. Al revés. Lo había despreciado como quien desecha ropa de segunda mano.

Pensó en Sara que, a su manera, había intentado ser una madre para él. A ella ni siquiera le había dado el buen trato y la mínima cortesía que había tenido hacia Luna.

Fidel había odiado a Sara. Desde que Sara había entrado en su vida, él había perdido a la única persona que le importaba en el mundo: su padre. Luna había sido un pequeño consuelo a cambio. Y luego, cuando su padre murió, aquella terrible vorágine de amantes, ciudades y casas de cochambrosas habitaciones... hasta que Luna, ¡siempre ella!, había cogido el mando de la particular familia que eran. No se arrepentía de no haberlas acompañado en las horas de hospital. Sara había destrozado el maravilloso mundo masculino que tenían su padre y él. Y si bien Luna había hecho todo lo posible por compensarle, los daños habían sido tantos que siempre, siempre, había guardado un tremendo resquemor hacia ella.

Y a pesar del rencor envidioso que guardaba hacia su hermana, había algo noble en él que lo empujaba hacia ella. Y al escaso orgullo que tenía no le importaba aprovecharse de todo lo que se le ofrecía: el techo, el dinero, las sonrisas, la comprensión, el perdón...

Pero desde el atentado, todo había cambiado para él. Mientras terminaba la cerveza que tenía entre las manos reflexionó sobre el hecho de que había sido él, en gran medida, el responsable de lo que pasó. Y no podía soportar la idea de hacerle daño a Luna. Una cosa era que jamás se hubiera entregado del todo a Luna, que nunca hubiera movido un dedo por devolverle algo de todo el cariño que ella le daba, pero ¿hacerle mal? ¡Eso jamás!

Bosco y Nacho le habían asegurado que estaban investigando quién había detrás, quién había contratado a Marcelino. Seguramente había sido otro de los tiburones del nuevo mundo al que pertenecía su hermana. Pero ¿para qué?, ¿quién podría salir beneficiado de su muerte?

Un extraño temor inundó a Fidel. Si Luna moría, muy probablemente él heredaría, sino todo, una gran parte. Luna se había empeñado, tiempo atrás, en legalizarlo todo y hacía muchos años que había sido adoptado por Sara. Así pues, siendo él el único pariente vivo más cercano, ¿no sería él quien se beneficiase si Luna moría? Y, siguió con esa línea de pensamiento, ¿quién podía estar interesado en que él heredase y Luna desapareciese del mapa?

Sintió, aunque sabía que no era posible, que el corazón se le paraba y no se dio cuenta de que había contenido el aliento hasta que su cuerpo no tuvo más remedio que reaccionar y obligarlo a respirar.

¡No podía ser!

Pero sus entrañas le decían lo contrario.

Diana le había roto el corazón, había sido una zorra, pero ¿una asesina?

Fidel se negó a aceptar que hubiera estado viviendo ciegamente enamorado de una asesina. Sin embargo, la vida de Luna podía seguir corriendo peligro si él no decía nada, si se callaba sus suposiciones.

Diana había sido ambiciosa, cada vez más. Jamás lo había ocultado. Desde que se habían conocido lo había embaucado a base de buenas dosis de adulación y de sexo. Se aprovechó de sus pocos ahorros para que él le costease el viaje a Nueva York. Allí malvivieron mientras su novia se daba de cabezazos en sus numerosas entrevistas y *castings* como actriz. Posteriormente había arrastrado a Fidel a la Costa Oeste, a Los Ángeles, con la esperanza de triunfar allí. Fidel había consentido en todo, estúpidamente enamorado, hasta que Diana había querido volver a España, harta de ganar dinero dibujando camisetas y de estar considerada en Estados Unidos como una ciudadana de segunda categoría. En cuanto habían aterrizado en Barajas, la mujer que amaba se había despedido de él. Necesitaba a alguien con más ambición que la suya, le dijo.

—No te lo tomes a mal, cielo —le había soltado con una insultante palmada en el cachete—, pero tú siempre serás un vendedor de camisetas. Yo necesito a otro que me saque de esta mierda.

Y sin más, la primera mujer con la que Fidel había tenido una relación duradera, fuera de Sara y Luna, había desaparecido.

Había recorrido medio mundo con ella, había cruzado el charco gracias a su ingenuo optimismo: en cuanto un director la conociera, pensaba, admiraría su talento. Habían pasado buenos y malos momentos. Dudaba que Diana le hubiera sido fiel, sobre todo en sus épocas de vida conjunta con otros jóvenes en su misma situación, compartiendo pisos con desconocidos y fiestas salvajes... Pero para él, ella lo había sido todo. La había admirado, la había seguido como un cachorrillo y había hecho todo lo que ella había querido.

Ahora se daba cuenta de que había estado cegado

completamente por la lujuria, porque, para qué engañarse, no los había movido el amor: necesidad de libertad, falta de ganas de estar solos, sexo del bueno... y todavía recordaba, con una punzada de cariño y otra de arrepentimiento por su candidez, el día que se casaron en Las Vegas. Igual que en el cine.

Otra de las tonterías de Diana en su afán por vivir el sueño americano. Y el caso es que, a efectos legales, seguramente seguirían casados.

Ninguno de los dos se había preocupado por divorciarse, del mismo modo que ninguno de los dos se había sentido realmente casado. Pero lo cierto es que habían legalizado el matrimonio en el consulado español en California y que habían pagado la apostilla.

Así que, ahora mismo y con la línea de pensamientos que estaba teniendo, no podía dejar de escuchar una discreta, pero clara voz interior, que lo animaba a quedarse tranquilo del todo, a descartar esa terrible posibilidad que daba vueltas y más vueltas en su cabeza. Imágenes de Diana enfadada, con esa cara horrible que ponía, desfilaban ante él avalando que la mujer en cuestión era capaz, como había demostrado, de utilizar la violencia si hacía falta. ¿No le había pegado más de una vez en sus múltiples discusiones? ¡Si en una ocasión hasta le había abierto el labio!

Recuerdos de Diana echando a la lluvia a un cachorro abandonado que los siguió hasta una choza donde habían vivido una temporada en una playa de

San Diego, de cómo criticaba a sus amigos y compañeros una vez no estaban en su presencia, la sarna y la ira con que ridiculizaba los defectos físicos de cuantos conocían... Había estado ciego con ella, la había disculpado hasta la extenuación, porque quería vivir la vida alocada y sin pensar que ella, las drogas y el sexo loco le ofrecían... pero, realmente, no había nada admirable en aquella mujer con la que había pasado más de dos años de su vida.

¿Y no podía Diana ser capaz de pensar en aquel papel que todavía les unía legalmente? Si él era el heredero de Luna si a esta le pasaba algo, ¿no era Diana heredera de él si seguían casados? El miedo le atenazó. ¿Pensaba Diana que la mitad de lo suyo era de ella o también pensaba quitarle a él de en medio? Lo cierto es que daba igual si legalmente el planteamiento era bueno o no. Lo único que importaba era si Diana lo creía así. ¿No estaba volviendo a llamarle últimamente? ¿No le había solicitado, con su mejor voz a lo Marilyn Monroe, que se vieran otra vez? ¿No le había puesto cachondo por teléfono insinuándosele y gimiéndole mientras le aseguraba que le echaba muchísimo de menos?

Como ignoraba realmente todo lo referente a aspectos legales, decidió llamar a Bosco. Él era su mejor opción, tanto para tranquilizarlo con respecto a la seguridad de Luna como para aclararle la posibilidad de que Diana estuviera detrás de todo aquel horror.

Santiago le informó que Luna sí estaba en casa,

pero que Bosco estaría fuera hasta tarde. Por un momento, Fidel consideró compartir las dudas con su hermana, pero en su primer instinto protector hacia ella decidió no decirle nada y evitarle un disgusto. Su hermana era muy sensible y sufriría pensando en él y, después de todo, quizá fuese solo una paranoia.

Dejó recado de que Bosco lo llamara cuando llegase y, después de pensarlo unos segundos, llamó a su «esposa» para sondear el terreno un poco.

Desde la agresión que Luna había padecido en su apartamento, Santiago, que anteriormente había sido tan respetuoso y discretamente correcto, se había volcado en la nueva huésped. Aunque Bosco no estuviera en casa, Santiago permanecía despierto y cercano hasta estar seguro de que Luna se dormía, por si esta necesitaba algo. Si la joven se retiraba pronto a su dormitorio con la idea de que el pobre hombre pudiese también dar por terminada la jornada, el encargado de la casa la sorprendía llamando suavemente a su puerta cargando una bandeja con un vaso de leche caliente y unas galletas caseras.

Aunque al principio Luna, desacostumbrada a que nadie cuidase de ella, se sentía incómoda por las molestias que creía que causaba, hasta se ruborizaba, había terminado por encontrarse a gusto con aquel hombre mayor. Contrariamente a sus años de crecimiento, en el transcurso de los cuales los mayores estaban por delante y ella debía procurar no molestarlos, ahí estaba Santiago, que por lo menos la doblaba la edad, pendiente no solo de sus necesidades, sino de cualquier deseo que él intuyese, ya que Luna jamás pedía algo.

—Buenas noches, señorita Luna. —Una noche más Santiago entró prácticamente sin hacer ruido con su bandeja inglesa.

—¡Ummmmm! Santiago, estoy segura que desde que he venido a vivir a esta casa he engordado un par de kilos. No creo que sean muy favorables para la figura estas galletas tan exquisitas que prepara.

—Tengo entendido que en mi día libre se propuso hacerme la competencia —contestó él con humor.

Luna evocó la noche en que preparó la cena para Bosco, disponiendo la mesa en la cocina con velas, en un intento de agradecerle su estancia allí y sonrió para sí al recordar el agrado con que Bosco degustó los platos que cocinó.

La joven había conocido el arte culinario con diez años, cuando a la salida del colegio esperaba a que Sara terminase su turno como camarera en un restaurante cordobés. El jefe de cocina le había enseñado a hacer cada día un plato distinto que luego le obligaba a comer, y, por una vez, Luna se había sentido superior a Bosco en algo, pues su anfitrión desconocía incluso cómo freír un huevo.

—Los dos sabemos que yo no podría ganarme la vida dedicándome a la cocina.

Con toda la sinceridad en sus apreciativos ojos, Santiago le contestó:

—Los dos sabemos que usted triunfaría dedicándose a lo que se le antojara.

Luna procuró no sonrojarse. Desde que había conocido a Bosco había aprendido a aceptar las demostraciones de cariño y aprobación de cuantos la rodeaban con mayor soltura y, como consecuencia, se sentía más querida que en toda su vida.

El último pensamiento de Luna antes de quedarse dormida con la confortable sensación del estómago lleno y la calma inducida por la leche calentita, fue que, a pesar de saber que alguien ahí fuera la quería muerta, paradójicamente se sentía, por primera vez en su vida, completamente segura y tranquila, y con el gusto además de saberse completamente valorada solo por ser quien era y tal como era.

Capítulo 16

«Micros»

—Entonces, ¿no vas a estar aquí cuando vengan? —le preguntó Luna mientras desayunaban juntos, hábito que habían instaurado juntos, ya que Bosco nunca antes se había sentado en el comedor por las mañanas, sino que se bebía de un trago el café que Santiago le preparaba y se marchaba inmediatamente a trabajar.

El empresario se tomó unos segundos para mirar a su compañera de mesa. Gracias a Dios, el bello rostro apenas mostraba ya las lesiones de la agresión sufrida. Sabía lo que Luna quería en aquel momento y lo llenaba de satisfacción. Luna buscaba la manera de pedirle que él estuviera allí para recibir con ella a Fidel y a Diana, que habían anunciado su visita. La joven era cada vez más dependiente de él y Bosco no creía equivocarse al suponer que, en cierto modo, ella ya lo amaba. Consideró que era su trabajo hacerle darse cuenta a su debido tiempo de sus sentimientos y, entonces, se tranquilizó a sí mismo al recordárselo, la obligaría a casarse con él.

—No puedo. He quedado con Nacho —lamentaba negarle algo, pero no iba a hacer las cosas de otra manera. Cuando todo terminase, no la dejaría sola jamás. Tragando saliva, en un intento de bajar la bola de aprehensión que le subía desde el estómago por desentenderse y enfrentarla sola a su hermano y a Diana, se levantó sabiendo que, si demoraba más su marcha, sería incapaz de irse—. Ya los veré en otra ocasión —añadió fingiendo indiferencia.

Luna procuró no sentirse decepcionada mientras pinchaba con el tenedor el último trozo de bizcocho casero. No podía maldecir a Bosco por no quedarse a acompañarla. No hacía falta ser muy perspicaz para darse cuenta de que, aunque correcta, la relación entre los dos hombres más importantes de su vida no era la mejor. A pesar de que Fidel simpatizaba fácilmente con cualquiera, en realidad no llegaba a profundizar con nadie y su simpleza rayaba la estupidez. El hecho de que ella lo quisiera no significaba que estuviese ciega a sus defectos. Bosco, sin embargo, aunque pocas, tenía muy buenas y profundas amistades, despreciaba la trivialidad y las conversaciones fútiles, aun cuando, tanto por educación como por el mundo social y económico en que se movía, fuese un experto en ellas. Además, Luna quería ser justa con él, Bosco era un personaje importante, un hombre impresionantemente ocupado a pesar de que él lo ocultase tras la facilidad con que parecía solucionarlo todo. No podía esperar de él que perdiese su tiempo con cada nueva ocurrencia de su hermano. Pero Luna se deshacía con dificultad de la idea de que con el ejemplo de alguien como Bosco en su vida, Fidel podría convertirse en un buen hombre, en alguien mejor. A fin de cuentas, tras la muerte de su padre cuando aún era muy pequeño, no había tenido ningún buen modelo al que poder imitar.

Le daba mucha pena que Fidel hubiese reanudado su relación con Diana, que era lo que sin duda le venían a contar, y temía que la antigua novia hubiese tenido otra genial ocurrencia para aprovecharse del incauto. Cierto era que Fidel no oponía mucha resistencia pero, al fin y al cabo, él era su hermano, así que aunque no fuese justo, desde el punto de vista de Luna, Diana cargaba con las culpas de todo lo que la pareja hiciese mal.

El sonido del timbre de la puerta interrumpió sus cavilaciones. Con paso decidido se dirigió a la salita donde había dicho a Santiago que recibiría a la pareja. El salón le parecía demasiado ostentoso y todavía no se acostumbraba a la idea de que sus cuadros compartían espacio allí con, nada menos, que un Zóbel y un Antonio López entre otras muchas obras de arte.

Enseguida notó a Fidel tenso y se preparó para lo peor. Se tranquilizó diciéndose que se había construido una vida sin él y que no le importaba que se fuera otra vez. Pero algo en la mirada del que había considerado toda su vida como un hermano la puso sobre aviso.

Diana, con su vestimenta moderna, enseñando los tirantes de la ropa interior bajo su camiseta sin mangas, le dio unos besos húmedos en las mejillas que Luna tuvo que luchar contra el impulso de limpiar.

—Luna, cariño, he de darte la enhorabuena. ¡Esto es prácticamente una mansión! Y según me ha dicho Fidel, ocupa todo el edificio entero. ¡Qué cambio desde aquel cuchitril en Tres Cantos! ¿Eh? —comentó Diana con su áspera voz, refiriéndose al piso en el que habían vivido Fidel y Luna con Sara.

—Esto no es mío, Diana.

—¡Oh! Pero según tengo entendido te ha llovido una cantidad bestial de dinero encima.

Como Luna no podía estar más de acuerdo con el término, pues «llover dinero» era exactamente lo que había sucedido, no pudo objetar nada al grosero comentario.

—Imagino que estarás encantada.

—En realidad —y la heredera decidió en ese instante que aquel era tan buen momento como otro cualquiera para informar a su hermano de la decisión que había tomado—, he decidido renunciar a una parte de la herencia.

—¿Qué?

—¿Estás loca? —Diana se levantó de su asiento con brusquedad, de tal modo que a punto estuvo de volcar la taza de café que acababa de servirse.

Luna sonrió a los dos sorprendidos.

—He decidido renunciar a los beneficios de la empresa, a Ovides —le aclaró a su hermano.

—¿Y a favor de quién?

—Bueno, he creado una fundación específica para la gestión del accionariado que estaba a mi nombre. Ellos pondrán a un presidente y representantes para la correcta administración. Los beneficios o se reinvertirán o se destinarán a las asociaciones de alcohólicos anónimos y centros de desintoxicación —miró con un gesto de complicidad a Fidel: los dos recordaban a Sara—, durante los próximos cincuenta años, revisables en periodos de cada quince años.

—¿Donaciones? ¿Tu parte va a ir a la beneficencia?

—En realidad, no. No es mi parte lo que se dona. Según me explicó el abogado, las desgravaciones fiscales con que se beneficiará la compañía por colaborar con entidades sin ánimo de lucro superan ampliamente el porcentaje del que hablo... y tampoco hay que menospreciar lo que influirá este dato en la buena imagen de Ovides.

—¿Has renunciado a la herencia?

—A la parte empresarial, sí. No he querido renunciar al resto de acciones y los bienes familiares: la casa, algunas joyas, mobiliario, arte... ¿Sabías que heredé también una finca en Ciudad Real? —le preguntó a Fidel—. Ya iré viendo más adelante qué hago con todo ello, pero tengo muchas ganas de poder ir descubriendo a mi padre y a mi abuelo a través de sus cosas...

—¿A Bosco le parece bien? —le preguntó Fidel, sin que la noticia lo hubiera impactado lo más mínimo.

Luna asintió sonrojada:

—Le consulté y él fue quien me asesoró el mejor modo de hacerlo.

Y se negó a explicar a su hermano la seguridad con que Bosco la había apoyado, asegurándole que él siempre la alimentaría y la cuidaría, aunque tuviera que sacar dinero de debajo de las piedras.

—¡No me lo puedo creer! —Diana se acercó a Luna y esta se sorprendió al ver que Fidel la seguía de cerca con expresión de cautela—. ¿Estás loca? ¿Heredas un imperio y lo tiras por la borda? —Su nariz rozó la de Luna mientras la golpeaba en el hombro.

—Tranquilízate, Diana.

—¡No me da la gana! —De un manotazo apartó la mano con que Fidel la sujetaba—. ¡Hay que ser gilipollas! ¡Venga, hombre! Estás tan loca como tu madre...

—¡Para, Diana!

—No sé qué te puede importar esto a ti —le dijo Luna ya harta.

—Pues me importa, y mucho. ¿Has pensado en tu querido hermanito cuando has renunciado? Sin trabajo, sin carrera, sin ambición alguna... ¿Has pensado en él cuando has tirado por la borda su oportunidad de vivir bien por una vez en la vida? ¿O es que pretendes que él viva en ese apartamento de mierda tuyo?

Luna tuvo ganas de cruzarle la cara a esa arpía, pero en honor de Fidel se contuvo.

—No creo que a la vida profesional y económica de mi hermano le influya mi decisión. Si Fidel quiere trabajar, de sobra sabe que puede hacerlo.

—Si Fidel quiere trabajar —repitió Diana con una mueca de burla—. ¡No le haría falta trabajar si hubieras pensado más en él y menos en los drogadictos y los alcohólicos! ¡Él podría ser el dueño de Ovides!

Luna la miró como si estuviera loca. ¿Verdaderamente creía Diana que alguien en su sano juicio pondría a Fidel al cargo de una compañía?

—¿Ah, sí? ¿Y cómo?

—¿No es él tu único familiar? ¿No os hicisteis hermanitos legales hace años? ¿No heredan los hermanos entre sí? —un relámpago de odio y burla brillaba en los ojos de Diana.

Luna sintió una pequeña pero certera punzada de aviso, pero estaba tan enfadada por el comportamiento de aquella mujer que solo pudo seguir discutiendo.

—¿Heredar? Para eso yo tendría que morir... —se interrumpió mientras se daba cuenta de lo que estaba diciendo.

—¡Exacto! Y aunque ha quedado demostrado que eres dura de matar, ya se sabe lo que se dice, «mala hierba nunca muere», la esperanza es lo último que se pierde.

Luna tragó saliva y miró a Fidel buscando ayuda, pero este no la miraba, él solo contemplaba a Diana como si acabase de abrir la puerta de un basurero y el hedor lo azotase en la nariz. La mente aturullada de Luna no registró en ese momento que su hermano no parecía en absoluto sorprendido.

—Y, claro, entonces tú volverías a encandilarlo para sacar provecho, ¿no? No te importaría simular que estás enamorada de él. —A pesar de sentir lástima por los sentimientos de Fidel, la joven no pudo evitar lanzárselo a Diana.

—¿Volverlo a encandilar? ¡Ja! —Diana parecía haber salido de un aquelarre—. No me haría falta. Para tu información, querida cuñada, tu hermanito y yo estamos casados.

—¿Casa...?

—Fue una tontería, en Las Vegas, ya sabes, como en las *pelis* —dijo Fidel, balbuceando.

—¿Las Vegas? —La mente de Luna trabajaba demasiado rápido para que su dueña pudiera seguirla—. ¡Entonces fuiste tú! —acusó a Diana poniéndose de pie—. ¿Tú tienes algo que ver con el hombre que me atacó en mi apartamento? —le preguntó, todavía incrédula.

—¡Pues sí!

—¡Diana! —la agarró Fidel, aparentemente asombrado—. ¿Contrataste tú a un hombre para que fuera al apartamento de Luna y la matara? —le preguntó.

Aunque Luna notó algo raro en él, lo achacó al estado de impresión en que se encontraba.

—¿Contratar? Nada tan peliculero como eso. Hicimos un acuerdo. Él iba a recibir un buen pico por el trabajito.

—¿Y pensabas que al heredar yo tras su muerte, tú, al ser mi esposa, serías rica también? —insistió Fidel.

—¡Exacto, cerebrito!

Fidel tuvo que hacer un sobrehumano esfuerzo por no escupirle en la cara cuando ella le dio un cachetito en la mejilla que le recordó al de Barajas.

—Estaba verde de envidia cuando leí los periódicos. ¡No me lo podía creer! Y hacía tan solo unos días yo te había mandado a la mierda... Conociéndote, sabía que no ibas a mover un dedo para aprovechar la situación y supe que tenía razón cuando alguien me comentó que te había visto vendiendo cuadros en el Rastro. «Sí», me dije. «¡Ese es el hombre con el que llegué a casarme!». Y en cuanto lo dije, lo supe. Tú —miró a Fidel con desprecio— no harías nada, pero yo no me iba a quedar de brazos cruzados. Marcelino es un viejo conocido. No fue difícil convencerlo —Diana se encogió de hombros—. Siempre supe que se consideraba un semental, pero no pensé que el muy idiota se fuera a dejar guiar por su bragueta justo en esos momentos —se dirigió a Luna—: ¡Y ahora te has deshecho de todo como quien se quita unos zapatos viejos!

Luna respiró hondo. ¡Esa mujer había querido matarla y estaba allí, en el piso de Bosco...! ¡Bosco! ¿Por qué no estaría él allí? Buscando el refugio que necesitaba se dirigió hacia el otro hombre de su vida.

—No te preocupes, Fidel —Luna pensaba ahora en el dolor de su hermano—, ella no lo merece.

—«Ella no lo merece» —Diana se burló de sus palabras—. ¿Qué eres, una santa o algo así? Supongo que como le calientas la cama al superhombre rico te crees que puedes ser condescendiente, ¿verdad? No pensarás que podrás retenerlo para siempre.

—Lo que pienso es que yo, al revés que tú, no he puesto las expectativas de mi vida en la riqueza de otro —y añadió con suspicacia—: No creo, además, que vuestro matrimonio tenga validez alguna en España.

—Te asombraría saber de lo que son capaces los abogados hoy en día. De todas formas, ya da igual. Me voy.

—¡Ni hablar! —Luna echó miserablemente de menos a Bosco, con su seguridad y fortaleza, para decidir qué hacer a continuación.

—Déjala irse, Luna, no te preocupes. —Fidel la cogió con suavidad del hombro.

Luna no supo si se lo pedía por el antiguo amor que le tuvo a la mujer o porque Fidel no daba el valor suficiente al hecho de que hubiese intentado matarla. Esta última idea la llenó de dolor.

—Tenemos que llamar a la policía. —Y esperó que a oídos de su hermano esa frase sonara tan lógica como a los suyos propios.

—Estás loca si crees que tienes algo contra mí —Diana se volvió a mirarlos cuando ya estaba casi en la puerta.

—Y tú eres tonta si crees que me voy a quedar de brazos cruzados después de saber lo que has hecho.

—¿Tienes pruebas?

Luna titubeó:

—Basta con que lo has reconocido hoy. Somos dos testigos.

—Los hermanitos. ¡Bah! Tu palabra puede que tenga algo de valor, sobre todo si tu hombre rico mueve algunos cables, pero la de Fidel es harina de otro costal: no tiene trabajo, no tiene nombre... ¡y está resentido porque lo dejé! Así que será tu palabra contra la mía. Nunca podréis probar que yo he dicho nada.

Fidel ya no aguantó más.

—Yo que tú, Diana, me lo pensaba dos veces antes de estar tan segura.

Y, ante los ojos atónitos de las dos mujeres, se desabrochó la camisa y mostró unos cables en su pecho, pegados con esparadrapos y pertenecientes a un aparato receptor.

Como si aquella fuera la señal de una opereta, las puertas del salón se abrieron de par en par, dando paso a dos agentes de policía seguidos de Nacho Rullatis y del dueño del piso. En menos que canta un gallo, Diana fue detenida mientras chillaba, histérica, su odio a los dos hermanos.

—¿Por qué no me habíais dicho nada?
Si no fuera porque se daba cuenta de que estaba verdaderamente enfadada, Bosco se hubiera dedicado a besar aquel mohín tan gracioso que hacía Luna con la boca para mostrar su descontento.
—Todos lo sabíais —siguió la joven— menos yo. Fidel venía con un guión preparado...
—Al que tú has ayudado muchísimo —cortó Bosco.
—¡Pero sin saberlo! Eso no cuenta.
—Has estado fenomenal, Luna —le dijo Fidel desde el otro lado de la sala, pues, eufórico de triunfo, de haber jugado el papel principal, se sentía lo suficientemente condescendiente como para permitirse alabar a su hermana y compartir algo de gloria.
Por su parte, detrás del humo de su puro, Nacho examinaba a su amigo y su gatita callejera y procuraba no reírse al ver los esfuerzos de Bosco porque Luna no sufriera. Sabiendo como sabía que, a lo largo de los pasados días de investigación y de los esfuerzos por reunir pruebas, Bosco había tratado de mantener a la joven que amaba al margen de toda aquella basura y cómo había sufrido su amigo por no poder estar delante mientras grababan la conversación, le resultaba cómico que ahora ese pequeño duende estuviera poniéndolo firme sin la menor

consideración. El exmilitar se encogió de hombros, de sobra sabía que así eran las mujeres. Pocas veces agradecían nada de lo que se hacía por ellas, lo daban todo por sentado y todo les parecía poco. Allá Bosco si, a pesar de saberlo, se había dejado atrapar por una.

—¿Y cómo se os ocurrió todo? ¡Por el amor de Dios! ¡Esa mujer está loca! Podía... podía haber venido con una escopeta —siguió Luna quejándose.

«Sí, claro» pensó Bosco, «como que lo hubiéramos permitido». Ya se había preocupado bastante por tener que dejar a Luna con ella en la misma habitación, no quería seguir recordándolo, pero Fidel insistía en rememorar cada minuto con verdadero deleite, sobre todo por el papel que había desempeñado:

—La idea fue mía —presumió el ingenuo—. Cuando me puse a pensar en quién podría beneficiarse con tu muerte fue cuando me acordé de mi boda. Y entonces lo supe y llamé a Bosco para decírselo.

El aludido y Nacho se miraron por encima de sus respectivas copas de ron. ¿Qué sentido tenía quitarle a Fidel la ilusión? Los ojos de ambos sonrieron. ¿Para qué decir que hacía días que sabían todo, que el propio Marcelino se lo contó antes de que Bosco le diera una paliza que casi lo había matado?

Fidel seguía cantando sus méritos:

—Entonces estos dos —señaló sonriente a Bosco y a Nacho— me convencieron de que necesitábamos demostrarlo, que todas las pruebas que pudiéramos ofrecer a la policía eran pocas para meter a Diana entre rejas. Así que, junto a algunos agentes de la comisaría que lleva tu caso, organizamos la puesta en escena de hoy.

—Pero ¿por qué yo no podía saberlo?

Bosco aceptó que no había más remedio que decírselo.

—Porque no hubiera salido igual —contestó sin profundizar.

—¿Por qué?

Y ¡dale!

—Porque no sabes mentir.

—¿Y tú cómo lo sabes? —contestó ella con ganas de pelea—. A lo mejor te he mentido en montones de cosas y tú todavía no te has dado cuenta.

Claro, ¡por supuesto! y él había nacido ayer.

—Diana te lo hubiera notado —contestó, procurando parecer ecuánime, y ni se dignó a tomar en cuenta la posibilidad de que Luna lo hubiera engañado. Aquello sí que hubiera sido gracioso.

—¿Me crees incapaz de disimular?

Tosió como un tonto al írsele el ron por el otro lado. Cuando se recuperó la miró por debajo de sus cejas arqueadas. Por detrás de él todavía se escuchaba la risa divertida de Nacho que, ante una rápida mirada enfurecida de Luna, desapareció como por arte de magia.

—Creo que llevas lo que piensas y lo que sientes escrito en la cara —y, ante el mohín que ella hizo, añadió—: Eso no es malo. No es nada malo.

«Si no te vas a sentar a una mesa a negociar con otros fieros empresarios, claro, o no tratas de cazar a una ambiciosa asesina, por supuesto», añadió para sus adentros Bosco. Lo cierto era que la llaneza y la sinceridad de Luna le encantaban.

—Aun así. No volváis a hacérmelo más. Yo tengo derecho a estar enterada.

—Por supuesto —prometió Bosco sin ninguna intención de cumplir.

La risa de Nacho volvió a oírse, esta vez convertida ya en carcajadas. Intentando hacer caso omiso de él, Luna siguió indagando:

—Entonces, ¿al primer asesino lo pagó María Ángeles Vamazo, y a este segundo, Diana?

Bosco y Nacho volvieron a cruzar sus miradas y asintieron. ¿Para qué explicarle que su propio tío había pagado por matarla? ¿Para qué descubrirle más maldad de la que ya había tenido que sufrir?

—¡Qué horror!

—Pero, bueno, la policía la ha detenido, ¿no? —preguntó Fidel—, ¿no me dijisteis que habíais presentado un vídeo de ella con el arma del crimen?

Sí, la policía había detenido a Vamazo. Tenían pruebas suficientes de que había matado a Félix Rojas, de que había asesinado y extorsionado a Roberto, manipulado las cuentas de Ovides... y un largo etcétera.

—Así que todo ha terminado bien, Lunita —le dijo Fidel mientras se abría de nuevo la camisa y se despegaba los últimos cables de micrófono que le quedaban en el pecho—. Supongo que ahora volverás a tu querido apartamento, ¿no? —preguntó con mala intención el hermano, tratando de poner a Bosco en un brete.

—Sí, claro. —Luna se levantó del sillón como empujada por un resorte—. Ya hemos abusado demasiado de la hospitalidad de Bosco —evitó mirar a su anfitrión, incómoda como estaba, y maldijo interiormente a Fidel por no estarse callado.

La joven sintió que el corazón se le caía al suelo al darse cuenta de que Bosco, aparentemente distraído, no le iba a pedir que se quedase. Le echó un rápido vistazo, que no pasó desapercibido para nadie, pero el dueño de la casa miraba muy pensativo a Fidel.

Luna trató, aunque no pudo, no sentirse mal cuando Bosco ni siquiera se ofreció a llevarla al apartamento, sino que les mandó con el chófer en el Mercedes Benz.

—¿Cómo es que has dejado que se fuera, Bosco? —preguntó extrañado Nacho a su amigo.

—Porque ya no aguanto más —dijo sin más, levantando los hombros y rotándolos esperando que se le relajaran los músculos de la espalda tras la tensión pasada.

—Comprendo. Te has hartado de ella.

En las palabras del detective no había juicio, solo lógica comprensión.

—En cierto modo. Estoy harto de que vayamos tan despacio. Sé que su vida últimamente ha estado cargada de novedades, problemas y sobresaltos, pero yo ya no puedo ir más despacio. Sé que ella me quiere. Eso se sabe —lo afirmó rotundo, cortando de cuajo cualquier posibilidad de que Nacho le llevara la contraria—. Y quiero que me lo diga. Necesito oírlo.

—¡Por Dios, Bosco! ¡Te ha dado fuerte!

—¿Acaso lo dudabas? ¡Estoy loco por ella!

—Nunca podré comprenderlo —Nacho miraba a su amigo como si estuviera ante una rara especie animal en peligro de extinción.

—Porque no te ha pasado. Hasta que te pase.

—No me pasará. Soy más frío que todo eso. Y no me fío de nadie. He visto demasiado para permitirme entregarle a nadie la posibilidad de hacerme feliz o desgraciado.

—Ahí está la gracia. Que no hace falta que lo entregues, la mujer simplemente aparece en tu vida, se te mete dentro, y de repente ella es la que marca si es de día o de noche. Tú no le has dado esa posibilidad. Es ella quien la tiene, sin más ni más. Y yo necesito desesperadamente que ella me acepte totalmente.

—Tío, desde que has conocido a esta chica eres otro. ¡Me das miedo! —jamás reconocería que le daba envidia, que él se sentía incapaz de amar a alguien así y al escucharle sabía que se estaba perdiendo algo grandioso en su vida—. ¿Y cómo vas a hacerlo?

—Tengo un plan —dijo Bosco mientras se agachaba y recogía el micrófono que Fidel había tirado al suelo.

Capítulo 17

Y MÁS «MICROS»

—¡No me puedo creer que hayas venido a verme!
María Ángeles Vamazo se sentó ante el panel acristalado, a través del que miró asombrada y feliz a su mejor amante. Después de todo lo que había hecho por él, después de todo lo que había soñado con él, con que él dejaría a su esposa para estar con ella, su sola presencia allí hizo que por un momento se olvidase de la cárcel en la que se encontraba, sin derecho a libertad provisional gracias a la fuerte presión del fiscal (intimidado sin ninguna duda por los abogados de Joveller) y de lo lejos que se habían quedado sus metas. Si alguna vez se sintió incapaz de amar y dudó de su enamoramiento, ahora lo tuvo claro. Solo ver a Javier le quitó de un plumazo el pesar que llevaba en su corazón. María Ángeles se olvidó de la pena y el dolor de los últimos días, de

la frustración de haber sido cogida y privada de sus posesiones y se concentró en la satisfacción que le producía ver que él estaba allí.

Él sentía algo por ella. ¿Cómo era posible, si no, que estuviera allí? Su corazón latió tan alegre como quizá no lo había hecho nunca antes. La mujer presa casi llegó a pensar que merecía la pena el encierro solo por ver a su amor ir a visitarla. No lo había esperado. Ni de él, ni de ninguno de los otros del mundo empresarial y social en el que se había mimetizado con tanto empeño a lo largo de su vida.

—Y yo no me puedo creer lo que has hecho —contestó Javier Barceló muy serio.

Entonces, en un certero vistazo, María Ángeles se dio cuenta de la mirada de su antiguo amante. Este la inspeccionaba como si no la hubiera visto nunca y ella percibió en él un chispazo de rechazo disimulado, de repugnancia mal escondida, que le llegó hasta el corazón y se lo rompió en pedazos. No, no había venido a comprobar cómo estaba. Aquella no era una apasionada visita de un enamorado doliente por la ausencia de su amada.

—¿No quieres saber si me han acusado injustamente? —Notó el cambio instantáneo en su cara.

—¿Es así?

—No. Todo es cierto. Absolutamente todo. Y lo peor es que no puedo arrepentirme, porque sé que, en las mismas circunstancias, volvería a hacerlo. No he tenido otra opción para llegar donde estoy. —Lo creía sinceramente. Según echaba la vista atrás en su pasado, más convencida estaba de que si no hubiera tomado ciertas decisiones y hubiera hecho ciertas cosas, nada éticas ni morales en ocasiones, jamás hubiera llegado donde estaba y posiblemente no hubiera pasado de mera dependienta o de atención al cliente en una maldita sucursal bancaria.

—No lo puedo creer —Javier se mesó los cabellos, impresionado—. Pensaba que te conocía.

—¿Estás horrorizado? —María Ángeles encubrió su dolor con sarcasmo—. ¿Te asquea haberte acostado conmigo? —Trató de reírse de él y le salió una carcajada amarga.

—¿Qué esperas que diga? Eres una mujer hermosa, una mujer de negocios, una mujer de mi mundo y, de repente, me entero de todo esto. —Hizo un gesto con las manos, abarcando la sala de visitas de la cárcel—. La policía ha estado interrogándome, ¿sabes?

María Ángeles imaginó que para él habría sido humillante y sintió que al menos en esta vida sí tendría alguna recompensa.

—¿De «tu mundo»? —María Ángeles se echó a reír—. Nací en Entrevías, Javier. A pocos kilómetros de «tu mundo» en El Plantío de Majadahonda, pero a muchísima distancia de tu riqueza y tu educación.

—Eso no importa —Javier lo pensaba de verdad.

—¿Eso no importa? Eso es lo que me ha hecho ser como soy. Me juré a mí misma, hace muchos años, que llegaría lejos... y en cierto modo lo he logrado.

—Ya tenías bastante. Fue querer más lo que te ha hecho perderlo todo. Pero ¿llegar a matar a alguien? —El visitante sacudió su cabeza negando—. Todo tiene un límite.

—Ya sabes lo que se dice: «La avaricia rompe el saco». —Fingió frivolidad para superar su decepción y su vergüenza. Hasta en aquella circunstancia su orgullo era quien hablaba.

—No lo entiendo. No puedo creer que fueras capaz de matar a alguien.

—Javier, ¿en qué mundo vives? —María Ángeles se sintió repentinamente cansada. Miró a su interlocutor y supo que no lo quería ya, que él ya no tenía la capacidad de hacerle daño. ¡Qué tonta había sido! ¡Qué poco práctica!, ella que se consideraba tan realista, siempre con los pies en la tierra—. Te sientas ahí, con tu traje de quinientos euros y me miras incrédulo porque he matado a alguien cuando, en realidad, lo que no puedes concebir, con lo que no sabes qué hacer, es con el hecho de que te has estado acostando con una asesina, que has estado tocando a una mujer que te produce repulsión, que después de clavar un cuchillo en la espalda a un primo tuyo te sedujo y te estuvo haciendo el amor. Y te atreves a sentarte aquí y juzgarme. ¡Tú! Que no tienes ningún reparo en burlarte de las promesas que hiciste cuando te casaste, que has calentado la cama de cualquier mujer que te la ha puesto dura y que no te ha importado rozar la inmoralidad en los negocios siempre y cuando estuviesen dentro de la legalidad o fuesen defendibles con éxito por un abogado ante un tribunal.

—Cálmese, señora —se oyó la voz del guardia que vigilaba ante la puerta.

—¿Te atreves a escandalizarte de mí —se rio María Ángeles haciendo caso omiso de la advertencia—, aunque tú eres igual y capaz de la misma mierda que yo? ¿O crees sino que, idiota de mí, me hubiera enamorado de ti? Sé lo que hay dentro de ti. Tú y yo somos iguales. —Pidió al guardia que la sacase de allí, levantándose de su asiento con un movimiento rápido y desapareciendo de la vista de su visitante con su amargura como única compañera.

—No, no soy igual —murmuró Javier para sí mismo viéndola marchar. Pero, en su fuero interno, sintió asco de sí mismo.

No podía quitarse de la cabeza la imagen de María Ángeles, con su uniforme de presa, su pelo otrora maravilloso ahora recogido en una coleta sin vida y su rostro sin maquillaje. ¿Alguna vez la había encontrado atractiva?

Sintió miedo y bochorno. Miedo de ser como ella. María Ángeles tenía razón. No siempre había sido legal. Y en cuanto a la ética, tenía la suya propia. Si uno era muy estricto no llegaba a ningún sitio y es verdad que en algunas ocasiones había mirado para otro lado. Pero, ¿era él capaz de llegar tan lejos como Vamazo?

No, se dijo mientras salía de allí como alma que lleva el diablo. Él no era así. Él tenía un límite. ¿Dónde estaba ese límite?, se preguntó ahora. Pues… pues… pues por supuesto que había cosas que nunca haría. No es lo mismo engordar las cifras que hacer físicamente daño a alguien. No se puede comparar despedir a alguien o hacer que lo despidan con robarle dinero. «No eres igual que ella», se aseguró a sí mismo mientras huía.

Salió de la cárcel asqueado y deprimido y, por primera vez al llegar a su casa, con su bella mujer y sus hermosos muebles, sintió que llegaba a un hogar que no se merecía, que no había hecho nunca nada para tener todo lo que poseía.

Su esposa, tal y como había estado haciendo desde que se casaron, lo recibió con un beso en los labios. Llevaban más de veinticinco años como matrimonio y no recordaba una sola vez en que su mujer lo hubiera besado con indiferencia.

—¿Es cierto que tu sobrina ha renunciado a Ovides? —le preguntó con la cortesía que la caracterizaba.

—¡Ah! Sí. —Con todo el impacto de lo de María Ángeles, se había olvidado por completo de aquello.

—Entonces, ¿es verdad?

—¿El qué? —preguntó mientras ojeaba la correspondencia que había cogido del velador de la entrada.

—Que tú serás el próximo presidente.

Como estaba absorto en sus pensamientos, no se dio cuenta del tono orgulloso y esperanzador de su esposa.

—Supongo que sí. Hay alguna posibilidad. —Ayer, la sola idea le hubiera hecho inmensamente feliz. Hoy le resbalaba.

—¡Oh, cielo! ¡Por fin! —Y su mujer lo abrazó.

—Sí, claro.

En ese instante no sabía por qué, en algún momento de su vida, había deseado con tanto ardor ostentar un cargo de gobierno, por qué se había matado por obtener unos vastos beneficios anuales o cuándo todo aquello y el alto nivel de vida que implicaba, habían dejado de importarle. ¿Podía un hombre cambiar tanto su manera de pensar en tan solo una mañana? ¿Salir de su casa y despedirse de su mujer pensando de una manera y regresar de una cárcel, tan solo horas después, completamente indiferente ante lo que siempre le había apasionado?

—Quiero que nos tomemos unos días los dos solos.

Su mujer lo miró extrañada con la sonrisa en la boca.

—¿Nos vamos a celebrarlo?

—No sé si habrá algo que celebrar o no, pero quiero estar con mi esposa a solas.

La mirada de regocijo de su mujer, que le mostró el corazón en sus ojos, le expuso más claramente que con palabras lo mal marido que había sido.

Un hombre podía cambiar en solo unas horas, sí. Pero mantener ese cambio era lo que de verdad importaba ahora. Y él, había tenido suficiente con aquella mañana para comprender que quería ser otro tipo de hombre. Y, gracias a Dios, estaba aún a tiempo de empezar a serlo.

Fidel miraba a su hermana mientras esta perfilaba sus trazos sobre un cuadro. Por la postura que tenía ante el caballete y la fiereza de sus movimientos, supo que estaba enfadada. Sin hacer un ruido, echó un vistazo por encima del hombro para ver qué pintaba.

Con carboncillo, resaltando los duros contrastes de blancos y negros, el rostro de Bosco lo miraba desde el lienzo. A pesar de la actitud agresiva de su hermana, la cara del empresario tenía un matiz de ternura y un punto de deseo en los ojos que Fidel le había visto a menudo cuando miraba a Luna. Calculó que, con ese, Luna superaba la media docena de esbozos y retratos hechos sobre aquel hombre, el único además de él que había conseguido llegar a su hermana. Y, aunque sintió un ramalazo de celos, reconoció que Bosco había hecho mejor trabajo que él a la hora de cuidarla y de demostrarle su amor.

Para Fidel, que conocía a Luna desde hacía tantos años, estaba claro como el agua que ella estaba enamorada. En su recién descubierto papel de hermano responsable, solo tenía que conseguir que ella lo reconociera.

Sabía lo que le iba a costar. Luna tenía dificultades para expresar lo que sentía incluso más que él mismo.

—¡Está genial! —Trató de no reírse ante el salto

de ella, que se giró a mirarlo. Fidel le señaló el cuadro—: ¿No se lo vas a enseñar?

Luna se encogió de hombros.

—Me da vergüenza.

—A él le encantaría. Igual que los otros que has hecho. —La cogió suavemente de los hombros y enfrentó su mirada—: ¿Por qué te niegas a reconocer lo que siente por ti?

Pero Luna se zafó de sus manos. Le dio la espalda y se giró hacia la ventana. Miraba sin ver el exterior, la diminuta callejuela de abajo con apenas dos comercios.

—No sé qué hacer, Fidel. Estoy asustada.

Fidel no se acercó. Sabía que ahora Luna hablaría. Ella también necesitaba a veces que alguien la escuchara. Y él no siempre había estado para hacerlo.

—He vivido asustada muchas veces. Casi siempre por mi madre: me daba miedo que me abandonase, que se olvidase de mí, que me dejara por alguno de sus amantes, que enfermase, que se muriera... Y justo cuando se muere, me siento libre por primera vez para ser yo, para hacerme a mí misma. A pesar de la culpa que no puedo evitar sentir por decirlo en voz alta, cuando mi madre murió, fui libre. Esa es la verdad. Sin ella pude luchar por convertirme en una mujer independiente, sin necesitar nada de nadie, sin deber nada a nadie y sin tener que responsabilizarme de nadie más que de mí misma. —Se giró para mirarlo. Había ternura y una pizca de humor en su tono y en su gesto cuando dijo—: Me convencí a mí misma de que no me importaba estar sola, que no me dolía que entraras y salieras de mi vida. Lo tenía todo muy organizado en mi cabeza. Y entonces apareció Bosco y todo se fue al garete.

Unas lágrimas rodaron por sus mejillas.

—Con Bosco ha sido un proceso por etapas. Empecé a creerme que le gustaba, que sentía algo por mí, casi desde el principio. Sabe ser muy persuasivo cuando se lo propone. Me costó esfuerzo, pero al final me lo creí. Pero achaqué su interés al hecho de que un hombre como él se sentía atraído por la novedad, incluso aunque esta estuviera muy alejada del perfil de mujeres que él está acostumbrado a frecuentar. Y mientras pensaba así procuraba no sentir nada hacia él, no hacerme ilusiones, mantenerme a una prudente distancia de seguridad. Cuando ya fue inevitable y Bosco me conquistó, derrumbando todas mis defensas, alcé unas nuevas, ordenándome a mí misma que disfrutara durante el tiempo que durara, que cogiera todo lo que se me ofreciera, que viviera al día y, aunque sabía que iba a sufrir cuando él pusiera fin a nuestra relación, me negaba a mirar hacia delante. Y ahora... —para bochorno de los dos, Luna soltó un alarido involuntario— ahora resulta que creo que me quiere, creo que me ama y que no es algo puntual. He aprendido a conocerlo y creo que puede que me ame para siempre.

—¿Y eso es malo, tonta? —Vencido por el inmenso cariño que le inspiraba esa mujer, Fidel la cogió entre sus brazos, acariciándola y sosteniéndola.

Luna se sorbió la nariz y se secó las lágrimas con el dorso de la mano.

—Tú no puedes entenderlo, tonto —dijo ella, devolviéndole el insulto cariñoso.

—¿Por qué no?

—Porque no tienes problemas de autoestima, precisamente, estás demasiado seguro de ti mismo para poder ponerte en mi lugar.

Fidel pensó en Diana y en lo dolido y perdido que se sintió cuando lo dejó y se dio cuenta de que su hermana no lo conocía tan bien como se creía.

—Entonces, ¿todo se reduce a eso, a que te crees poca cosa?

—No me lo creo, ¡lo sé! Él me ha dado tanto y yo no tengo nada para darle... A veces me digo que, a fin de cuentas, ya soy casi de su misma clase social... y entonces voy a cenar a casa de Elvira o de mis nuevos tíos y me doy cuenta de todo lo que tengo que aprender. ¡Joder! Todavía no me aclaro si la copa de agua se pone a la izquierda o a la derecha de la del vino en la mesa, no sé tener conversaciones triviales y no veo la diferencia entre unos diamantes y una puñetera baratija de bisutería.

Fidel supo que era el momento de cortar con aquellas estupideces e ir al grano.

—¿Lo quieres?

—¿Que si lo quiero? Me muero por él, Fidel. —Y mientras se secaba las lágrimas se echó a reír—. ¡Mírame, qué llantina!

—Sí, nunca has sido de llorar mucho, me estás dejando muy sorprendido.

—Es que no sé qué hacer. No quiero estar sin él

y lo quiero todo: quiero casarme y no puedo evitar soñar con una boda por todo lo alto, como la de Elvira y Juan, con su madre llevando mantilla (vi una foto de ella así). Y tú de padrino, con un chaqué de esos de pingüino. Y luego tengo pesadillas en las que aparece Manuel. ¿Te acuerdas de Manuel, el del taller de Barcelona?

Fidel la miró extrañado.

—No sé qué tiene que ver aquí uno de los antiguos novios de Sara.

—Y yo tampoco. No soy Freud. Pero, en mi sueño, aparece en mitad de la ceremonia diciendo que viene a la boda de su hijastra. Tú no llegaste a conocerlo —Luna salió de su ensoñación y se abrazó a Fidel buscando inconscientemente su calor—, pero es perfectamente simbólico del lugar de donde provengo. De donde provenimos —se corrigió mirándole cariñosamente a los ojos—: ¿Qué pintamos tú y yo en el mundo de Bosco?

—¿Por eso has rechazado tu parte de Ovides?

—Supongo que en parte. Era tal cantidad de dinero y de responsabilidad que no sabía realmente cómo manejarlo. Y ya sabes que, al menos por mi parte Álvarez, soy especialista en quitarme problemas de encima.

—Nunca te he visto esquivar tus responsabilidades —la contradijo su hermano con certeza—. Ya tienes bastante con todo lo demás. —Le acarició el cabello y, tras meditar qué decirle, añadió—: Luna, yo puedo comprenderte, pero también creo que te mereces ser feliz y eres una tonta si no coges la felicidad con ambas manos. Bosco sabrá hacerte feliz.

—Eso ya no lo dudo. Lo que cuestiono es si yo lo haré feliz a él.

—¿Estás ciega? ¿No has visto cómo te mira? —Y alzándole la barbilla para depositar un beso en la punta de su nariz, añadió con una sonrisa—: De todas formas, no estaría mal que, por una sola vez en la vida, pensaras solo en ti.

Como no se le ocurría nada más que decir y creía que su misión estaba sobradamente cumplida, la dejó pensando en lo que había dicho.

—¡Hola, Luna!

—¡Bosco! —Luna estaba realmente sorprendida al abrir la puerta—. No te esperaba.

—¿Y soy una sorpresa buena o mala? —Sonrió cuando ella se ruborizó.

¡Se sentía tan feliz! Tenía unas ganas enormes de abrazar a aquella mujer y ¡qué narices! de llevársela a la cama. Pero, como siempre, eso último tendría que esperar.

Bosco era un hombre que planeaba y, desde el día que conoció a Luna, se organizó un plan para conquistarla. Ese plan hoy estaba a punto de llegar a su fin.

—Pasa, por favor. ¿Quieres tomar algo?
—No, gracias.
—¿Ni un café?

—No he venido a tomar nada. He venido a hablar contigo. —Se sentó en el sofá, con las piernas estiradas. Cruzó un pie sobre otro a la altura de los tobillos y señaló a Luna el asiento a su lado con una palmadita sobre el cojín.

Con unos vaqueros que parecían recién salidos de la tienda, unos zapatos de cordones en color vino, una chaqueta de pana azul marino y una camisa de cuadros pequeños, el pelo engominado y la mirada perfecta, parecía un anuncio de ropa de hombre casual, de marca pija.

Por instinto, Luna se sentó lo más alejada de él, aunque también en el sofá.

—¿Ha pasado algo malo? —No sabía qué pensar de la sonrisa gatuna de él.

—No, todo lo contrario.

Como ella lo miraba ansiosa, decidió no hacerla esperar más. Recogió sus piernas y, apoyando sus antebrazos en ellas, se enfrentó a la joven:

—Tú sabes que me he enamorado de ti, ¿verdad?

Luna bajó la vista, tanto halagada como ruborizada.

—He venido a que me digas que tú también estás enamorada de mí.

Luna levantó la vista inmediatamente, mirándolo asombrada. Abrió la boca para decir algo, pero Bosco la interrumpió:

—No, no lo digas todavía —dijo con arrogancia—. Antes quiero explicarte algo: como todo hijo de vecino, supongo, alguna vez que otra me he imaginado cómo sería la mujer de mis sueños, mi compañera, aquella por la que un hombre al llegar a casa se siente en el hogar, con la que envejecería y la que me daría hijos. Nunca tuve muy claro qué esperaba de ella físicamente. —Tocó el pelo de Luna con suavidad, dejando que se deslizara entre sus dedos—. Bueno, te estoy mintiendo, sí quería que fuese hermosa, como lo eres tú, pero no me parecía lo más importante. Bastaba con que fuera agradable a la vista. —Se quedó mirándola y al final se encogió de hombros—. Vale, sí, cuanto más buena estuviera mejor. Pero en el fondo sabía que no era un criterio muy maduro.

Por alguna razón que no se podía explicar, Luna estaba empezando a enfadarse.

—¿Algo más?

—Todavía no he empezado, cielo. Quería una buena persona. —Alzó las manos para frenar cualquier comentario de la joven—. Sí, ya sé que no suena sexy, pero no podía imaginarme con alguien egoísta o *trepa* o que no pensase en mí tanto o casi más que en ella misma y, sobre todas las cosas, tenía que ser alguien que me hiciese sentir bien. Tú me haces sentir más que bien, Luna.

—Qué suerte la mía.

—Ahora estás ofendida. —Y se rio—. No importa. No hace falta que te justifiques. No he sido muy galante. Pero ya llego a lo importante: jamás imaginé a una mujer de la sociedad, que ofreciera grandes recepciones, vistiese a la moda y supiera dónde va la copa del vino en la mesa.

Luna rememoró su conversación con Fidel y se sobresaltó.

—Luego apareciste tú, y ya no pude pensar en nadie más. En un solo instante, la mujer de mis sueños y tú formasteis una sola. Fue casi algo mágico. Mis sueños, de repente, hechos realidad. Pero la vida real no es como los sueños, y en todas mis fantasías nunca pensé que serías tan difícil de convencer —entonces cogió las manos de Luna entre las suyas y, mirándola intensamente, le soltó—: te quiero, Luna-Leticia, no puedo vivir sin ti y necesito, desesperadamente, que tú me digas que me quieres también.

Como Luna fue a abrir la boca, la interrumpió:

—No. Espera. —Le puso sus dedos largos sobre los suaves labios de ella—. Sé que estás asustada, y no te lo reprocho, pues yo estoy asustado también, pero en ningún momento dudo que tú seas la que me conviene y no creo que tú lo dudes tampoco. Te da miedo cómo resultará la cosa, si sabremos hacerlo bien. A mí también. Pero hay algo de lo que estoy plenamente seguro, Luna: siempre procuraré hacerte feliz y jamás te haré daño, al menos no voluntariamente. Y se den las circunstancias que se den, siempre lucharé por nosotros. Aunque no tenga ganas. Siempre serás lo primero en mi vida. ¿Me crees?

Luna no pudo menos que asentir.

—Entonces dímelo, dime que me quieres.

Luna se humedeció los labios. Temió volver a ponerse a llorar:

—Te quiero.

Porque ya lo sabía y esperaba su declaración, Bosco se sorprendió del ligero vuelco que sufrió su corazón.

—Y ahora dime que te casarás conmigo.

—¿Casarnos?

Solo Bosco podía reírse a carcajadas de ella en un momento así.

—¿De qué crees que estaba hablando?

—De empezar una relación, un noviazgo por decirlo de alguna manera…

Pero Bosco ya estaba negando con la cabeza.

—Ya hemos tenido suficiente noviazgo, besos robados, miraditas y manitas. Lo quiero todo ya, Luna.

—Pero no puedes pretender en serio que decida casarme contigo ahora.

—Sí, sí que lo pretendo. ¿Para qué retrasarlo? Si sabemos lo que queremos, no hay nada que nos impida cogerlo ya con las dos manos. —No soportando más estar sin tocarla, la cogió en sus brazos y la besó. Quiso poner en ese beso todos sus sentimientos y necesidades y sintió un ramalazo de placer al sentir que ella, después de una leve reticencia, se entregaba por completo—. Dime que me quieres otra vez.

—Te quiero —murmuró Luna contra sus labios mientras se abría otra vez para él.

—No te oigo. ¿Me quieres?

—Sí.

—¿Para toda la vida? —le preguntó mientras le mordisqueaba la barbilla, saltaba de vuelta a los labios y subía hacia la nariz haciéndole perder la consciencia.

—Sí, sí... —Luna solo quería que él se callase y siguiera besándola como hasta ahora.

—¿En lo bueno y en lo malo?

—Sí.

—¿Y me darás hijos?

¡Por Dios, aquel hombre no se iba a callar nunca!

—Sí, sí —insistió mientras lo rodeaba con sus brazos atrayéndolo hacia ella y buscando su boca mientras contestaba.

—Entonces, tendremos que estar casados.

—Sí —accedió Luna contenta de que él siguiera besándola a pesar de sus preguntas.

Pero Bosco la soltó, la zarandeó suavemente y la obligó a abrir los ojos.

—¿Te has dado cuenta de lo que has dicho?

Luna suspiró y enfocó su turbia mirada hacia él frustrada:

—¿Qué?

—Que acabas de decir que sí te casarás conmigo.

—Vale —dijo Luna mientras trataba de volver a los besos.

Para su asombro total, Bosco se levantó del sofá y se marchó hacia la puerta.

—¿Qué pasa? ¿Adónde vas? —Se abrazó, sintiendo frío y soledad sin él.

—A organizarlo todo. De aquí a un mes serás la señora de Bosco Joveller y, como supongo que sé más de este tipo de celebraciones yo que tú, me voy ahora mismo a preparar lo que haga falta y a empezar a dar órdenes, que también se me da muy bien. Llamaré a mi madre para que desempolve la mantilla y la peineta.

De nuevo sonaron en Luna reminiscencias de su conversación con Fidel que la alertaron, pero tachó de imposibles sus sospechas.

Si no fuera porque todavía sentía sus labios inflamados y el deseo frustrado en su cuerpo, Luna habría pensado que se lo había imaginado todo, dada la celeridad con que Bosco había desaparecido de su vista. ¿Había dicho en verdad que se iba a preparar su boda?

Sin fuerza en las piernas para que la sostuvieran, Luna se dejó caer en el sofá, más ilusionada y emocionada de lo que se daba cuenta.

¿Acababa de verdad de prometerse a Bosco Joveller?

Se imaginó siendo su mujer, viviendo con él, y sintió tantas ganas de que sucediera que le dolió el cuerpo solo de pensarlo.

Pegó un estridente chillido y se puso a dar saltos como una loca. ¡Dios mío! Sintió que la cara le ardía. ¡Iba a casarse con Bosco Joveller! ¿Cómo había podido pasarle eso a ella? Echó la vista atrás y rememoró aquella noche de la despedida de soltera de Elvira. Ahí, sin duda alguna, había empezado todo de alguna manera. Una noche de mujeres, mucho alcohol y amanecer en la cama de un desconocido muy famoso. ¡Qué poco sabía entonces cómo le iba a cambiar la vida!

Capítulo 18

Y OTRA BODA

Delante de un espejo de cuerpo entero, Luna se contemplaba. Su inminente cuñada le había traído el ramo de rosas rojas que sostenía entre sus sudorosas manos de manicura recién hecha y su vestido, sencillo, blanco puro, de corte conservador pero con una cola de seis metros de larga y un velo de tul aun más largo, que nacía en una tiara de diamantes que el propio Bosco le había comprado, le parecía un sueño.

¡Qué rápido habían organizado todo!

Entre la que en breve sería su suegra, Elvira, Pilar Montalvo, y las hermanas de Bosco, la habían llevado a los mejores diseñadores dejándole, eso sí, que ella misma decidiera el estilo y el tono de su vestido de novia; la habían arrastrado por pruebas de catering, restaurantes y chefs para elegir el menú que sería al final de seis platos; la habían dejado a solas con Jesús Rubio, uno de los componentes del grupo Swan, para que seleccionara la música que quería para la ceremonia; y le habían enseñado fincas, hoteles y salones para que planeara dónde celebrar la cena con los trescientos invitados (habían reducido, aunque a Luna la cifra le parecía una barbaridad, porque querían algo íntimo) entre los que se encontraba una prima del rey, su tía la infanta doña Margarita, dos expresidentes de gobierno, un par de ministros, un famoso futbolista, un torero pródigo en las revistas de corazón, un director de cine estadounidense, el tenor Plácido Domingo, tres modelos y un largo etcétera.

La ilusión con que había participado Luna en cada detalle de su boda se había visto difuminada por una sensación de irrealidad y todo estaba pasando tan rápido, que a veces se creía en un sueño.

Pero la cuenta atrás había llegado a su fin. La madre de Bosco entró un momento para mirarla. Efectivamente, y tal y como Bosco le había predicho, Maria Eugenia llevaba una peineta y mantilla en beige sobre un vestido largo de raso en azul oscuro que era impresionante en su sencillez. La mujer le mostró una caja de terciopelo que llevaba.

—Es para ti, Luna. No es necesario que te lo pongas si no quieres. Pero es para ti. A mí me lo dio mi madre en el día de mi boda. No te voy a engañar, no me lo he puesto muchas veces, porque al final la vida no te da tantas ocasiones para ponerte las cosas muy buenas, pero siempre le he tenido mucho cariño.

Con dedos temblorosos, Luna abrió el estuche y vio la pulsera, de oro blanco, con un enorme zafiro azul rodeado de brillantes formando una geometría de pétalos a su alrededor. La joya, que se notaba de corte antiguo, quitaba el aliento.

—Es... es... —¿qué se podría decir de una pulsera así?— no tengo palabras, Maria Eugenia. Es demasiado.

—No seas tonta. Nada es demasiado para ninguno de mis hijos y a ti te falta poco para ser mi hija más pequeña.

—¿Me la puedes poner?

Maria Eugenia sonrió encantada.

—No sabía si te iba a parecer un poco de vieja y no querrías usarla. —Su sonrisa no le cabía en la cara—. Me hace muchísima ilusión que la quieras llevar hoy.

Como Luna no quería que las lágrimas le estropearan el maquillaje, trató de no dejarse llevar por la emotividad y miró hacia el techo resoplando, mientras su suegra luchaba contra el cierre.

—Se me va a correr el rímel. —Se dio por vencida al final Luna cuando una lágrima se le escapó.

—La maquilladora te ha puesto todo resistente al agua. Desde la base hasta el alargador de pestañas. Igual que a mí. Ya se sabe que las bodas suelen ser muy emotivas. Llora si quieres. —Le palmeó cariñosa la mano cuando hubo terminado.

—No, si no quiero llorar, porque como empiece no sé si voy a terminar y no creo que quede muy bien que entre en la iglesia llorando.

La madre de Bosco se encogió de hombros.

—No serías la primera novia a la que le pasara.

—No quiero que nada estropee este día —le dijo fervientemente.

—No te preocupes, Luna. Este día, aunque te mereces que sea maravilloso, no es el importante. Los importantes son todos los días de tu matrimonio. Lo de hoy es un puro trámite. Entre todos hemos trabajado para que sea lo más perfecto para ti, porque queremos que guardes un feliz recuerdo del momento en que mi hijo y tú os entregáis el uno al otro para siempre, pero lo importante no es el día de hoy, lo importante y lo que de verdad tiene que salir bien, son todos los días a partir de hoy.

La besó en la frente y se despidió.

—Nos vemos en nada. ¡Te quiero!

Y así, como si decir te quiero fuera lo más normal, la dejó de nuevo delante de sí misma.

No le dio tiempo a la novia a elucubrar más sobre la joven en el espejo pues su hermano Fidel, delgado y elegante como nunca antes lo había visto con el traje de chaqué, entró para decirle que en diez minutos salían.

Entre risas le enseñó los calcetines que las hermanas de Bosco le habían comprado, unos calcetines de gordas rayas horizontales en colores granate y verde.

—Dicen que es la última. —Se encogió de hombros.

—Si lo dicen ellas, es que es verdad —le corroboró su hermana.

—Me gusta tu nueva familia, Luna. Me dan ganas de hacerme a mí un poco normal.

—Sabes que a mí me haría muy feliz —y lamentando presionarle, se corrigió—: pero siempre te querré hagas lo que hagas.

—Pues de momento lo que voy a hacer es llevarte ante el altar.

Santiago se había ofrecido a conducir a los dos hermanos hacia la iglesia de San Jerónimo. Un Bentley antiguo, ligeramente adornado con rosas rojas, les llevó por la Castellana y el Paseo del Prado hasta la calle Moreto.

El cielo estaba de un resplandeciente azul a aquella hora de la mañana. Las pamelas y el negro de los trajes chaquetas de los invitados llenaban la entrada de la calle y aun así, cuando tanto Luna como Fidel entraron en el templo cogidos del brazo, los bancos de la iglesia estaban ya llenos con todos los que aquel día les iban a acompañar.

Las rosas rojas, en modernos ramos engarzados, adornaban los asientos y el altar.

El órgano entonó el Ave María de Schubert, y Fidel y Luna, con sus pasos acoplados, se dirigieron mirando al frente hacia el altar.

Al final del pasillo, recto como un sable, elegante y mirándola como si nunca antes la hubiera visto, esperaba a la novia Bosco Joveller, al lado de su madre.

El hombre más rico de España miró a su mujer con la misma intensidad que un lobo mira a su presa, con el mismo deseo y las mismas ansias que un niño ante un chupa chups y su sonrisa no le cupo en la cara cuando, al fin, cogiéndole de la mano, ella se puso a su lado y los dos miraron al sacerdote ante ellos para empezar con el rito.

No se soltaron la mano en casi ningún momento de la ceremonia y el dedo pulgar de Bosco trazaba constantemente cariñosas vueltas en la palma húmeda de Luna.

Mientras el sacerdote predicaba su homilía, del corazón de Bosco nació, sincera y humilde, una sentida oración de gracias a ese Dios que le había permitido conocer a Luna y que le había ayudado a conquistarla y aprovechó para pedir para la nueva vida que comenzaban juntos.

Había conquistado a Luna, sí, pero el día a día juntos también iba a requerir de trabajo, empeño y mucho, mucho amor entre los dos, que, Bosco estaba seguro, tenían más que de sobra.

Cuando llegó el momento del consentimiento, la voz del novio sonó fuerte, grave y clara en el templo:

—Yo, Juan Bosco, te recibo a ti, Luna, Leticia, como esposa y me entrego a ti, y prometo serte fiel en la prosperidad y en la adversidad, en la salud y en la enfermedad, y así amarte y respetarte todos los días de mi vida.

Por contra, la voz de la novia era un hilo de nervios cuando pronunció los suyos, pero el deseo de amarse para siempre era igual de firme y decidido en ambos.

Epílogo

Acababan de volver de su viaje de novios. Luna y Bosco habían pasado más de seis meses rodando por el mundo: aviones privados, los mejores hoteles y restaurantes, visitas guiadas, compras en tiendas mundialmente destacadas, ciudades cosmopolitas y capitales de Europa, playas de aguas cristalinas sudamericanas, pequeños pueblos con encanto, Estados Unidos de costa a costa... y la mejor compañía.

Bosco había querido llevar a Luna a todos los países que esta no conocía y por los que sentía interés, que no eran pocos, pues la joven jamás había salido de España, y ambos habían emprendido el viaje con la ilusión de comenzar una vida juntos y de disfrutar de la intimidad de estar solos en medio del mundo.

Querer a Bosco y vivir con él había sido tan fácil que Luna todavía no podía creerlo. Su marido se había mostrado tan encandilado con ella como un niño con un juguete nuevo. Se había adelantado a cualquier deseo de la joven recién casada, la había mimado, le había descubierto el mundo de la pasión con delicadeza, pero también con maestría, con risas y con sana lujuria. Se había mostrado unas veces cariñoso, otras juguetón y divertido, otras serio e intenso. Y día tras día, en todo momento, incluso las veces que habían discutido, Luna se había sentido inmensamente amada.

La feliz desposada pensaba que había una gran desigualdad en su relación, que ella recibía más de lo que daba, que Bosco iba siempre dos o tres pasos por delante, que en cierto modo era él todavía el que llevaba las riendas de su matrimonio y ella la que se dejaba hacer, y todo lo que lograba era tratar de alcanzarlo.

A causa de sus años pasados tratando de no exteriorizar sus necesidades y sentimientos, aún se violentaba a la hora de expresar lo que sentía. Pero la manera asombrada, apreciativa y ufana con que Bosco recibía sus inesperados y poco frecuentes gestos era un incentivo para que Luna tomara más veces la iniciativa.

De vuelta al hogar de Bosco, que ahora también sería suyo, la joven no podía evitar preguntarse cómo enfocaría su nueva vida, qué papel desempeñaría y si lo haría bien. Se recordó, para tranquilizarse, que Bosco le había asegurado que no quería nada de eso en ella, que la quería en sí misma, no por lo que pudiera representar. Y se recreó en la maravillosa idea de ser amada de una manera tan absoluta y sincera.

En el dormitorio que compartiría con su marido, Luna se dio cuenta con alivio, pues se encontraba bastante cansada y acusaba el *jet lag*, que Santiago había deshecho ya sus equipajes y colocado todo en los armarios. La joven todavía se sobresaltaba al comprobar que el inmenso vestidor con tres paredes de armarios le pertenecía exclusivamente, así como todas las prendas y complementos perfectamente alineados y colgados. De un vistazo pudo constatar que sus nuevas adquisiciones ya estaban precisamente dispuestas, pues aunque había salido de Madrid con tan solo una maleta, Bosco le había ido comprando tantas cosas que habían ido mandando de todo por valija privada para que les precediera, en lugar de cargar con ello el resto del viaje. Ropa, cosas para el hogar, recuerdos, solo tenía Luna que detenerse a mirar algo o tocarlo para que Bosco lo comprara y lo hiciera empaquetar. Sin duda, pensó con un deje de resignación, se estaba acostumbrando a ser rica e incluso agradecía, en un regreso de viaje con tantísimo equipaje, tener servicio, pues no había duda de que representaba un gran alivio que el eficiente Santiago ya hubiera puesto cada cosa en su sitio.

Fue al curiosear sin mala intención en las mesillas de noche, tratando de averiguar cuál era la suya, que descubrió una pequeña grabadora con la palabra *Luna* rotulada en la etiqueta que la identificaba. No pensaba ponerla, pero las letras con su nombre fueron demasiada tentación hasta para una persona tan íntegra como ella.

«Solo escucharé un poquito para saber qué es», se mintió a sí misma.

—*¿Que si lo quiero? Me muero por él, Fidel.*

Era su propia voz la que retumbó en la habitación.

Luna escuchó con la boca abierta la conversación que había mantenido con su hermano, ¿cuándo? ¿más de siete meses atrás?

La luz se hizo en su mente con rapidez y clarividencia. ¡Micrófonos! ¿No los habían usado también con Diana? Sin duda, Bosco había enviado a Fidel a grabarle una declaración de amor.

Con el corazón saltándole todavía en el pecho, Luna se escuchó. ¡Qué ingenua le parecía ahora esa joven asustada de meses atrás! ¡Qué tonta y qué temerosa de coger la felicidad que se le ofrecía!

Bosco hizo su aparición en ese momento. Tardó una décima de segundo en comprender lo que su bella y joven esposa había encontrado.

—*¿Estás ciega? ¿No has visto cómo te mira?* —decía Fidel en el aparato.

—Antes de que te enfades. —Avanzó con paso seguro el empresario—. Déjame que te explique que no tuve más remedio.

Luna alzó una ceja. No sabía todavía si sentirse insultada o halagada, aunque notaba una clara tendencia a esta última reacción, pero decidió que analizaría su postura después de oír la cinta entera y valorar si había hecho mucho el ridículo.

—Conseguimos pruebas para la imputación a Vamazo gracias a una grabación de vídeo, obtuvimos la inculpación de Diana gracias a una cinta de sonido, así que me dije a mí mismo que por qué no iba a conseguir una declaración de amor tuya por el mismo método —a pesar de la seguridad de sus explicaciones, Bosco parecía ligeramente abochornado—. Jamás me dijiste «te quiero» hasta ese momento.

—Te lo dije después, cuando viniste a pedirme que me casara contigo.

—No es lo mismo —negó él con la cabeza—. Yo tenía derecho a ser el primero en escucharte. Me conformé con oírlo a la vez que Fidel y a través de un cable.

—Muy bien —aceptó Luna—. ¿Qué hubiera pasado si no lo hubiera dicho?

—Que te hubiera besado.

—¿Ah, sí? —Aunque trataba de mostrarse fría, sus traicioneros labios ya estaban preparándose para el placer que sabían que iban a recibir—. ¿Y eso lo hubiera solucionado todo?

—Sí, tengo la suerte de que pierdes la cabeza cuando te beso —dijo Bosco, inclinándose hacia la irresistible mujer y tomándole la boca con la suya. En menos de veinte segundos de apasionado encuentro, la grabadora pasó de las laxas manos de Luna a las suyas, sin que la joven se diera cuenta—. Si lo llego a saber antes, no me molesto en mandar a tu hermano de avanzadilla. En cuanto empiezo a besarte puedo obligarte a hacer y decir lo que yo quiera.

Bosco parecía muy orgulloso.

—¿Cómo podría evitarlo? —le preguntó Luna entregada, prácticamente incapaz de seguir el hilo de la conversación—, si besas como para darte un premio y yo soy una mujer muy fácil.

—Ya tengo mi premio —le aseguró Bosco, sin apenas separar los labios de los de su esposa.

«Sí», pensó Bosco mientras empezaba él también a perder la cordura, «¡una mujer fácil! ¡Facilísima!». Solo esperaba que su fácil mujer no encontrase en su agenda los planes que trazó aquel primer día que la conoció, tras la despedida de soltera de Elvira, y que escribió, mientras Luna yacía en coma etílico, bajo el epígrafe *Conquistar a Luna*.

Y olvidando que abajo estaba su primera cena como casados a punto de ser servida, se guardó el tesoro de la grabación en su bolsillo y, alzando a su esposa en brazos, la tiró sobre la cama.

Dos años después

En la azotea de un edificio de diez plantas en el Paseo de la Castellana de Madrid, esquina a Raimundo Fernández Villaverde, un hombre vestido completamente de negro, con guantes de piel también oscuros y un pasamontañas, aseguró el ancla al saliente del alero para poder lanzarse. Las luces de El Corte Inglés le ofrecían toda la iluminación que necesitaba para realizar la tarea que tenía entre manos y aunque sabía que corría el improbable riesgo de que desde el edificio de los grandes almacenes alguien de seguridad pudiera verle o darse cuenta del movimiento ilógico en el tejado de en frente, esperó que no tuviera tanta flema profesional como para hacer una llamada a la policía. Se encogió de hombros indiferente. Estaba acostumbrado al peligro y a jugársela, y sin duda la acción de esta noche no era ni mucho menos uno de los mayores riesgos de su vida. No, se recordó mientras comprobaba que la cuerda estaba suficientemente tensa y bien asegurada, esto de hoy era coser y cantar.

Con los pies en la pared del edificio, comenzó un suave descenso andando por la fachada, de espaldas a la calle y hacia el vacío con la naturalidad del que da un paseo matutino mientras la cuerda se deslizaba por sus manos. Nunca había tenido vértigo y siempre había sido especialmente habilidoso para las actividades de escalada. A pesar de su gran tamaño y peso, pertenecía al imposible club de los catorce españoles 9a+ por haber escalado la vía «Demencia senil» en Margalef entre otras.

Como muchas otras actividades al aire libre, la escalada se había convertido para él en pasatiempo, ayuda para entrenar y mantenerse en forma y una forma de superarse. De esta manera, deslizarse por una fachada con cuerda, pasaba a ser una actividad de poca monta.

Cuando llegó a la planta que deseaba, abandonó la cuerda y sin echar un vistazo hacia abajo, deslizó sus pies, seguros y firmes, envueltos en cómodas botas de cordones, por el alero de los primeros ventanales hasta llegar al que le interesaba.

Sin miedo alguno a la certera posibilidad de caer en picado, extrajo de su pantalón la herramienta precisa con la que rasgó prácticamente sin ruido el cristal que le interesaba dejando un hueco perfectamente redondo para introducir la mano. Sabiendo que aquello haría saltar una de las muchas alarmas que había en el edificio, tecleó unas órdenes en su móvil y, sin preocuparse más, desbloqueó la ventana para abrirla a continuación con un suave empuje de los dedos.

El suelo alfombrado recibió su salto apaciguando el ruido tal y como esperaba. Cerró la ventana otra vez por si alguien pasaba por allí, que no sospechara, y guardó silencio, quieto, unos segundos antes de volver a moverse. No había señal alguna de movimiento. La casa dormía y, probablemente, esos malditos guardias jurados que el dueño de la casa se había empeñado en contratar de la empresa de un antiguo compañero escolar solo porque le daba pena y quería apoyarle en los comienzos, dormían también. Se encogió de hombros. No era problema suyo. No pensaba que le fueran a durar mucho después de esta noche y de otra que tenía planeada igual. Después, él volvería a poner a sus hombres, de los que se fiaba plenamente. Si no confiara en ellos, no podrían trabajar para él.

Con el aplomo que le daba saber perfectamente dónde se encontraba, se dirigió hacia la puerta al fondo de la habitación y, con tanto sigilo que parecía imposible, abrió la hoja y salió a un amplio pasillo. De la misma manera pasó a otra habitación y una vez que hubo entrado en la nueva estancia, cerrando la puerta tras de sí, permaneció quieto, ni su respiración podía oírse, escuchando él sí las respiraciones rítmicas e inconscientes de las dos personas dormidas en la cama de matrimonio que presidía la habitación.

En breves segundos, sus ojos, con una alta capacidad de visión nocturna, captaron el cuadro que tenían delante. Bosco Joveller dormía a la izquierda de la cama y su mujer a la derecha. Ajenos a su intrusión descansaban y, gracias a Dios, no estaban abrazaditos ni haciendo la cuchara, lo que hubiera hecho necesario despertar también a Luna. No es que no le apeteciera charlar un rato con la cariñosa y admirable esposa de su íntimo, pero es que tenía el tiempo para estar allí cronometrado al milímetro.

Con zancadas grandes y silenciosas, se acercó a la cama y vislumbró a las dos figuras. Debajo de la colcha, la prominente barriga de embarazada de Luna sobresalía como si de un balón de baloncesto se tratara. El suave ronquido que emitía la joven madre le tranquilizó e inclinándose ante Bosco le tapó la boca con su mano enguantada.

El multimillonario se despertó y se puso en alerta al instante. Sus ojos abiertos de par en par y su mano, rápida y envuelta en un puño, dispuesta a golpearle con toda la fuerza que le daban las pesas diarias, fue interceptada por Nacho tan sigilosamente como pudo.

—Shhh —le chistó parando el golpe con otro movimiento que inmovilizó completamente al hombre acostado—. Soy yo. Tenemos que hablar.

Echando un vistazo a su dormida esposa, Bosco asintió y salió de la cama al tiempo que cogía la bata y seguía al intruso fuera de la habitación, cerrando la puerta tras de sí para evitar que cualquier sonido despertara a Luna, a la que a medida que el embarazo aumentaba, más le costaba dormir seguido.

—Ya me podrás explicar qué pasa para que te plantes en mi casa como un ladrón y saltándote todo el sistema de alarmas que tú mismo creaste —le preguntó cuando entraron los dos en la salita de estar mientras se dirigía a encender la lámpara de pie.

—¡No enciendas! —le prohibió Nacho, pues no

era otro que Rullatis el intruso—. Espera a que baje la persiana. No quiero que nadie sepa que estoy aquí.

Como si ese tipo de reuniones clandestinas fueran el pan de cada día, Bosco se sentó en el sofá más cercano y esperó para encender la luz hasta que su amigo levantó el dedo del botón de la persiana:

—Explícate.

—Necesito un favor y no podía pedírtelo por teléfono, ni quería que nadie me viera venir.

—Ya sabes que sí.

—Todavía no sabes lo que es.

Bosco se encogió de hombros:

—¿Qué quieres?

—Quiero robarte la tiara de la boda de Luna y la pulsera de zafiros y diamantes que le regaló tu madre.

Como si le hubiera pedido diez pavos para tomarse un café y un sándwich, Bosco ni se inmutó.

—¿Para qué?

—Estoy metido en un asunto.

—Me lo puedo imaginar, pero —y con parsimonia puso su tobillo derecho sobre su rodilla izquierda—, vas a tener que explicarme en qué.

—¿Y qué hay del «ya sabes que sí»?

—No he dicho que no lo vaya a hacer. Pero si vienes a las —miró el Rolex en su muñeca— tres de la madrugada, a mi casa, sin llamar siquiera al timbre, diciéndome que me vas a robar, no hay manera de que no me pique la curiosidad. Y a menos que haya un motivo serio para no saberlo, quiero enterarme de qué va todo esto. Llevo meses sin saber de ti. Cuando hablo con ese excompañero tuyo legionario que ocupa tu puesto cuando tú no estás, niega saber dónde andas, ni si estás vivo o muerto. ¿Cómo no voy a aprovechar ahora que te tengo delante para enterarme?

—Hay poco que contar. —Se encogió de hombros dispuesto a colaborar. Su amigo se merecía al menos eso—. No podía entrar por la puerta. No quiero que nadie sepa que estoy aquí y no me fío de que alguien me pueda seguir. He hecho muchas piruetas para llegar sin dejar ninguna pista, como para que un comentario improcedente del portero o de alguno de estos novatos de tu seguridad —dijo poniendo énfasis en novatos— lo tire todo al traste. A todos los efectos yo ahora mismo estoy durmiendo. Nunca he venido. Hace meses que no me ves. No estoy aquí.

—Sí. Hace meses que no te veo —concordó Bosco dándole la razón—. ¿En qué te has metido ahora? ¿Y por qué tú, en lugar de cualquiera de tus empleados? ¿Cuándo vas a llevar una vida normal?

—Ya me conoces. De vez en cuando necesito algo de acción. Este caso en concreto tenía todos los ingredientes y me ha atrapado. —Se mesó la barbilla, sin afeitar, con una desordenada barba incipiente—. No es tan sencillo como parecía al principio. Me está tomando más tiempo del que pensaba y ya sabes cómo es la vida en cubierto. No puedes permitirte ninguna relación con tu vida normal sin arriesgarte a que te pillen. Me estoy jugando mucho al venir aquí. Me siento hasta raro, tío. Pero necesito robar a alguien y tú me pareciste la opción más segura.

—Me preocupas. —Bosco analizaba la cara de su amigo y a pesar de que la misión que parecía llevar tenía toda la pinta de ser muy peligrosa, Nacho tenía una chispa en sus ojos y un semblante alegre que nunca le había visto, jamás.

—No hay porqué —le aseguró, agradecido de que su amigo le mostrase tan a las claras su cariño y su lealtad—. Está controlado y con un poco de suerte antes del mes que viene todo habrá acabado.

—¿Y qué tiene que ver la tiara y la pulsera de Luna en esto?

—Me he infiltrado en una banda de ladrones. Están preparando un golpe de los grandes, pero todavía no tienen mucha confianza en mí. Necesito estar en ese golpe y necesito que se fíen de mí y he pensado que nada mejor que organizar yo un robo que para ellos sea imposible. Tú sabes que incluso con esta caterva de ineptos que te llevan la seguridad ahora, esta casa es inexpugnable. Es indispensable que crean que soy uno más, y no solo eso, que soy un líder. No voy a robar a ninguno de mis clientes—miró a Bosco haciendo un gesto ambiguo con la cara—por obvias razones. Tú eres la persona en la que más confío para pedirle esto. ¿A quién más que a mi mejor amigo podría pedirle este pedazo favor?

—Ahora me estás halagando. Pero me extraña tanto. —A Bosco algo no le cuadraba. Su amigo de toda la vida por ningún trabajo del mundo le hubiera puesto a él en peligro. No había forma humana de conseguir que Nacho mezclara su vida personal con la profesional. Siempre había mantenido una clara línea divisoria entre su submundo de intrigas, investigaciones y crueldades y su vida familiar, y a Bosco le consideraba casi su hermano—. Hay algo que no me estás contando. Eres capaz de robar mañana en el mismísimo Palacio de la Moncloa y salirte de rositas sin dejar ni una pista. —Le miró incrédulo mientras negaba con la cabeza—. Y después de que robéis, ¿qué?

—Yo mismo me encargaré de la supuesta venta de las joyas. Para cuando tenga que pagarles, ya habré terminado la operación. Te habré devuelto la tiara y la pulsera antes de que termine la semana, pero Bosco, insisto, ni tú ni Luna aquí.

Eso no tenía ni que decirlo, jamás permitiría que nadie remotamente dañino pudiera acercarse a su mujer.

—¿Los hombres con los que te has infiltrado son peligrosos hasta ese punto?

Nacho le mantuvo la mirada.

—Solo uno. Por el que empezó todo. Mi objetivo. Él no es solo un ladrón, es un asesino, Bosco, y la policía lleva años detrás de él sin éxito. Estoy recogiendo pruebas para incriminarle.

—¿Por qué no lo hace un policía? Es su trabajo.

Nacho se encogió de hombros.

—Lo harían si supieran cómo localizarle. Yo estoy cumpliendo un encargo privado. Mi objetivo mató a la hija de mi cliente cuando entró a robarles en su casa. La niña tenía tan solo doce años, Bosco. Doce malditos años y este hijo de puta la pegó un tiro entre los ojos porque ella no paraba de chillar asustada.

—¡Joder! —Bosco pensó con rapidez—. Nos iremos a dormir a casa de mi madre. Pondré de excusa que no quiero que Luna esté sola mientras yo trabajo hasta tarde por si se pone de parto.

—¿Ya? ¿Le toca ya?

—Estamos en la semana treinta y ocho, tío. —Bosco no entendía cómo Luna podía dormir tan tranquila cuando era cuestión de días, quizá horas, que llegase al mundo su primer hijo—. Puede ser en cualquier momento.

—Manda una nota a los medios, para que me pueda enterar de que ha ido todo bien.

Bosco asintió.

—No pensaba meter a los medios en esto, la verdad, pero como queremos que seas el padrino, creo que lo haremos para que puedas enterarte de cuándo llega tu ahijado al mundo.

—¿Padrino? Es un honor, Bosco —aceptó emocionado.

—No se me ocurre ninguno mejor. Así que vive para poder ejercer y date prisa en volver.

Sintió que Nacho se ruborizaba.

—Me estás ocultando algo —adivinó—. Y el hecho de que te acabe de decir que quiero que seas el padrino te hace sentir culpable por no contármelo.

El rostro de Nacho se encendió aún más y Bosco entendió que sí, que había algo más.

—Me he casado —concedió Nacho de mala gana.

Sorprendido, Bosco le preguntó directo:

—¿Y no me has invitado a la boda? ¿Con quién?

—Con una ladrona maravillosa que no sabe quién soy. —La sonrisa en la cara de Nacho borró su anterior incomodidad.

—¿Una ladrona maravillosa? —Bosco se levantó de un salto de su asiento, su bata sobre el pijama ondeando alrededor de sus zancadas—. ¡¿Te has vuelto loco?! —Y le acercó su rostro encendido por la ira.

—Siempre has tenido muy mal despertar —murmuró Nacho entre dientes mirando de reojo a Bosco—. Siéntate y escúchame.

—No me pienso sentar hasta que me convenza de que no has perdido la chaveta. —Y como si acabara de entenderlo en toda su enormidad, le preguntó—: ¿Qué te has casado? ¿Casado, casado?

—Casado, casadísimo. —Y con orgullo adolescente le mostró la banda dorada en su dedo anular—. Llevamos solo un mes. Probablemente ella se enfade cuando se dé cuenta de que soy honrado, pero creo poder convencerla de que continuemos juntos y, sin duda, el hecho de que haya consentido en casarse me anima profusamente.

—Lleváis solo un mes —repitió Bosco incrédulo—. Creo que necesito algo fuerte.

Y se dirigió a una camarera donde en botellas de cristal tallado había brandy, whisky y coñac.

—¿Te sirvo a ti algo?

Nacho se encogió de hombros. No era la primera

vez que tenía reuniones nocturnas con su amigo y en todos los casos nunca habían faltado una copa y un puro. Y aunque esta vez andaba falto de tiempo, no quería dejar de darle a Bosco al menos eso.

—Tu padre no lo sabe, claro. No me ha dicho nada —le decía Bosco de espaldas mientras se oía el sonido de los hielos al golpear contra los vasos.

—No lo sabe nadie. Eres el primero en enterarte y el único que lo va a saber durante una buena temporada.

—¡Qué honor! —ironizó el millonario.

—Estoy de incógnito en una misión —le recordó, como si aquello lo explicase todo.

—¿Y esa misión conlleva casarse con uno de los investigados?

—No. —La sonrisa de Nacho no le cabía en la cara—. Eso lo he hecho voluntariamente.

Bosco examinó la sonrisa de su amigo.

—¿¡Te has enamorado?! —le preguntó incrédulo.

—Hasta las trancas —le confirmó con un asentimiento de cabeza su feliz amigo.

—¿¡Tú?! ¿¡Enamorado!? No me lo puedo creer.

—Yo tampoco. Pero no podía dormir pensando en ella, apenas comía y era incapaz de hacer bien mi trabajo. Me daba miedo que antes o después hiciera una tontería y cometiera un desliz en la misión que me pusiera al descubierto. Así que digamos que casarme fue un acto de primera necesidad para mantenerme con vida.

Bosco negó con la cabeza.

—Si es una ladrona, tú mejor que nadie sabes que no puede terminar bien.

—No lo entiendes, Bosco, es una ladrona sí, pero porque no ha podido ser otra cosa.

—No me vengas con esas historias. ¿Te ha vendido el cuento de que tenía que sacar adelante a su enferma mamá o que roba a los ricos para dárselo a los pobres? Tú sabes que siempre hay otra opción. Y no trates de convencerme de lo contrario porque no lo vas a conseguir.

Inmutable ante la diatriba de su amigo, le concedió sin ceder.

—Y no voy a excusarla. Al menos no en todo —matizó—, pero créeme si te digo que no tuvo otra opción. Empezó a robar carteras, de la mano de su padre, cuando tenía solo siete años.

Aunque algo tocado, Bosco no se permitió sentir nada, no porque precisamente quería a su amigo.

—Venga ya, Nacho, ¿qué te ha colado, la historia de Oliver Twist o la de David Copperfield?

—Ni lo uno, ni lo otro. Pero tú y yo sabemos cómo influye la vida familiar. —Solo porque adoraba a Bosco y porque sabía que la oposición de su amigo era por su bien, se mantuvo tranquilo y dispuesto a dar explicaciones.

—No me gusta. ¿Quién es ella? Cómo sabes que no te la está jugando? ¿Dónde está ahora?

—Pues espero que esté durmiendo en su apartamento, donde la he dejado, en la cama que compartimos, y donde tengo que volver antes que se despierte. Es de desconfiada que da miedo. No quiero ni pensar en qué historia me tendré que inventar para explicarle por qué no estoy allí con ella si se da cuenta de que falto.

—¿Es desconfiada? ¿Desconfía de ti? —preguntó Bosco no encontrándole sentido a que Nacho se hubiera casado con alguien así.

—Desconfía de todos y de todo. Pero creo que dentro de lo que cabe, algo me la he ganado.

—Algo me la he ganado —repitió Bosco cada vez más vencido—. ¿Tú te estás escuchando?

—Sí, y sé lo que parece, y en cuanto termine esta misión aclararé todo con ella. Y entonces podré presentártela y a Luna también y nos iremos a cenar los cuatro juntos para celebrarlo y para conocernos mejor —«si sale todo bien», no añadió en voz alta, aunque lo pensó. Todavía le quedaba mucho por hacer. Y siguiendo con el objetivo que había ido a cumplir, le recordó—: ¿Puedo contar con que la semana que viene no estéis ni Luna ni tú durmiendo aquí? —y con un gesto despreciativo con la mano añadió—: no te preocupes por la tiara y la pulsera, te las devolveré al terminar. Pero no quiero que corráis peligro ninguno de los dos y no quiero bajo ningún concepto que estéis aquí.

—¿Y cómo te las vas a organizar con la seguridad humana?

—¿No lo acabo de hacer hoy? Esos empleaduchillos que tienes ahora no oirían entrar a una manada de elefantes.

Aunque estaba de acuerdo con él, Bosco volvió a negar con la cabeza.

—No me gusta, Nacho.

—¿Acaso no confías en mí?

—Siempre he confiado y lo sabes. Para mí eres la persona más capaz. Tengo la seguridad de todos los que significan algo para mí en tus manos, así como mis bienes y mi vida profesional, pero no me gusta esto en lo que te has metido y con una mujer por medio. Tú nunca te has dejado embaucar por ninguna, ¿qué tiene esta que no tengan las demás? ¿Qué la hace tan especial?

—Es mi sol, Bosco, igual que Luna es tu luna. Ella es la ella para mí. ¿Recuerdas cómo fue cuando conociste a Luna? Así estoy yo. Deslumbrado, cegado completamente por el sol, por mi sol.

—¿Quién es?

—Te lo estoy diciendo. Es Sol. Se llama Sol Carvajal.

AGRADECIMIENTOS

Muchísimas gracias a HarperCollins y su sello HQN por volver a confiar en mí. ¡Qué suerte tengo!

ÚLTIMOS TÍTULOS PUBLICADOS EN HQN

La princesa del millón de dólares de Claudia Velasco

Hora de soñar de Kristan Higgins

El año del frío de Jane Kelder

Las chicas de la bahía de Susan Mallery

Con solo tocarte de Victoria Dahl

La chica del sombrero azul vive enfrente de María Draghia

La viuda y el escocés de Julia London

El guerrero más oscuro de Gena Showalter

Spanish Lady de Claudia Velasco

Enamorarse: clases prácticas de Olga Salar

El viaje más largo de Sherryl Woods

Fuera de combate de Anna Garcia

A las puertas de Numancia de África Ruh

Ese beso... de Jill Shalvis

Hasta que me ames de Brenda Novak

www.ingramcontent.com/pod-product-compliance
Lightning Source LLC
LaVergne TN
LVHW091624070526
838199LV00044B/921